Katja Wild, Hamburger Studienrätin, glaubt auf einem Foto der Wehrmachtsausstellung ihren Vater erkannt zu haben. Das Foto zeigt ihn bei der Erschießung russischer Zivilisten. Bei Hitlers Machtergreifung war Hans Musbach dreizehn, inzwischen ist er 82 Jahre alt und verbringt seinen Lebensabend in einer Senioren-Residenz mit Elbblick. Als Oberstudienrat mit den Fächern Alte Geschichte, Griechisch und Latein galt er seiner Familie, den Kollegen und Schülern als Humanist des alten Schlages und Spezialist der Erinnerung. Seine Schüler schätzten ihn dafür, daß er sie immer wieder auf die besondere geschichtliche Verantwortung der Deutschen hinwies. Ein Lehrer ohne Fehl und Tadel, ein vorbildlicher Vater. 58 Jahre nach Kriegsende sieht Katja nun dieses Foto. Sie weiß, daß sie ihn dazu befragen muß. Widerwillig beginnt er zu erzählen. Eine schmerzliche Reise in die Vergangenheit beginnt. – »Ein klug konstruiertes, notwendiges Buch.« (Frankfurter Allgemeine Zeitung)

Ulla Hahn wurde am 30. April 1946 in Brachthausen/Sauerland geboren und wuchs im Rheinland auf. Studium der Literaturwissenschaft, Geschichte und Soziologie, Promotion. Lehraufträge an den Universitäten Hamburg, Bremen und Oldenburg, anschließend Redakteurin für Literatur beim Rundfunk in Bremen. Für ihr literarisches Werk wurde sie mit zahlreichen Preisen ausgezeichnet.

Ulla Hahn

Unscharfe Bilder

Roman

Deutscher Taschenbuch Verlag

Von Ulla Hahn
sind im Deutschen Taschenbuch Verlag erschienen:
Ein Mann im Haus (12745)
Das verborgene Wort (13089)

Ungekürzte Ausgabe
Mai 2005
Deutscher Taschenbuch Verlag GmbH & Co. KG,
München
www.dtv.de

Umschlagkonzept: Balk & Brumshagen
Umschlagfoto: © PhotoAlto/Matthieu Spohn
Gesamtherstellung: Druckerei C. H. Beck, Nördlingen
Gedruckt auf säurefreiem, chlorfrei gebleichtem Papier
Printed in Germany · ISBN 3-423-13320-1

Für Klaus

Ist eine unscharfe Fotografie überhaupt ein Bild eines Menschen? Ja, kann man ein unscharfes Bild immer mit Vorteil durch ein scharfes ersetzen? Ist das unscharfe nicht oft gerade das, was wir brauchen?

Ludwig Wittgenstein

I.

Seine Möbel hatte er, soweit sie Platz fanden, mitnehmen können, selbst einen großen Teil der Bibliothek, den Rest wußte er bei der Tochter gut untergebracht. Ehemalige Schüler, wenn sie ihn aus Anhänglichkeit besuchten, ließ er freigiebig aus den Regalen wählen und unterstrich dann gelegentlich einen Satz, der sie ein Leben lang begleiten sollte. Die breiten Borde bogen sich noch immer, und die Stützen einer Leiter hatten das rötlichbraune Parkett schon verschrammt. Oben standen die kostbaren Bände, auch in lateinischer und griechischer Sprache, alte Drucke, die Hans Musbach mit einem Vergrößerungsglas zu lesen pflegte. Seine Festung.

Er fand sich gut zurecht in dem großzügigen Haus am Hafen. Seine Pension reichte für ein Appartement auf der richtigen Seite, dort, wo man die Sonne im Elbstrom untergehen sah, dort, wo der Blick auf die Wellen ging, als versichere ihr gleichmäßiger Schlag, daß alles noch lange – immer und immer – so weitergehen könne. Die weniger Betuchten des Seniorenheims, Residenz, wie man das hier nannte, schauten auf Fischhallen und heruntergekommene Häuser. Nie hätte er sich vor dem Umzug vorstellen können, einmal Stunden zu verträumen, einfach dazusitzen, ohne ein Buch, eine Fachzeitschrift oder den Brief eines Kollegen, den es zu studieren und sorgfältig zu beantworten galt.

Musbach rückte den Stuhl näher ans Fenster. Der Glanz des gleitenden Wassers änderte sich mit dem Himmel, eben noch wolkenverhangen, dann wieder von ein paar Windstößen leergefegt, blau. Dennoch: Regen lag in der Luft. Sturmwolken zogen von Westen auf. Dann wurde es noch einmal hell, die Wolken zum Horizont getrieben, weit weg über die Werft am anderen Ufer. Herrenlos. Er mochte die Schnelligkeit dieser Wandlungen am Himmel lieber noch als die Bewegungen der Schiffe. Bei Sonne Segelboote, weiß die meisten, manche blau-weiß gestreift, eines mit rotbraunen Segeln. Piratenbraun. Motorboote, Fähren ins Alte Land und nach Krautsand, Containerschiffe und Tanker auf dem Weg in den Hafen, ins offene Meer, unter den Flaggen aller Herren Länder. Schwarz, Rost und Mennigrot, von dieser rauhen, zweckmäßigen Schönheit, so anders und doch so ähnlich den alten, erhabenen Schriften.

Das Telefon läutete. Eine freundliche Stimme fragte nach den Wünschen fürs Mittagessen. Fleisch, Fisch, vegetarisch. Sie mußte die Frage wiederholen, ehe Musbach sich für Fisch entschied. Er sah weiter aufs Wasser, den Himmel; ein strahlend weißer Passagierdampfer trieb langsam stromabwärts inmitten lichter Schaumkronen, winzige Menschen an Deck winkten in Richtung der Uferhänge, zeigten sich Häuser und Türme; der Himmel darüber nun voller unbehaglicher schwarzer Wolken.

Trotz der Jahre, die Hans Musbach hier schon so wohlumsorgt verbracht hatte, fand er noch immer wenig Gefallen an diesen gemeinsamen Mahlzeiten. Es fiel ihm schwer, Gespräche zu begleiten, die oft von der Gegenwart nur mehr aufnehmen wollten, was aus ferner Vergangenheit betrachtet wichtig zu sein schien. Wie ein langsam vertrocknender Teich, dem der einst quellende Bach versiegt war, erschien ihm seine Gesellschaft; durchaus noch wache Leute, aber meist, als säßen die Augen nun im Hinterkopf und nicht mehr vorn, unter einer nachdenklichen Stirn.

Fast vierzig Jahre lang waren seine Gesprächspartner junge Menschen gewesen, oft keine einfachen Schüler und auch nicht immer so neugierig, wie er es sich gewünscht hätte. Aber jung, Gegenwartsmenschen, Zukunftsmenschen. Zuerst hätten es seine Kinder sein können, später seine Enkel, doch zu alt hatte er sich mit ihnen nie gefühlt, auch wenn er im stillen manche Aufmüpfigkeiten und lässigen Tabubrüche mißbilligt hatte. Das Leben begann ja mit jedem Schuljahr wieder von vorne, und das hatte ihn glücklich gemacht.

Jetzt war seine Tochter festes Glied zwischen Gestern und Heute in ihren täglichen, gemeinsamen Stunden. Pädagogin wie er. Musbach wußte nur zu gut, was er brauchte und was ihm fehlte. Es war nicht der Verlust seiner gewohnten Häuslichkeit, die er erst verlassen hatte, als er spürte, daß Katja zuviel Zeit und besorgtes Nachdenken für sein tägliches Leben aufwenden mußte. Er vergaß auch nicht, daß er mit diesem Platz an der Elbe, umgeben von liebgewonnenen Gegenständen, so etwas wie das große Los gezogen hatte. Ihm fehlte das Gespräch mit jungen Leuten, das war nun mal die unausweichliche Folge des Alters. Er mußte noch immer lernen, damit gelassener und geduldiger umzugehen. Was hier im Hause jung war, das arbeitete entweder in der Bedienung, in der Küche oder im Zimmerdienst; bei der Massage oder in der ärztlichen Versorgung. Da gab es kaum Zeit, aber sicher auch wenig Interesse für Gespräche mit den Bewohnern; über Höflichkeiten kam man selten hinaus. Er mußte das begreifen, »abhaken«, wie es hieß. »Cool« sein. Wer es kann.

Musbach wusch sich die Hände, fuhr mit dem Kamm durchs Haar, ein spärliches Weiß, aber gut geschnitten, rückte die Fliege zurecht und nahm den Aufzug zum Speisesaal, der zu ebener Erde hinter der Eingangshalle lag. Selten verfehlte dieser großzügige, elegante Raum seine Wirkung auf Besucher, die glauben mochten, ein Luxushotel zu betreten. Ungehindert ging der Blick durch deckenhohe Fenster auf die Elbe, bequeme Sitzmöbel standen um niedrige Tische, viel Grün in stilvollen Töpfen. Einer der Bewohner hatte dem Haus die Plastik gestiftet, einen dieser meterhohen Hasen des amerikanischen Künstlers Salle, messingglänzend poliert, einen Vorderlauf angewinkelt, den anderen gereckt wie zum Gruß. Musbach fand die Plastik etwas albern, aber doch immerhin besser als manche sogenannten Arbeiten, mit Titeln wie »Eternity« oder »Projekt 1–4«, für sein an der Klassik geschultes Auge unverständlich, ja Hochstapelei: Des Kaisers neue Kleider. Die Halle war leer. Nur Emil am Empfang winkte ihm gutgelaunt: Beeilung!

Alles war schon im Speisesaal versammelt. Auch hier hatte die Heimleitung Umsicht bewiesen. Die »Herrschaften«, wie das Personal die Bewohner in den Gesellschaftsräumen nannte, im Unterschied zu den Kranken- und Pflegetrakten, die Herrschaften saßen in der Regel zu sechst an runden Tischen und waren je nach geistiger Befindlichkeit gruppiert. Die Rüstigen durften ihren Platz an der Sonne genießen, buchstäblich, am Fenster mit Blick aufs Wasser. Geld war hier nicht mehr der Maßstab; auch die Bewohner der teuren Elbblick-Appartements wurden, wenn sie ihre Umgebung kaum noch wahrnahmen, nach hinten, in die Nähe der Küche gesetzt. So konnte schnell jemand hinzuspringen, passierte an einem dieser sogenannten schwachen Tische ein Malheur, etwa daß ein Löffel herunterfiel – Messer und Gabel gab es hier nicht, nur Kleingeschnittenes wurde serviert – oder allzuviel von den Mahlzeiten auf Brustlatz oder Schürze platschte. Eins von beiden bekam an diesen Tischen jeder umgebunden, je nach dem Stadium des Verfalls der Motorik, wie man Tattrigkeit freundlich technisch umschrieb. Gefüttert schließlich wurde auf den Zimmern. Dann gab es keine Herrschaften mehr, nur noch Patienten.

Natürlich saß Hans Musbach an einem der besten Tische, sogar nur zu fünft, ein Privileg. Mit echten Blumen. Auf den »schwachen Tischen« blühte Plastik, übergroße Rosen oder Tulpen oder Nelken. So konnten sich die Vergeßlichen ihre Plätze merken, wenn sie schon nicht mehr genau wußten, was eine Zahl war.

Der Regen hatte sich verzogen, Mittagslicht fiel durch die hohen Fenster, die Oberlichter standen offen, von draußen das Kreischen der Möwen, von ferne Gehämmer, die Werft. Man hatte bereits mit der Suppe begonnen und war in angeregter Unterhaltung; das sah Musbach schon von weitem. Worüber man sprach? Besonders die beiden Frauen? Wahrscheinlich über den plötzlichen Tod ihrer Rommépartnerin. Das Alter, man war sich einig, ist eben so. Starb einer, wurde der unter freundlichen Nachrufen ausgiebig zu Grabe getragen, in den Stimmen der leise bebende Triumph der Lebenden über die Toten, glücklich, diesmal davongekommen zu sein.

Kaum hatte Musbach Platz genommen, brach das Gespräch ab. Die Damen wußten, mit welchem Sarkasmus er derlei Würdigungen zum Verstummen bringen konnte.

»Spät kommt Ihr, doch Ihr kommt.« Frau Mulde, ehemals Handarbeits- und Hauswirtschaftslehrerin, hielt ihren Suppenlöffel in der Schwebe und blickte Musbach an, als könne erst ein »Eins, setzen!« des Oberstudienrats sie aus ihrem Bann erlösen.

»Jaja«, pflichtete ihr der Baß des beleibten Gegenübers bei. »Wer zu spät kommt an den Tisch, findet frisch nicht mehr den Fisch. Frei nach Gorbatschow, haha.« Er heiße

Dicks wie Fix, pflegte er sich vorzustellen. Ehe ihm die Heimleitung dezente Kleidung nahegelegt hatte, war er zu den Mahlzeiten in einem grüngelb schillernden Sportanzug erschienen. Nicht nur den Tischgenossen fiel diese unentwegte Reimerei auf die Nerven. Dafür konnte man sicher sein, daß er, jahrzehntelang Redakteur für die letzte Seite der Wochenendbeilage der hiesigen Tageszeitung, nie zweimal denselben Witz erzählte. An Tisch »Freesie« bildete er das possenreißende Gegenstück zu Musbachs unaufdringlicher Bildung.

Dieser murmelte ein kurzes Grußwort, nahm einen Löffel Suppe, schob den Teller beiseite und nickte Frau Sippel geistesabwesend zu, als bedürfe sie einer Aufmunterung. Die aber hatte sich schon abgewandt, um Frau Mulde einen vielsagenden Blick zuzuwerfen. Der zerstreute Professor war offenbar wieder »in Gedanken«. Ungeduldig ruckte Frau Sippel an ihrer Frisur, die sich wattig um den Schädel bauschte; hier und da schimmerte rosige Kopfhaut durch. Wo blieb der Hauptgang? Überbackener Blumenkohl und gekochter Schinken, ihr Leibgericht. Frau Mulde, so hager wie die andere mollig, stichelte, für sie sei doch alles Eßbare ein Leibgericht und ziemlich alles eßbar. In der Tat war für die Apothekerswitwe die Freude am Essen die einzige reine Freude, die ihr geblieben war, und wenn jemand diese dämpfte, sei es, er wählte ein Stück, das sie im Auge hatte, oder reichte das dunkle statt des hellen Brotes, nahm sie das persönlich übel.

»Blumenkohl, das tut wohl!« Dicks häufte sich die Röschen auf den Teller, jede Löffelbewegung von Frau Sippel argwöhnisch verfolgt. Der Zivi hatte wieder einmal nicht zuerst den Damen serviert, und Dicks besaß nicht die Kinderstube, das zu korrigieren. Wortlos nahm Rattke dem Tischnachbarn die Schüssel aus der Hand und bot sie, betont höflich, Frau Sippel an. Rolf Rattke, Oberinspektor a. D. am Finanzamt, in allen Lebenslagen ein Kenner der Prozente und Statistiken, redete nur das Nötigste, knauserig mit jeder Silbe, mißtrauisch gegenüber jedem Wort zuviel. Dicks war ihm zuwider, und Rattke versäumte keine Gelegenheit, ihn in die Schranken zu weisen, wie er meinte. Was Dicks allerdings kaum bemerkte. Nur die gediegene Würde der Handarbeits- und Hauswirtschaftslehrerin hielt den Finanzbeamten an Tisch »Freesie«, und Hans Musbach natürlich, dem Rattke wegen dessen solider Kenntnis geschichtlicher Zahlen und Daten gleiche Augenhöhe zugestand.

Der wiederum, eben ein alter Lehrer, wußte um seine nur mühsam beherrschte Schwäche, selbst noch in solche Gespräche korrigierend einzugreifen, die nur am Rande der viel aufmerksamer beachteten Speisefolge geführt wurden; sei es, daß ihm ein Sachverhalt unrichtig oder auch nur allzu einseitig vorgebracht schien. Gerade war wieder einmal die Politik an der Reihe – mußte man sich um die eigene Rente wirklich keine Sorgen machen? – und natürlich das Weltgeschehen – schon wieder ein Krieg, Gottseidank weit weg –, das in jedem der vier Köpfe Platz, Urteil und Wegweisung fand. Musbach beteiligte sich kaum, wollte lieber wissen, was die jungen Leute in Katjas Oberstufe darüber dachten, und verabschiedete sich knapp, als die letzten Löffel des Nachtischs klappernd in die Glasteller gefallen waren.

Wie immer, wenn es irgend ging, legte er sich nach dem Essen schlafen. Katja würde heute früher kommen. Ganz in seinem Tagesrhythmus war er um halb drei wieder bei seiner Lektüre, versenkte sich in die neue Sulla-Biographie, die ihm seine Buchhandlung geschickt hatte. Und vergaß die Zeit.

Erst als der kleine elfenbeinerne Tod an seiner silbernen Renaissance-Uhr den letzten Schlag mit der Sense getan hatte, griff Musbach zum Hörer. Vier Uhr. Wo blieb die Tochter? Nein, keine Konferenz. Sie sei heute sogar schon etwas eher gegangen, habe wohl Wichtiges zu besorgen. Er bedankte sich, legte auf.

Endlich. Auf dem Korridor kamen Schritte näher, energische Schritte. Ihre Schritte. Vor der Tür machten sie halt, schienen sich zu entfernen, kamen zurück. Ein kurzes Klopfen.

»Katja, du bist spät.« Musbachs Stimme hatte die dunklen, tiefen Töne nicht verloren und konnte noch immer klingen wie eine Liebkosung.

Die Tochter, hochgewachsen und schlank, ganz der Vater, den das Alter und die vielen Stunden über den Büchern kaum gebeugt hatten, umarmte ihn flüchtig und machte ein paar Handgriffe, wie sie es gerne tat, wenn sie in diese kleine Wohnung kam; ordnende Handgriffe, so, als gelänge es ihr auch hier noch, den Vater in ihre respektvolle Obhut zu nehmen. Dann rückte sie ihren gewohnten Stuhl heran und wiederholte, wie er sich fühle, so nebenher, wie zuvor.

»Gut, wie's eben so ist, wenn die Zeit abläuft.« Musbach saß in seinem Sessel hinter dem Schreibtisch wie immer.

Katja schaute auf ihre Hände, ringlos, die Nägel kurzgeschnitten, an schlanken Fingern, die zupacken konnten. Sie mußte nicht warten, bis sich jemand erbarmte, ihr ein Regal aufzustellen, den Computer anzuschließen, das Fahrrad zu reparieren. Die praktischen Seiten des Alltags zu meistern, hatte sie das Leben als »Einpersonenhaushalt« gelehrt. Auch Katja liebte ihre Bücher und zog sich mitunter eines über den Kopf wie andere die Bettdecke. Doch sie tauchte aus diesen »Exzessen«, wie sie es für sich nannte, jedesmal gestärkt wieder auf. Nicht nur das Lesen hatte ihr der Vater beigebracht: Nichts Böses könne uns geschehen, solange wir das Gute in den Büchern fest halten. Bücher: die besten und verläßlichsten Freunde. Dieser Kinderglaube, verwurzelt in Fabeln und Lebensberichten der alten Lateiner, war mit ihrem Erwachsenwerden nicht brüchig, eher zu einer Glaubensgewißheit geworden. Bücher als Talismane.

Katja bückte sich zur Aktentasche, ließ die Schlösser aufschnappen, ihre Augen machten einen Bogen um den Mann, der da vor ihr saß, die dunkle Fliege exakt gebunden wie all die Tage und Jahre zuvor.

Von ferne tutete ein Schiff. »Der Lotse«, sagte der Vater abwesend, gedankenverloren. »Das ist der Lotse. Er geht von Bord.«

Noch immer ließ die Tochter ihre Augen wandern, als müsse sie jeden einzelnen Gegenstand festhalten, so wie er jetzt war. Als könne ein jeder ihr ein Geheimnis offenbaren, ein Rätsel lösen. All die vertrauten, so fraglos geliebten Gegenstände, fraglos wie ihre Liebe zum Vater selbst.

So sah die Tochter um den Vater herum, eine lange Weile, wie beiden schien, ehe sie sich ein weiteres Mal nach der Tasche bückte und sich aufrichtend ein Buch auf den Schreibtisch legte, dem Vater vor die Augen.

Musbach griff nach der Brille neben der Kapitänstasse mit dem Sprung, blickte auf das Buch und schob es beiseite. Zog die Schreibtischschublade auf und kramte wortlos von weit hinten Tabakbeutel und Pfeife hervor. Die Ärzte hatten ihm vom Rauchen abgeraten, und seine Tochter achtete streng darauf, daß er das Verbot einhielt. Diesmal sagte sie kein Wort, als er die Pfeife umständlich stopfte und ein Streichholz nach dem anderen anriß.

Zerstreut folgte sie den Bewegungen seiner Hände, auf dem Ringfinger der Linken ein antiker Stein von blutroter

Farbe, der, wenn das Streichholz aufflammte, grünlich phosphoreszierte. Als Kind hatte sie sich an diesem wunderlichen Funkeln gar nicht satt sehen können. Nun wandte sie den Blick ab.

»›Verbrechen im Osten‹. Auch eine Neuigkeit!« Verärgert lehnte Musbach sich in seinen Sessel zurück, warf einen zweiten Blick auf das Buch und zuckte die Achseln. »Wir wissen doch wirklich, was war. Jahrzehntelang, ja sicher, jahrzehntelang hab ich das mit meinen Schülern diskutiert. Ein halbes Jahrhundert. Was soll ich damit? Hier in meiner Ruhe?«

»Ruhe für wen?« gab die Tochter zurück und zog den Katalog wieder zu sich heran. Ihre grauen Augen verengten sich in einer eigentümlichen Spannung, als wolle sie einen Kampf mit ihm aufnehmen.

»Kein Kaffee heute?«

Der Vater legte die Pfeife beiseite und stand auf. Die Espressomaschine, ein gepflegtes Museumsstück aus der Vorkriegszeit, füllte die Kochnische fast vollständig aus. Als Kind hatte Katja dieses Ungetüm geliebt und gefürchtet wie ein Fabelwesen. Es sei von Hugo, hatte der Vater einmal erklärt, seinem besten Freund, und eine Zeitlang waren ihr die Maschine und Hugo durcheinandergeraten, hatte sie das duftende, fauchende Gerät einfach Hugo genannt. Er sei mit Hugo im Krieg gewesen, hatte der Vater später erzählt, davor hätten sie zusammen Abitur gemacht und studiert. Hugos Mutter Italienerin. Daher die Maschine. Mehr war aus dem Vater nie herauszubringen. Gefallen, hatte er nur ungewöhnlich barsch auf die Frage erwidert, was aus Hugo geworden sei. Und die Mutter legte warnend den Finger auf die Lippen.

Die Maschine brodelte, zischte, der Vater drückte den Hebel, Katja zog die eine Tasse weg, schob die andere unter den Hahn. Kein Tropfen ging verloren. Jedesmal hatten Vater und Tochter ihre Freude an dem kleinen Spiel.

»Bitter.« Katja schüttelte sich. »Hast du die Kaffeesorte gewechselt?«

»Er wird manchmal so, wenn die Dose zu lange offenstand«, sagte der Vater entschuldigend. »Morgen kommt Nachschub. Und in der Schule? Erzähl!«

»Nichts Besonderes«, erwiderte Katja.

»Nichts Besonderes?« Musbach war enttäuscht. Gerade heute? Die Berichte seiner Tochter über die Schulwelt da draußen erwartete er fast mit der Spannung eines Voyeurs, dem das Leben anderer eigenes ersetzen soll. Es war dann beinah wie in alten Tagen, wenn er Gerda, seine Frau, an seinem Schulleben hatte teilnehmen lassen. Nun war er der Zuhörer. Er, der bei Generationen von Schülern als Redner für seine mitreißende Kraft berühmt gewesen war, hörte nun gierig zu und redete am liebsten nur noch nach innen, mit seinen Antiken, wie er sie nannte, lateinischen und griechischen Dichtern, Philosophen und Geschichtsschreibern.

»Wirklich nichts Besonderes?« wiederholte er.

Katja ließ sich nicht drängen. »Heute nicht«, erwiderte sie kurz angebunden. Das Gespräch blieb stockend, der gewohnte Fluß von Neugier und Fürsorge wollte sich nicht einstellen. Schließlich schob sie ihm auffordernd das Buch wieder zu, wie eine längst fällige Rechnung. »Ich bin schon spät. Schau dir das Buch bitte an. Dein Bild wirst du da ja nicht drin finden.«

Anders, entfernter als sonst, küßte sie ihn auf die Wange.

Es war noch warm, und Katja beschloß, ein Stück weit zu Fuß zu gehen. Sie war in Hamburg aufgewachsen, nahe der Universität, wo auch ihre Wohnung lag. Eine der wenigen, die noch nicht in Eigentum umgewandelt worden waren. In diesen Straßen war sie zu Hause, und verließ sie ihr Quartier, fühlte sie sich oft wie in einer fremden Stadt. Was sie genoß. Im Schanzenviertel fand sie ihren türkischen Bazar, am Falkenstein Beverly Hills, Italien beim sommerlichen Großneumarkt. Heute wählte sie ein elegantes Viertel an der Alster. In den Kastanien ein leichter Wind, hohe, weiße Häuser, offenstehende Fenster. Seit wenigen Tagen verblaßte der Sommer allmählich zum Herbst, Frühherbst mit seinem sanft verschleierten, bittenden Licht. Auf den Balkonen saßen sie beim Wein oder lasen Zeitung, leises Gelächter, ein Saxophon. Eine Frau, aufs Geländer gestützt, rauchte und ließ den Blick übers Wasser, die Wiesen, die Pappeln schweifen, und Katja folgte ihren Augen in den Himmel, der sich in Abendtönen aufzulösen begann. Aber durch das sommersatte Grün streckten andere Bäume ihre kahlen Äste, daran die unscharfen Umrisse lebloser Körper. Und in die Wolken stiegen Gesichter, Gesichter aus ferner Vergangenheit, durch die Bilder der Ausstellung wieder so nah, Gesichter, die Katja nie gesehen hatte, Gesichter von Fotos, Gesichter, aschefarben wie in Träumen, aus denen aufzuwachen man glücklich ist.

Es dämmerte schon, als sie die Treppen zu ihrer Wohnung hinaufstieg, vier Stockwerke unterm Dach, nur der gestirnte Himmel über uns, hatte Albert beim Einzug geschwärmt. Und an Sommerabenden konnten sie zusehen, wie die Sonne im Spiegel flammender Kupferdächer unterging. Er liebte die Stille wie sie. Zweimal waren sie umgezogen, immer höher, bis sie niemand mehr stören konnte mit Gepolter von oben. Es war ein ruhiges Haus. Daran hielt sich auch die Klavierlehrerin aus dem ersten Stock; ihre Schüler übten mit Dämpfer, und sie selbst spielte wundervoll. Zwischen sechs und neun. So war's vereinbart. Gerade Chopin.

Vergeblich wählte Katja die Nummer vom Pizzadienst. Der Kühlschrank wieder leer. Seit sie allein lebte, war das normal. Und gut für die Figur.

Auch die Nummer Renis war besetzt. Vielleicht, fuhr es Katja durch den Kopf, wäre diese Nummer auch damals besser besetzt gewesen, damals vor zwei Jahren, als sie auf der Suche nach einer Zange im doppelten Boden des Werkzeugkastens die Briefe gefunden hatte: »Albert, Liebster, ich kann es kaum erwarten.« Briefe einer »Luftfee«, oder hatte da »Lustfee« gestanden? Egal, die Briefe waren eindeutig. Das Parfüm ranzig.

Sie hatte die Briefe an sich genommen, nur die Umschläge sorgfältig wieder an ihren Platz gelegt. Sorgfältiger noch die Küche geschrubbt, dann das Bad und noch immer nicht gewußt, wie weiter. Die ersten Herbststürme hatten eingesetzt; sie brachte die Sommersachen in den Keller, die Winterkleider hinauf in die Schränke, versteckte die Briefe hinterm Strandzeug und hatte noch immer nicht heulen können. Als sie Stunden später Reni anrief, hatte sie das hinter sich; aber was sie tun sollte, wußte sie trotzdem nicht.

»Im Prinzip gibt es zwei Möglichkeiten«, riet die Freundin. »Gehen oder bleiben. Bleiben mit Verzeihen. Oder Bleiben mit Schweigen. Will sagen: Entweder du stellst ihn zur Rede. Oder du sagst nichts und machst weiter.«

Katja hatte weitergemacht und sich »Zeit heilt Wunden« eingeredet. Doch was wuchs, war eine Narbe aus Mißtrauen. Alles, was Albert sagte und tat, schien ihr doppelbödig wie sein Werkzeugkasten, und das, was er nicht tat und sagte, auch.

So war sie immer mürrischer, abweisender, kälter geworden, und als er wenige Wochen später einen Ruf nach München bekam, bemühte sie sich nicht um eine Versetzung. Was sie ihm verschwieg. Er räumte seinen Schreibtisch und seine Seite im Kleiderschrank, und sie heuchelte Bedauern. Sein Bettgestell stand schon zwei Wochen später auf dem Speicher. Kam er, schlief er auf der Couch. Er hatte nichts dagegen, schien zufrieden.

Und Katja schloß sich wieder enger dem Vater an. Wäre die Mutter noch am Leben, hätte das wenig geändert. Der Vater war schon immer ihr Held und nun ihre zuverlässige Stütze. Ihm mußte sie nichts erklären. Sie hatte Albert schuldig gesprochen; es war erwiesen. Die Briefe Fakten.

Nachdenklich wog sie die Figuren in der Hand, Stücke von Ausgrabungen, ersteigert in der Türkei, wo sie Albert in den Sommerferien oft besucht hatte. Auch die Eltern waren einmal mitgefahren an die Dardanellen, zu den Spuren des alten Troja. Wenn der Altphilologe und der Archäologe miteinander gestritten hatten, ob es dieses Troja nun gegeben habe oder nicht, ob sich Homer alles nur ausgedacht habe, wie groß das Körnchen Wahrheit sei, hatten Mutter und Tochter dabeigesessen wie Zuschauer im Gerichtssaal. War der von Schliemann ausgegrabene Ort wirklich das alte Troja?

Glückliche Tage. Als man sich die Köpfe heiß redete über längst versunkene Welten, wenn es darum ging, ob Hissarlik einmal Troja/Ilios hieß; wie dieses Hissarlik zur Bronzezeit genannt wurde; ob die Mykener Griechen waren; ein Krieg um Troja Geschichte oder eine Geschichte war. Alte Rätsel, die keinem mehr Kummer bereiteten. Pures Vergnügen. Aber auch der Versuch einer Antwort auf Fragen nach dem eigenen Ursprung.

Katja stellte den kleinen Bronzekrieger wieder an seinen Platz.

Das Telefon klingelte. Sie nahm zu spät ab. Der Anrufer hatte aufgelegt.

»Gibt es Neues vom Fräulein Tochter?« wandte sich Frau Sippel aufmunternd an Musbach, der sein Gemüse auf dem Teller hin- und herschob. Inge Sippel wußte, daß die Tochter verheiratet war, ließ sich aber das »Fräulein« nicht nehmen, wohl weil sie Katja nur allein sah. Alleinstehende Frauen waren für sie Fräulein, »Ordnung muß sein.« »Rank und schlank wie eh und je«, plapperte sie weiter. »Wohl verliebt in ihre Figur. Na, ich hab ihr gesagt, sie soll aufpassen. Sie kommt bald in das Alter. Ich hab's aufgegeben, damals als mein Mann starb. Schluß mit den Diäten. Schrecklich!« Nickte und bugsierte eine Backpflaume auf die Gabel, umsichtig, fast zärtlich.

»Ach was!« Wenn die Rede aufs Essen kam, fühlte Frau Mulde sich angesprochen. »Gesund muß Essen sein. Maßhalten. Vernünftig essen. Das ist Pflicht!«

»Alles in Ordnung mit dem Fräulein Tochter?« wiederholte Frau Sippel ihre Frage. »Sie schien mir so in Gedanken, ganz der Vater.« Katja hatte, anders als sonst, die Frau heute kaum gegrüßt, und diese konnte ihren Verdruß hinter einem süß-besorgten Tonfall nur schlecht verbergen.

»Ja, natürlich«, erwiderte Musbach, und Frau Mulde sprang ihm bei: »Sicher eine Klassenarbeit. Das sind Korrekturen bis spät in die Nacht. Ich weiß das noch von meinem Sohn, als der ...«

Keiner hörte mehr zu. Nicht einmal Rattke, der nach einem verstohlenen Blick auf die Uhr Hans Musbach fragte, ob er sich heute abend den zweiten Teil der Stalingrad-Dokumentation ansehe. Eine rhetorische Frage, mit deren Hilfe er Musbach in eine Diskussion über Art und Umfang des Zahlenmaterials der Sendung zu verwickeln hoffte.

»Stalingrad«, kam Dicks dem Angesprochenen zuvor, die beiden A verächtlich in die Länge ziehend. »Wer interessiert sich denn heute noch für Stalingrad? Es gibt doch frische Kriege genug!« Hatte er leise gekichert?

»Nein, schau ich mir nicht an«, erwiderte Musbach kurz.

Doch Rattke, entgegen seiner sonstigen Wortkargheit, ließ nicht locker. »Nicht? Warum nicht? Ist doch eine hervorragende Dokumentation. Alles akkurat belegt.«

»Nicht?« widerholte auch Frau Sippel verblüfft und ergänzte, noch verärgert über Katja: »Wo Sie doch sonst ständig betonen, daß nichts vergessen werden darf aus dieser Zeit. Mein Sohn schwärmt noch heute von Ihrem Geschichtsunterricht. Egal, ob Kaiser Nero, Caesar oder Caligulla, irgendwie, erzählte mein Christoph bei jeder Familienfeier, kriegt der Musbach den Bogen zu Hitler und ins Dritte Reich. Wortwörtlich konnte der Junge wiederholen, was Sie den Kindern damals beigebracht haben. Daß alle Deutschen heute Verantwortung tragen und so. Und das vor der ganzen Verwandtschaft!«

»Calígula«, erwiderte Musbach trocken. »Nicht Caligúlla. Ja, so war's.«

»Fakten bleiben doch immer interessant«, meinte Rattke, der sich gemaßregelt fühlte.

»Jawohl«, pflichtete ihm die kleine Dame bei, die sich von einem der Nebentische genähert hatte. »P, E, nichts, nichts, N, nichts, dann wieder nichts und noch mal nichts«, sagte sie statt einer Begrüßung. »Chinesischer Schoßhund mit acht Buchstaben.« Kaum ein Tag verging, an dem sie nicht an Tisch »Freesie« Beistand für ihre Kreuzworträtsel suchte, vornehmlich von Musbach. Sie bewunderte sein hervorragendes Gedächtnis. »Registrierkassengedächtnis«, hatten die Kollegen gespöttelt; in der »Residenz« wurde er nur noch beneidet.

»Könnten wir nichts vergessen, würden wir uns auch nichts Neues merken können«, tröstete er gern, wenn Mitbewohner beunruhigt über Vergeßlichkeit klagten. Vor längerer Zeit hatte er hier einen Vortrag über die »Gedächtniskunst« gehalten und einige antike Techniken des Auswendiglernens vorgestellt. Nicht ohne zu betonen, daß Büchern über das Behaltenlernen auch jeweils ein Kapitel zur Kunst des Vergessens angefügt war. »Das allgemeine Vergessen«, hatte er geschlossen, »gehört zur menschlichen Natur.« Und: »Sein Unglück vergessen können ist die Hälfte des Glücks«, hatte er einen seiner antiken Wegweiser zitiert.

Das Publikum war beeindruckt. Tage-, ja wochenlang hatte man sich mit Musbachs Anekdoten und Beispielen auseinandergesetzt. Für manche war dieser Abend geradezu eine Erlösung gewesen. Vergessen kann befreien – Erinnerung quälen. Darin war man sich einig. Frau Sippel hatte geträllert: »Glücklich ist, wer vergißt, was doch nicht zu ändern ist«, und eine andere fiel ein: »Mach' es wie die Sonnenuhr, zähl' die goldenen Stunden nur.« Nur die Anfänge lohnten das Erinnern, hatte eine dritte gemeint, Anfänge wie Seifenblasen, ohne Vergangenheit, ohne Zukunft, schillernde Kugeln, atemleicht durch einen Drahtring in die Luft geblasen, alsbald zerplatzt.

Aber auch die Ernsthafteren waren der Ansicht, daß es mitunter gut sein könne zu vergessen, den Haß, Schmerzen, das Leid. Wenige protestierten. Vergessen, meinten sie, das ist leicht gesagt. Dann kommt der Schrecken in den Träumen wieder.

»Lethe trinken«, hatte Musbach damals geraten. Lethe, der Fluß der Unterwelt, der den Seelen der Verstorbenen Vergessen spendet. Wer daraus trinke, könne seine frühere Existenz vergessen und werde wiedergeboren. »Wohl zuviel Lethe getrunken« wurde zum geflügelten Wort für alle, die abends nicht mehr wußten, wohin sie morgens ihre Pantoffeln gestellt hatten.

Musbach war müder als sonst vom Abendessen zurückgekommen. Er hatte das kurze Gespräch mit Katja vergessen wollen, doch da lag es wieder, das Buch, der Katalog, dieses Signal einer Zeit, die er einst so mühsam verlassen hatte.

Wieder spürte er den Ärger, der ihn erfaßt hatte, als Katja ihm den Fotoband so herrisch über den Schreibtisch geschoben hatte. Was sollte die herablassende Bemerkung: »Schau dir das Buch bitte an. Dein Bild wirst du da ja nicht drin finden.« Dieser Satz, ihre Stimme, unsicher und herausfordernd zugleich, ließen ihn nicht los.

Musbach versuchte, in den Fluß seiner Tage zurückzufinden. Er schlug das Buch wieder auf, das er bei Katjas Ankunft zur Seite gelegt hatte. Aber Sulla konnte ihn nicht zurückgewinnen.

Unentschlossen musterte er seine sauber geordneten Buchreihen nach einer Lektüre, die ihn Katalog und Geplapper des Speisesaals vergessen lassen würde. Er konnte sich nicht entscheiden. Was er kannte, müßte ihn heute enttäuschen und die neue, geradezu obszöne Catull-Übersetzung schien ihm allzu gewagt und verletzte seinen Sinn für die Strenge der lateinischen Form. Er machte den Fernseher an: Krimis. Wohin man zappte, die bekannten Gesichter. Schon auf den ersten Blick wußte man, wer an diesem Abend der Schuft sein werde. Oder, Überraschung: das seit Jahren gewohnte Gesicht des sympathischen Kommissars als Fratze eines Verbrechers. Verwirrung der Klischees. Aber andauernd dieselben Schauspieler, festgeschriebene Typen mit austauschbaren Texten. Und dann diese Ratespiele. Ein blondes Dekolleté versprach den

Zuschauern zweihundert Euro, wenn sie anriefen und kundtaten, woraus man Tomatensuppe mache oder wie das Tier heiße, das man reiten könne, schwarz ein Rappe, weiß ein Schimmel. Dazu Abbildungen der gefragten Gegenstände auf dem Bildschirm.

Die Unruhe wollte nicht vergehen. Warum hatte Rattke nicht verstehen wollen, daß Günter Grass mit seinem »Krebsgang« nicht die Nazimorde gegen deutsches Unglück aufrechnen wollte? War es denn niemals möglich, auch das ganze Bild zu sehen? Das Unheil des Ersten Weltkriegs, das Terrorregime der Nazis zunächst gegen die deutschen Demokraten, gegen die Juden und schließlich gegen ein Europa, das sich nach Frieden sehnte? Und dann auch noch das, was er am eigenen Körper erfahren hatte, ohne jemals selbst etwas entscheiden zu können; er, ein Teil der deutschen Kriegsmaschine und ihr Opfer zugleich. Mußte man aus dem Mosaik immer nur die Steine einer Farbe auswählen? Gab nicht erst das ganze Bild einen Sinn?

Es dauerte eine Weile, bis Musbach bemerkte, daß sein Blick vom Bild auf dem Einband des Katalogs nicht loskam. Er kannte solche Fotos. Frau Sippel hatte ja recht: Wann immer er in den Unterrichtsstunden der Oberstufe auf die grausamen Kriege des Altertums zu sprechen gekommen war, nie hatte er versäumt, die Schüler über das Verständnis der Geschichte hinaus auch auf die Kriege ihrer eigenen Zeit, des zwanzigsten Jahrhunderts, hinzuweisen; auf die immer größeren Räume, auf die unveränderte Brutalität. Auf die Bestie Mensch. Er wollte Warnung sein mit der Erfahrung seiner Generation und seinem Wissen und so die Verantwortung der Generationen stärken. Jetzt war er alt und hier. Er hatte doch nichts versäumt! Warum sträubte sich alles in ihm, den Katalog in die

Hand zu nehmen, wenn Katja ihn doch bat? Woher dieser Widerwille? Dieses Zögern? Warum sollte er heraus aus diesem inneren Frieden mit seiner Zeit, den er sich in vielen Jahren erarbeitet und verdient zu haben meinte? Altersfrieden.

Doch seit die Tochter ihm den Katalog so nachdrücklich zugeschoben hatte, fühlte er ein Kramen in den Fächern seines Gedächtnisses, eine Verstörung, wie er sie seit Jahren nicht mehr kannte, nicht seit Hugos dreißigstem Todestag, als er den kleinen Gedenkstein auf dem Ohlsdorfer Friedhof aufstellen ließ. Ohne Verwandte oder Freunde des Freundes, der da draußen in Rußland so einsam lag, wie Musbach hier einsam ihrer Freundschaft gedachte. Vierzig Jahre hatte er dieses Gefühl einer unvollendeten Geschichte nicht mehr so gespürt wie an diesem Abend heute. Gut, daß Katja ihm in dieser Stimmung nicht gegenübersaß. Ihr wäre kaum entgangen, daß der lange Satz seines Lebens noch nicht zu Ende gesprochen war.

II.

Das Haus der alten Leute überragte die Lagerschuppen; wie ein Bollwerk schob es sich in den diesigen Septemberhimmel. Eine feste Burg für soviel bestandenes Leben, ein Bunker der Erinnerungen, letzter Sammelplatz für all die Gedanken, die immer schneller davonflogen aus den alten Gehirnen, bis manchmal nicht einmal mehr Mann, Frau, die Kinder erkannt wurden.

Hatte Katja den Vater zusammen mit Albert besucht, empfand sie stets einen Zwiespalt; halb Ehefrau, halb Tochter, wollte sie es jedem recht machen und fühlte sich wohler, wenn sie mit einem der Männer allein war. Dabei kamen die beiden gut miteinander aus. Nie hatte Albert die geringste Eifersucht erkennen lassen, im Gegenteil. Die umfassenden Kenntnisse des Schwiegervaters waren ihm ebenso willkommen wie sein Urteil, und Katja war froh, daß der Vater eine feste Verbindung nach München hielt.

Natürlich hatte sie auch heute das Rosinenbrötchen nicht vergessen. Onkel Emil war eigentlich zu jung für dieses Haus; aber ein Schock – Genaues wußte man nicht, man munkelte viel, von Bankrott bis zum Unfalltod der Familie – hatte ihn in einen Zustand versetzt, der sein Unterkommen hier mehr als rechtfertigte. Rosinen, hatte er einmal im Gespräch mit Katja fallenlassen, liebe er über alles, und daß nicht nur sie ihn gut versorgte, sah man.

In der Eingangshalle winkte eine rotgefärbte Seniorin in grünem Pulli und rosa Jeans Katja von weitem zu. Eine vom lila Tisch, dem Weibertisch, wie die Männer ihn nannten. Dort, wo man von seinem toten Gatten nur als »er« sprach und sich in Geschichten über deren Egoismus überbot. Einmal hatten sie Katja zu sich gerufen, als sie auf den Vater wartete. Voller Mitgefühl hatte sie der Rothaarigen beigepflichtet, der Ihrige müsse aber wirklich ein rücksichtsloser Kerl gewesen sein. Worauf diese entrüstet die Hände gehoben hatte: »Überhaupt nicht. Gar nicht! Er war nur ein Mann!« Jetzt blieb man lieber unter sich. Altersfrieden.

Lächelnd grüßte Katja die Rote zurück.

Der Vater war wie immer korrekt gekleidet. So, im Anzug mit Fliege, hatte er vor seinen Schülern gestanden. Straff auch in Cordhose und Pullover. Ein Mann mit Haltung.

Vater und Tochter begrüßten sich heute eher höflich, beinah unbeteiligt, als kämen sie aus einer Theaterpause. Ohne Umschweife nahm Musbach das Gespräch auf.

»Gestern abend habe ich das Buch angesehen. Ich weiß wirklich nicht, was du willst. Wir alle kennen doch die Schrecken und die Verbrechen der Nazizeit. Was können wir noch mehr dazu sagen? Ich habe diese Jahre in mir abgekapselt wie die Splitter in meinem Bein. Es gibt die historische Verantwortung aller Deutschen, dazu habe ich immer gestanden. Aber ich will nicht noch einmal hinein, zurück in diese verlorenen, gestohlenen Jahre.«

Die Tochter sah ihn erwartungsvoll an. Sie antwortete nicht. Es war an ihm zu reden.

»Wir haben doch wirklich oft darüber gesprochen. Du weißt alles. Hast so viel gelesen. Ich kann dir nichts Neues sagen.«

»Ja«, sagte Katja. »Gelesen. Und darüber geredet. Aber von dir selbst hast du nie erzählt. Und nie von solchen Fotos. Du warst doch in diesem Krieg, in Rußland.«

Der Vater stand auf, machte sich an der Espressomaschine zu schaffen. Katja folgte ihm nicht. Bedankte sich knapp, als der Vater ihr die Tasse reichte.

Mußte das sein? Diese Fotos! Was sollte er dazu sagen? Wo beginnen?

Katja scharrte ungeduldig.

»Nun gut, ich will es versuchen, wenn es unbedingt sein muß. Aber du wirst bald verstehen, warum ich über diesen Krieg, über meinen Krieg nicht reden will und nie reden wollte.

Ich erinnere genau«, murmelte Musbach, »wie es damals war, als es begann. Aber in deinem Buch finde ich von dieser Erinnerung nichts.« Sollte er nun von HJ, Arbeitsdienst, Grundausbildung berichten?

Musbach grübelte, und Katja schwieg beharrlich.

Sicher, er war froh gewesen, von zu Hause wegzukommen, besonders von der Tante. Seine Mutter kannte er nur von Fotos, eine junge, mädchenhafte Frau am Arm des Vaters. Kurz nach seiner Geburt war sie gestorben, und die Schwester des Vaters hatte »auf eigenes Mutterglück verzichtet«, wie sie gern betonte, um dem Bruder beizustehen. Für den kleinen Hans war sie das verkörperte »Pfui, laß das!« gewesen, für den großen das leibhaftige »Das gehört sich nicht«. Er genoß ihre Ohnmacht, wenn er sich Koppel und Schulterriemen über die HJ-Uniform schnallte. Wie begeistert war er durch die Wälder von Potsdam gezogen, hatte Zelte aufgebaut und Lagerfeuer geschürt. Märsche mit Gepäck, Schwimmen in der eisigen Havel, Dichterlesungen, Theatergruppen, Morgenfeiern. Der »musische Mensch in soldatischer Haltung«: Baldur von Schirachs Ideal.

Oder vom Reichsarbeitsdienst, nach dem Abitur, ohne den es kein Studium gab? Schlau war dieser Hitler gewesen, bemächtigte sich schon der Kinder, ihrer Körper und ihrer Köpfe. Zäh wie Leder und so weiter, Ehre, Treue, Kameradschaft. Zackig. Auch Musbach hatte die Idee der »Volksgemeinschaft« ergriffen; daß der Sohn des Arbeiters gleichviel gelten sollte wie der eines Arztes. Lehrlinge, Schüler, Studenten saßen zusammen und lernten einander schätzen. Gegen die »Profitgeier«, die »Plutokraten« und die eitlen, selbstsüchtigen Spießer. Wer mochte dem mit sechzehn nicht zustimmen? Daß es angeblich auf Leistung ankam und nicht mehr auf die Herkunft. Aber dann gab es eben doch Unterschiede: Parteibonzen, Goldfasane, großmäulige Ideologen gewannen überall die Oberhand.

»Unsere Spaten sind Waffen des Friedens,
unsere Lager sind Burgen im Land,
gestern in Klassen und Stände geschieden,
gestern der eine den anderen gemieden –
graben wir heute gemeinsam im Sand –
... treu dem Befehl unseres Führers.«

Mit Überzeugung hatte er damals gesungen, was ihm aus dem Herzen sprach, und das andere, das, was ihm nicht paßte, auch, in wessen Namen er den Spaten schwang, das sang er beiseite oder formte mit den Lippen das Götz-Zitat.

So hatte er versucht, damals zu leben. Er war nun mal dabei und auch dagegen. So wie sein Deutschlehrer, der mit ironischem Lächeln und einem »Heil Hitler!«, wie in die Kulisse gesprochen, die Klasse betrat, die Rechte gerade so weit erhoben, daß sie sich übergangslos in einen Bogen ausschwenken ließ, der zum Sitzen aufforderte, »Bitte nehmen Sie Platz!« Was lag in dieser Zweideutigkeit? Einverständnis kaum, aber Widerstand sicher auch nicht. Warum ihm das gerade jetzt einfiel?

Dann kam die Olympiade, die Völker der Erde winkten Hitler zu. Wer ließ sich von dieser Hochstimmung nicht anstecken? Mit sechzehn?

Zwei Semester konnte er studieren. Musbach erinnerte die Bücherverbrennungen und die sogenannte »Reichskristallnacht«; sie hatten viele aufgeschreckt. Er konzentrierte sich auf seine Arbeit, die Bücher. In seinem Fach hatten, bis auf ein paar Fanatiker, fast alle diesen »schiefen Blick«. Dieses Schielen, vorbei an dem, was mißfiel, auf das, was behagte, wurde auch ihm zur zweiten Natur.

Wäre nicht Hugo gewesen. Schon in der Schulzeit, besonders in der HJ, hatte der sich an Musbach gehalten. Klein, schmächtig, suchte er in dessen Nähe Schutz. Musbach wiederum fand bei Hugos Eltern ein zweites Zuhause. Der Vater übersetzte aus dem Italienischen und Französischen, nie ein ertragreiches Geschäft, damals schon gar nicht. Die Mutter, Töpferin, Kunsthandwerkerin, mochte sich dem bezopften Geschmack der Zeit nicht anpassen und verbrauchte wohl mehr Geld im Atelier, als sie verdiente.

Hans Musbach fühlte sich geborgen in Hugos spärlich möblierter Altbauwohnung, Klo auf der Treppe, Werkstatt im Hinterhof. Hier fanden nächtelange Diskussionen statt, bei denen Frauen lange dünne Zigarren rauchten, das Kopfschütteln immer verzweifelter wurde über ein Ausland, das tatenlos zusehe, wie die Verbrecher Deutschland flottmachten für einen nächsten Krieg. Während man im Grunewald, wo Musbachs Vater die Praxis hatte, wenig von den Nazis spürte, marschierte die SA durch Hugos Viertel häufig, und einmal sah Musbach, wie zwei Ledermäntel eine Frau fest untergehakt in ein bereitstehendes Auto preßten.

Auch beim Arbeitsdienst war er mit Hugo zusammengeblieben, Musbach hatte dem Freund manchen Sack von den Schultern genommen und manchen Korb Kartoffeln für ihn ausgebuddelt. Sogar das Bier, Hugo vertrug kaum ein halbes Glas, für ihn ausgetrunken, damit der den Hänseleien entging.

Auch Hugo lebte mit dem schielenden Blick, doch nicht so bequem wie Musbach. Er machte aus seinem Abscheu vor Hitler keinen Hehl. Er schaute auf die Welt mit den Augen des Zweifels, besser: der Vielfalt. Für ihn gab es nicht »die Wahrheit«. Für ihn galt nicht das Absolute, sondern das Menschliche, das den Umständen Gemäße. Hugo, der Skeptiker, sorgte dafür, daß Musbach die hohlen Worte ins Wanken gerieten, immer schneller, wenn es konkret wurde, alltäglich.

Die Einberufung Anfang einundvierzig bekamen beide. In dieselbe Kaserne. Hans und Hugo gelobten dem »Führer« und Oberbefehlshaber der Wehrmacht unbedingten Gehorsam und versprachen als »tapfere Soldaten« für diesen Eid jederzeit »mein Leben« einzusetzen. Beide kamen zur Infanterie, und beide schworen sich: Nur keine höheren Ränge; bloß kein Offizier.

Vom Reichsarbeitsdienst waren sie einiges gewöhnt. Was jetzt kam, war die Hölle – dachten sie damals. Das ist eure Lebensversicherung, pflegte einer der Ausbilder zu sagen, einer der schlimmsten Schinder. Sie hatten im Krieg schnell einsehen müssen, daß nicht alles, was sie da erlitten hatten, nur Schikanen waren. Eher Überlebenstraining.

Was beim Militär anders war, besser als beim Arbeitsdienst: Man ließ ihre Köpfe in Ruhe. Für große Worte blieb den Soldaten wenig Zeit. Sogar eine gewisse Freiheit glaubte Musbach sich so bewahren zu können, eine innere zumindest. »Macht«, brüstete er sich vor Hugo, als er dem Ausbilder wieder mal einen Streich gespielt hatte, »Macht hängt davon ab, ob man sie anerkennt«. Wie frei und rebellisch war er sich vorgekommen! »Ach ja?« Hugo kniff die Augen zusammen. »Dann pack doch deine Sachen und geh nach Hause!«

Der Vater rieb sich die Stirn. Ja, das alles wäre einfach zu erzählen gewesen, mit den Augen von damals, als man noch nicht wußte, was folgte. Es schien in Deutschland aufwärtszugehen, in den dreißiger Jahren nach den Katastrophen der Weltwirtschaft. Und man hatte es ja wirklich nicht voraussehen können. Was weiß man heute? Kann man heute eher begreifen, was man damals nicht wußte?

Katja schwieg noch immer. Biß sich auf die Nägel. Ratlos. Nervös. Riß die Hände vom Mund und schob sie zwischen Polster und Oberschenkel. Wann hatte sie das zuletzt getan? Mit elf oder zwölf? Da hatte ein Vetter, an dem ihr Herz hing, geheiratet, und sie mußte Blümchen streuen, als wäre sie noch ein Kind. Tags darauf hatte der Vater mit ihr in einem Trödelladen am Hafen die beiden Tassen gekauft, Kapitänstassen, eine für sich und eine für sie. Zwillingstassen. Nie war beim ersten Schluck aus dieser Tasse die scheue Freude ausgeblieben, nie dieses Gefühl unverbrüchlicher Treue, wenn sie die geblähten Segel auf weißem Porzellan neben den Büchern auf dem Schreibtisch des Vaters sah.

Wieder und wieder strichen dessen Hände von der Mitte der Stirn zu den Schläfen, als könne er sie herauswischen und ordnen die Bilder, die hellen, die dunklen, die guten, die schlechten, zur Linken, zur Rechten. Er bewegte die Lippen, als suche er nach Worten, um der Bilder Herr zu werden, die seit gestern auf ihn eindrangen, machtvoll, daß er sich ihrer kaum zu erwehren wußte.

Oder beim Krieg beginnen? Nicht beim Anfang, nicht in Polen, Frankreich, im Norden und im Süden. Nein, bei seinem Krieg, Musbachs Krieg. Bei Rußland.

Wie war das gewesen, an diesem Abend, als Sackasche, der Feldwebel, an diesem Abend – nein, es hatte ja schon vorher angefangen, am Morgen schon, nein schon Tage vorher, noch früher, viel früher, Hugos Vater hatte schon dreiunddreißig gesagt: »Der will den Krieg«, und als die Deutschen – Musbach vermied noch immer das »wir« – dann in Polen einmarschierten, sagte Hugos Vater: »überfallen« und sagte auch: »Bald sind die Russen dran« und »Das ist der Anfang vom Ende«. Hugos Vater stand aber ziemlich allein mit seiner Meinung, die Hans Musbach auch von ihm nie mehr hörte, nachdem dieser eine Nacht bei der Gestapo gewesen war. Danach saß Hugos Vater bei jeder Siegesmeldung nur stumm da und knirschte mit den Zähnen, anders als der seinige, dem jeder Sieg eine Flasche Roten wert war. Sogar die Tante fand schließlich Geschmack an den Siegesmeldungen: so sauber und weit weg blieben vom Krieg nur die Fanfaren im Radio. Oder ein Satz Brüsseler Spitze, wie sie der Sohn einer Freundin mitgebracht hatte. Auch für Hans werde es höchste Zeit mit dem Ernst des Lebens, so die Tante.

Das alles ging ihm durch den Kopf, als er jetzt an den Abend dachte, dem jener Tag vorangegangen war, mit Geländeübungen und Briefeschreiben, an den Vater, an ein paar Studienfreunde, vor allem aber an Barbara, die im Schwarzwald ihre Lunge ausheilte.

»Es war merkwürdig still geworden in der Gruppe«, begann der Vater, gänzlich unvermittelt, mit so leiser Stimme, daß die Tochter kaum den Kopf hob. »Gerüchte über Rußland hatte es schon seit Wochen gegeben; aber selbst Hugo verließ sich auf den Nichtangriffspakt mit der Sowjetunion. Glaubten wir wirklich dieses Gefasel: wir ziehen durch Rußland, um die Tommys in Indien zu packen? Dort – oder war es im Kaukasus? – sollten sich angeblich unsere

Truppen mit Rommel zusammentun. Ich weiß es nicht mehr, was ich damals glaubte.

Also, es war merkwürdig still in der Gruppe, an diesem 22. Juni. Auch die alten Späße konnten keinen mehr aufmuntern, die Sommerluft dick zum Ersticken, noch ehe der Kommandeur vor dem Bataillon steht, das sich in einem weiten Viereck versammelt hatte. Mit einer Stimme, schneidig wie die Radiotöne, hämmerte er uns den Aufruf Hitlers vom Papier: ›Soldaten der Ostfront, damit tretet ihr an zu einem schweren und verantwortungsvollen Kampf.‹ Oder so ähnlich. Der Kommunismus sei unser schlimmster Feind, der Bolschewismus übles Werk der Juden. Widerstand müsse rücksichtslos gebrochen werden.

Die meisten von uns waren Arbeiter, kleine Angestellte, Bauern, Handwerker, nur wenige Studenten wie Hugo und ich. Warum sollten wir gegen den Kommunismus kämpfen? Ein ›Volk ohne Raum‹? Du weißt, dieser Roman von Hans Grimm, in Hunderttausender-Auflage. Nein, einen Drang nach Osten spürten wir alle nicht. Obwohl, als wir anfangs fast wie Befreier durch die Ukraine zogen, schwärmte manch einer unserer Bauern von dem fetten Boden, der fruchtbaren Erde, und gönnte sich wohl auch einmal den Traum vom Gutsbesitzer.

Dann sangen wir das Deutschlandlied, und ich wußte, was Hugo dachte: Hoffmann von Fallersleben, als der, noch zu Heines Lebzeiten, dieses Lied schrieb, hatte nur ein Deutschland wie Frankreich und England vor Augen und nichts von dem, was wir anfingen. Laut sangen wir nicht, und am Ende brüllten wir auch nicht das gewohnte ›Sieg Heil!‹ Drüben lagen Russen.

Wir standen stumm und ernst. Keinem war nach Reden zumute.

Es wurde Nacht. Wir bezogen Stellung, gruben uns ein,

kauerten uns in die Erdlöcher. Holunderduft, ganz genau erinnere ich mich an diesen Duft.

Still ist es, still, wir hören das Flüßchen murmeln, am anderen Ufer ein schlafendes Dorf. Jenseits der Brücke der Grenzer, er schaut in unsere Richtung, wir sind gut getarnt. Ahnungslos dreht er seine Runden. Ahnungslos wie mein Vater, dachte ich, die Tante, Hugos Eltern, alle, die zu Hause in den Betten liegen, Deutsche wie Russen. Ein trockener Knall nahe der Brücke. Der Posten fällt. Wie eine Überraschung. Als merkte ich erst jetzt: Die Zeit der Platzpatronen ist vorbei. Flammenstrahlen, Brandgeschosse rasen durch den Himmel, Erde reißt auf, der Wachturm stürzt, Masten fallen, Bäume zerknicken, Bretter wirbeln, Menschen springen aus dem Feuer in die Nacht. Dann wieder Stille, in der nur noch die Brände knistern.

›Raus!‹ Die Stimme des Feldwebels. Es ist kein Traum, die Kugeln pfeifen, Schreie, Befehle, Schüsse hämmern los. Raus aus den Löchern. Jeder packt sein Gewehr. In Tuchfühlung kriechen wir zu den vorderen Stellungen den Graben entlang. Vorbildliche Ordnung, so, wie man es uns beigebracht hatte, mit dem Bauch auf der warmen Erde des Niemandslandes. Explosionen. Ich kralle mich in den Dreck, hebe den Kopf. Einen Moment lang glaube ich, die ganze Reihe Soldaten vor mir sei in die Luft geblasen. Männer springen auf, vorwärts durch den Stacheldrahtverhau. Ich mit ihnen.

War das alles am ersten Tag oder erst später? Ich weiß es nicht mehr. Ist ja auch nicht wichtig. Glaub mir, ich hab es noch oft gesehen. Als längst nicht mehr geschossen wurde. Als der Krieg vorbei war, war er für die meisten längst nicht vorbei. In meinen Träumen, da wurde noch lange geschossen.

Dann mein Brüllen! Der erste Tote, als hätte es mich getroffen. Verschmiert, verstümmelt liegt er da, grotesk verrenkt, die Augen offen – eben noch so lebendig neben mir. Ein Mensch stürzt in unser Loch, wo ich mit Hugo sitz', und schreit, die ganze Kompanie sei weggeschossen. Vorsichtig hebt er den Kopf, eine Explosion zerreißt die Luft. Er fällt nach hinten. Sein Stahlhelm und sein Kopf, nein, es ist nur ein Stück, ein Stück vom Kopf, das Stück wird hochgeschleudert, Blut und Fleischfetzen spritzen über uns, Hugo fängt, wie im Reflex, Schädeltrümmer auf, stößt, so weit er kann, den schauderhaften Leichnam aus dem Loch und preßt sein Gesicht in die Erde.«

»Muß das sein?« Katja drückte ihre zitternden Hände vors Gesicht.

»Ich hatte dich gewarnt«, erwiderte Musbach schroff. »Ich habe meine Bilder! Bilder, die du auch kennen mußt.« Und ohne Zögern fuhr er fort. »Als wir uns raustrauen, ist das Gelände mit den Leichen russischer Soldaten übersät. Ein Panzer rollt darüber. Ein zweiter, dritter durch den blutigen Brei. Grausige Überreste in den Raupenketten. Von Menschen. Sogar unser Feldwebel bebt vor Entsetzen. Dazu die Schreie. Schreie von Verwundeten, Schreie von Wahnsinnigen. Von Sterbenden, die mit irrem Blick auf ihre Eingeweide starren, klaffende Unterleiber, nur noch blutige Masse, Blutbäche rinnen über fassungslose Gesichter.

Dann das Gebrüll der Offiziere, die sich etwas zuschreien, das Gefecht war noch nicht vorüber, noch immer hieß es vorwärts. Gellen, Stöhnen wie aus einem Schlachthof, da stürmen …«

»Hör auf!« Katja hielt sich die Ohren zu. Sprang hoch, die Hände ausgestreckt, als wolle sie den Vater, die Stimme, das Gehörte von sich stoßen. Sie machte ein paar

Schritte auf den Schreibtisch zu, da saß der Vater, hoch aufgerichtet, starr, die Hände um die Lehnen gekrampft, das Gesicht versteinert, die Pupillen weit auf die Wand, die ferne Zeit, die Vergangenheit gerichtet. Es sprach aus ihm, es rann aus ihm heraus wie Eiter aus einer schmutzigen Wunde. Es strömten ihm die Bilder, die Sätze zu. Das Vergessene drängte herauf, überschwemmte die Gegenwart. Der alte Vater war der junge Soldat. Erzähler war er und Erzähltes in einem. Persona-Maske. Sprachrohr für Unerhörtes.

»Siehst du! Von solchen Bildern, von meinen Toten, von meinen Freunden und Kameraden habe ich in deinem Buch kein Bild gesehen. Du hast schon recht, mein Bild, meine Erinnerung kann ich da nicht finden.«

Die Tochter wich zurück. Setzte sich wieder. Ihr Teil war es zu hören. Wenigstens das. Wenn sie der Wahrheit der Fotos näherkommen wollte, mußte sie auch seine Bilder ertragen. So wie der Vater fortfuhr in seiner Litanei des Grauens, kein Ende finden konnte; immer neue Bilder der Zerstörung drängten herauf und brachten sich zur Sprache.

»Wir hausten in Unterständen in zitternder Erde. Artilleriefeuer und Explosionen kamen näher; von surrenden Flugzeugen singen Bomben nieder; die Luft durchbraust vom Knattern der Salven, Splittern der Granaten, das wilde Geschrei der russischen Infanterie, dieses grauenhafte ›Üräää‹, mit dem uns die Russen aus der Fassung brachten.

Im Erdloch saßen wir einmal, Hugo und ich, als keine zehn Meter weiter die Schreie zweier MG-Schützen von Panzern erstickt wurden. Raupenketten malmten über dem Erdloch, hin und zurück und im Kreis, lange, unendlich lange, während die Russen brüllten: ›Ürrääá! Ürrää! Kaputt! Soldat Germanski kaputt!‹

Die erste Schlacht. Oder nicht die erste Schlacht? Ich weiß es nicht mehr. Es war, als hätte alles nur ein paar

Minuten gedauert. Fast eine Stunde war vergangen. Die Zeit stand still. Wir rasten durch sie hindurch.

Vorbei. Vorbei. Das war das einzige, was ich danach noch dachte. Vorbei, ein Wort, das betäubte wie eine Morphiumspritze. Im Manöver hatten wir den Geruch von Benzin und Staub kennengelernt, von verbranntem Pulver und Rauch. Der Geruch des Kampfes, der Geruch des Krieges war anders. Benzin, Staub, Pulver, Rauch auch hier, doch dazu diese Wolke aus Brand, Schweiß, Urin und Scheiße. Glühendes Eisen, verwesendes Fleisch, ein ekelhaft süßlicher Geruch, der Geruch des Schlachthofes, Geruch der Todeszone. Ausgebrannte, umgestürzte Panzer, Geschütze, LKW, Feldküchen, Motorräder, ein Meer von Waffen, Helmen, Tornistern, Spaten, Frontfilmwagen, Sanitätsbedarf, Munitions- und Bücherkisten, Granaten, Decken, Mäntel im braunen Schlamm. In der Sommerhitze liefen die Leichen sofort schwarz an, und von den Pferden, zerfleischt, mit aufgedunsenem Gedärm, strömte Verwesungsgeruch. Einmal sah ich ein Schwein, das schmatzend an einer Pferdeleiche nagte.

Überhaupt die Pferde. Zerfetzt von Granaten, aufgetrieben, die Augen treten aus den Höhlen, stehen und zittern sie, fallen; manchmal haben sie nur ein winzig kleines Loch in ihrer Brust, doch sie verbluten, laufen aus, stundenlang. Merkwürdig, warum mir immer wieder diese Pferde einfallen. Treu und unschuldig, stark und doch so hilflos. Da stand vor einem Birkenwald, in einem Netz von Licht und Blätterschatten ein Schimmel und knabberte am Laub. Viel Sonne überm sommerlichen Land und Gärten, Pflaumenbäume. Ich war mit Hugo unterwegs. Noch gab es keine Partisanen hier, in der Ukraine. Weizen- und Roggenfelder ohne Maßen, Scheunen von hundert Meter Länge, Kleewüsten und Obstwälder bis an den Horizont.

Nachts duftete der Wind nach tausend Kräutern und Büschen, und über den Feldern knackten die löwenmähnigen Sonnenblumen, wenn die kühle Feuchtigkeit der Nacht sie auf ihren armesdicken Stengeln zurückstauchte. Ringsum rauschte das Getreide, durchblüht von Kornblumen, Mohn und Kamille. Ja, hier zogen wir durch eine Fülle von Blumen und Gärten, und – ich übertreibe nicht – die Menschen bewarfen uns manchmal sogar mit Rosen. Am Anfang. Noch hatte der Krieg die Felder nicht zertrampelt. Aber die Luft war schon zerrissen, und die Erde schien den Tod zu erwarten, nicht die Ernte.

Ich ging mit Hugo näher heran, das Pferd bewegte sich nicht, doch schien es seltsam zu schwanken, oder war es das flirrende Licht, das diese sonderbare Bewegung des gewölbten Leibes erzeugte? Im trockenen Sumpf waren noch die Tritte der Vögel aus dem Frühjahr zu erkennen. Hugo sah es zuerst und schrie auf, sein Arm, der ohne Furcht Granaten geschleudert und Panzerfäuste geschossen hatte, zitterte: Der Schimmel stand auf drei Beinen, ein Geschoß hatte ihm den rechten Vorderlauf bis zum Sprunggelenk weggesprengt. Das Maul versenkt in die dichten, weißen, duftenden Rispen der Spiräen, die hier büschelweise standen, schwenkte er langsam seinen blutigen Beinstumpf. Er sah uns an mit einem Blick, der uns das Blut gerinnen ließ, schnaubte leise und grub seine Nüstern in unsere Hände, in die wir all unseren Traubenzucker legten. Abends stand er noch immer, ein Scherenschnitt gegen den Horizont. Reckte den Kopf, warf ihn hoch und schnappte mit weit offenem Maul in die Luft, als risse er ein Stück aus dem Himmel. Am Morgen sahen wir ihn dann nicht mehr, den Schimmel.

Hugo und ich mieden den Ort und waren froh, als wir weitermarschierten. Steinloses Land und fette schwarze

Erde hob und senkte sich in langgeschwungenen Hügeln, fruchtbar atmend. Unsere Bauern vergaßen manchmal den Krieg und zerrieben fachmännisch die Erde zwischen den Fingern. Nur über die unmenschlichen Ausmaße der Felder schüttelten sie die Köpfe: Da könnte man das Doppelte herausholen, schwärmten sie.«

Es klopfte. Ehe Musbach hereinbitten konnte, stand der Zivi in der Tür, groß, fast mager. Schüchtern und zugleich mit der gutgelaunten Zuversicht der Jugend fragte er, ob im Bad etwas fehle. Musbach verneinte und wies auf die Tageszeitung, die er nach der Lektüre stets dem jungen Mann überließ. Der bedankte sich, grüßte lässig zu Katja hinüber und wünschte eine gute Nacht.

Auch Katja fand, es sei Zeit zu gehen. »Laß uns morgen weiterreden.« Ihre Stimme klang müder als die des Vaters. »Ich komme gleich nach der Schule.« Die Bilder, die sie dem Vater gebracht hatte, waren nun auch in ihr überschattet von den seinen, den blutigen Bildern seiner Erinnerung. Sie durfte das nicht zulassen. Wo waren die Mörder geblieben? Auf diese Frage suchte sie Antwort. Der Vater durfte nicht ausweichen.

III.

Musbach hatte schlecht geschlafen, wie erwartet. Auch der Kaffee, den er sonst auf ärztlichen Rat morgens gehorsam ausließ, war keine anhaltende Hilfe gewesen. Katjas nutzlose, mörderische Bilder. Dieser Gewaltmarsch durch ein so unendlich weit entferntes, vergessenes Gelände seines Lebens brachte ihm nur Erschöpfung und fraß an den wenigen Stunden, die ihrem gemeinsamen Leben bleiben würden. Die Sache mit dem Katalog war ja viel einfacher, als sie beide es sich gestern gemacht hatten. Zwischen ihnen gab es doch keine Meinungsverschiedenheiten über die Tatsachen. Das würde er ihr noch einmal klarmachen.

Doch als Musbach die vertraute Kaffeezeremonie beginnen wollte und ihr vorschlug, den Katalog doch wieder mitzunehmen, ihn für weniger gut Informierte, zum Beispiel ihre Klasse, zu verwenden, fand er sich einer veränderten Tochter gegenüber. Unnachgiebig, fast hart, bestand sie darauf, mehr von ihm zu erfahren, endlich – sie sei nun selbst fast ein halbes Jahrhundert alt – auch von seinem Krieg zu hören und nichts auszulassen. Bitte.

Musbach sah sich geschlagen; erschöpft und widerstandslos begann er erneut. »Vorbei an den Gerippen zerschossener und verbrannter Dörfer, in ein paar Gärten blühten noch die Feuerlilien, Kirschen und Pflaumen. Unheimlich war das, dieses Leben, das Heile in all der Verwüstung …«

Nichts war in seinen Gesichtszügen zu lesen. Vorwärts sprechen. So, wie es damals gegangen war. Vorwärts auf Befehl.

Katja wurde ungeduldig. Sie zog das Buch, wie eine strittige Urkunde lag es zwischen ihnen, näher zu sich heran. Barsch, erstaunt über den eigenen Ton:

»Du redest von Blumen, und ich sehe hier Henker und Gehenkte. Blumen blühen auch unter einem Galgen. Hattet ihr denn keine Augen für diese Wirklichkeit?«

Der Vater fuhr zusammen. Doch als sei die Tochter gar nicht anwesend, sprach er weiter. Das hatte er doch auf dem Vormarsch auch erlebt: diese Kleinigkeit, die er jetzt so deutlich vor sich sah.

»Da war dieses Kind, ein Junge, blond, mager, das dünne Haar hing ihm wie ein Gitter über Stirn und Augen, er zerrte eine Ziege hinter sich her. Ich marschierte außen. Er lief auf uns zu, direkt zu mir und streckte bittend seine Hand aus. Ich hatte meine schon in der Tasche, berührte schon das Papier der Schokolade, als mein Nebenmann mich am Ellenbogen packte: ›Das ist verboten! Ein Deutscher füttert nicht die Brut von Untermenschen!‹ Ich zog die Hand zurück. Mertens war Parteimitglied, einer von den Scharfen, und gemein. Trat nach dem Jungen. Der lief ein Stückchen weiter, nicht weit genug; ich mußte sehen, wie Freßfriese, so nannten wir ihn, auch ein Nazi, aber vor allem gemütlich und verfressen, dem Kind ganz selbstverständlich seine Schokolade zusteckte. Alle Schokolade, die ich später noch verschenkte, wog dieses eine Stück nicht auf. – Ich hatte das vergessen.«

Was sollte die Schokolade?

»Es geht doch hier«, Katja klopfte auf den Katalog, »nicht um Kinder und Schamgefühle über nicht verschenkte Schokolade! Da ist ja wohl Schlimmeres passiert, als daß ein Kind keine Schokolade kriegte!«

»Das weiß ich doch auch!« Musbach war erschrocken, und Katja tat ihr Aufbrausen leid. Sie spürte, wie wenig sie ausrichten konnte mit ihren Bildern, ihren Fragen, ihrem Drängen.

»Nach den Weiten der Ukraine, den Bauernhütten, die manche noch an die Dörfer der Heimat erinnern mochten, kamen wir schnell tiefer nach Rußland hinein. Der Widerstand wurde geringer. Wir marschierten. Sangen. Marschierten. Ich dachte an die Geländeläufe in der Grundausbildung, an denen das ganze Regiment teilgenommen hatte, kompanieweise, vom Leutnant bis zum letzten Mann. Märsche mit Tornister und Gepäck bis zu fünfzig Kilometer am Tag. Was mußten wir nicht schon damals alles mit uns schleppen! Stiefel, Wäsche, Decke, Zeltplane, Gasmaske, Gewehr. Am Koppel trugen wir jetzt noch ein schwarzes flaches Bakelitfläschchen mit stinkendem, schmierigem Sonnenschutz. Daneben klapperte die Gasmaskenbüchse. Rechts beim Brotbeutel der Spaten, die Feldflasche, Kochgeschirr, vorne die Patronentasche und eine Stichwaffe, das Seitengewehr. Weißt du überhaupt, was uns da zugemutet wurde?

Wochenlang kämpften wir weniger gegen den Feind als gegen den Staub, gegen Sonnenbrand und Ungeziefer. Viele schoren ihre Haare kurzerhand ab. Ständig müde. Wenn du müde bist, zerbröckelt dir die Welt wie eine Sandburg. Und dieser Durst! Kein Wasser aus Brunnen; sie hätten vergiftet sein können. Aber wir kamen voran.

Rußland, das war eine endlose Ebene, hier und da ein spärlicher Wald, dann und wann überragt vom Zwiebelturm einer Kirche. Meist waren die Kirchen zerfallen und verkommen. Mitunter als Kino genutzt. Ein paar Holzhütten machten ein Dorf aus; in der Mitte oft ein schmuckloses Steinhaus mit vielen Fenstern und einem Lenin oder Stalin davor. Hier und da verwitterte Plakate, Propaganda, Männer mit Hammer und Schlegel, Mädchen in Trachten mit Ähren und Sicheln, Traktoristen auf Mähdreschern.

Einmal kamen wir an einem Gutshof vorbei, Hammer und Sichel anstelle des Wappens am rostigen Eisentor. Wo früher ein Pavillon den Gutsherrn und seine Damen zur Rast einlud, stand ein Stalin in Stulpenstiefeln und Strickjacke. Von weitem aus Marmor. Von nahem aufgerissen: Gips und Pappmaché. Jugendliche nutzten ihn als Zielscheibe für ihre Messer.

Dann die Sowchose! Riesige, massive Wirtschaftgebäude, oft mehrere hundert Meter lang und breit. Kaum vorstellbar. Die Wohnungen der Arbeiter dagegen winzig. Pro Familie, Frau, Mann, Kinder ein Zimmer von kaum zehn Quadratmetern. Ein Feldbett, Tisch, zwei Stühle, Ofen, Küchengerät, ein Verschlag für Kleider und Wäsche. Lautsprecher auf einem Bord, darunter ein Eimer. Nicht mal ein Gärtchen oder ein paar Hühner. Nichts. Kein Vieh. Kein Land. Unsere Bauern waren entsetzt. Und erst die Kameraden aus der Arbeiterschaft! Helle Empörung! Kommunistische Propaganda hatte ihnen noch vor wenigen Jahren die Sowjetunion als Arbeiterparadies angepriesen. Hier trafen sie auf Hunger und Erbärmlichkeit, sahen das Elend mit eigenen Augen und fühlten sich betrogen. Dabei lebten die Menschen in diesen staatlichen Unterkünften noch ziemlich gut. Die Dörfer sahen viel schlimmer aus. Holzhäuser entlang einer lehmigen, breiten Straße, ein paar kleine Wege, die rechtwinklig abzweigten. Eine ›izba‹, das war eine windschiefe, strohgedeckte Bretterhütte, ein Raum, meist mit Zeitungen tapeziert, in der Mitte ein Lehmofen mit Schlafplatz, Kochnische, Backhöhle. Ein Tisch, Schemel, eine Schlafbank. Elektrisches Licht gab es nicht, Wasser holten die Frauen aus dem Ziehbrunnen vorm Haus. Die Landser hatten die Nase voll von der Sowjetunion, die immerhin fast ein Vierteljahrhundert Zeit gehabt hatte, und gaben den Nazis und ihrer Propaganda recht.

Wie sollten wir da den Flugblättern glauben, die wir eines Morgens vor unseren Unterkünften fanden. Sowjetische Flugzeuge hatten sie nachts abgeworfen. Mit einem Gedicht: ›Nach Rußland führt uns Hitler rein/wie wird das böse Ende sein?‹ Das waren die ersten Zeilen und die letzten: ›Wenn wir nicht das Gewehr umdrehn/so werden wir zugrunde gehn.‹ Was dazwischen war, habe ich vergessen. Bis auf den Refrain: ›O weh, im Schnee/in Rußlands tiefem Schnee.‹ Damals lachten die meisten drüber. Uns schien die Sonne. Weihnachten würden wir längst zu Hause sein. Doch da rissen uns die Truppführer auch schon die Blätter aus den Händen. Hätte sie jemand später bei einem von uns gefunden, wäre das womöglich Wehrkraftzersetzung gewesen – und darauf standen Tod oder Strafbataillon; an vorderster Front Minen räumen, Leichen wegschaffen, Bunker bauen.

Das war im Sommer einundvierzig. Im Herbst. Im Winter sollten wir siegreich wieder zu Hause sein. Moskau in unserer Hand. Du weißt, daß wir Moskau nie einnehmen konnten. Dabei waren wir vom Zentrum kaum weiter weg als Pinneberg von Hamburg.«

»Und auf diesem ganzen Weg, auf dieser ganzen langen Strecke«, Katja wies erregt auf den Katalog, »da habt ihr nichts von diesen schändlichen Morden gesehen? Du hast doch selbst immer unser aller, also auch deine Verantwortung für diese Verbrechen betont. Und jetzt, wo ich dich frage: ›Wo warst du, Adam?‹, da bist du an all dem vorbeimarschiert, singend und blind?«

Der Vater stockte. Schüttelte den Kopf. Selbstvergessen, erst langsam, dann fahriger, schneller, als wolle er sich von etwas befreien, strich er sich durchs Haar, übers Gesicht, vergrub es in den Händen, lange Zeit.

Nun tat es ihr leid, daß sie ihn angefahren hatte.

Als der Vater die Hände sinken ließ, war er wieder bei sich. In der Gegenwart. Er sah die Tochter an, die vor seinem Blick die Augen niederschlug. Er verstand sie nicht. Sie hatten diese Zeit so oft besprochen. So einig waren sie sich in ihrem Urteil gewesen. Warum diese Jagd auf ihn? Sie hatte doch gewußt, daß er in Rußland gewesen war, auch solche Fotos sah sie nicht zum ersten Mal. Doch er wich weiter zurück. Zu seinen Bildern wollte er sprechen.

»Du kennst den Winter noch nicht«, fuhr er fort. »Es hatte gar keinen Herbst gegeben, keine Jahreszeit mit gelben, roten und braunen Blättern. Über Nacht war in den ersten Oktobertagen der Frost in die Bäume gefahren. Wie Fledermäuse hingen die Blätter von den Zweigen. Jetzt sehnten wir uns nach den fauligen Dünsten der Sümpfe, dem Staub, der uns maskiert, die Haare wie Perücken gepudert hatte, nach Schweiß und Tränen. Ja, damals im Sommer konnten wir noch weinen, hatten noch Klagen für die Schmerzen an den Füßen, für sonnenverbrannte Haut, die sich in Fetzen vom Gesicht abziehen ließ.

Sogar den Regen sehnten wir herbei, die ›Rasputitsa‹, die das Land in einen sumpfigen Schlammsee verwandelte. Stinkender Matsch, ein bodenloses Gebräu, das zäh an allem klebte. Bodenlos war dieser Schlamm. Ein Witz machte die Runde, vom Mann, der im Dreck ein menschliches Gesicht entdeckt. Der Mann ist verblüfft, erstaunt aber noch viel mehr, als das Gesicht zu ihm spricht: ›Das ist doch noch gar nichts. Ich sitze auf einem Pferd!‹«

Katja verzog angeekelt den Mund. Sie schlug das Buch noch einmal auf, irgendwo, sagte, ohne hinzusehen: »Und das?«

Der Vater sah die Tochter verständnislos an: »Du meinst, wir hätten alle gemordet? Ich war in einen Krieg befohlen worden, den ich nie gewollt hatte. Wollten ihn die Deutschen? Eine Mehrheit? Ich glaube nicht. Es gab in Deutschland 1939 keine Stimmung wie 1914. Du weißt das.«

»Und Polen, Belgien, Paris?« warf Katja ein. »Habt ihr da nicht gejubelt?«

»Ich glaube, ja«, sagte der Vater. »Aber dann, in Rußland war ich selber drin, und raus konnte ich nicht.«

Und wieder schäumte die Erinnerung in ihm auf:

»Am Leben bleiben: das war, was zählte. Mehr als alles andere waren wir doch selbst auch verängstigte Gejagte. Wir wollten nur eines: überleben.

Manchmal, wenn wir die Toten bargen, steckten wir uns, auch die Nichtraucher, zwei Zigaretten auf einmal unter die Nase. Wenn sie dalagen – Feinde? Kameraden? –, wenn sie dalagen, die Toten, mit verrenkten Gliedern, Augen und Münder weit offen, verstümmelt, verschmiert, stinkend, gab es bald nur eines: wegschauen. Ja, wegschauen war überlebenswichtig. Ohne wegzuschauen wurdest du verrückt. Obwohl: du denkst nur, daß du verrückt wirst. Weil es so viele Gründe gibt, verrückt zu werden. Was ist schlimmer? Diese Toten zu sehen? Hinzusehen, Tag für Tag? Oder sich an ihren Anblick zu gewöhnen? Auge und Gefühl zu gewöhnen. Zu sehen mit Augen, die nichts mehr erblicken, nichts mehr weitermelden ins Gehirn. Das ohnehin nichts mehr begreift. Ist das nicht verrückt? Die ersten Toten kann ich noch genau erinnern – danach nur noch verschwommene, gesichtslose Flecken. Das Grauen, das Töten wurde Alltag. Der Tod Pech.

Von den Leichen auf unserer Seite, von den getöteten Kameraden und Landsleuten, haben wir weggesehen, als trüge allein der Blick, die Wahr-Nehmung schon dazu bei, die nächste Kugel auf sich zu ziehen. Irgendwie sah man sich auch selbst immer in Fetzen, zerfetzt in der Luft, auf der Erde. Uns alle würgte eine erbärmliche Angst.

Angst, der Trieb, einfach abzuhauen. ›Schluß!‹ zu schreien. Angst, sich normal zu verhalten, die Gefahr zu fliehen, nicht sie zu suchen. Letzten Endes sind wir eigentlich nur aus Feigheit dageblieben. Desertieren führte meist in den sicheren Tod, in der Truppe gab es wenigstens eine Chance zu überleben.

Und dann die Angst, wenn du in deinem Erdloch kauerst, ganz auf das Hören zusammengeballt. Was du kannst, was du weißt, hier nützt es dir gar nichts. Höchstens, daß du aus der Menge der Geräusche den Ton verschiedener Geschosse heraushörst, Granatwerfer oder Artillerie. Wichtig, wegen der Zeit, die du hast, dich zu ducken, zu schützen. Der Granatwerfer geht steil hoch, dann kippt er und schlägt runter. Das dauert. Und du hörst ihn erst dicht über dir. Während die Artillerie einen sauberen Bogen beschreibt. Die Granatwerfer kann man steuern, je nachdem, welche Ladung eingelegt wird, und …«

»Vater!« unterbrach ihn die Tochter heftig. »Die hier haben doch Angst vor dir! Die Opfer auf den Fotos.«

»Wenn du versuchen willst, mich damals zu verstehen«, sagte Musbach mit leiser Entschlossenheit, »dann mußt du auch meine Angst begreifen, diese Angst vor körperlicher Zertrümmerung. Todesangst, unsere Nabelschnur zum Leben. Wir hatten nur eine Chance zu überleben, wenn wir wie schwaches Wild in der Savanne das Wittern jeder auch nur möglichen Gefahr zu unserem Instinkt machten, einem Instinkt, der alles andere überlagerte. Wer einmal einen Menschen, mit dem er gerade noch eine Sehnsucht ausgetauscht, einen Witz geteilt hatte, Minuten später neben sich liegen sah, das Blut aus Mund und Nase sickernd, stumm und mit offenen glasigen Augen, nur wer das einmal erlebt hat, weiß überhaupt, was Angst im Krieg ist. Da klingt dann nämlich nichts mehr nach dem ›Guten Kameraden‹. Ja, ›ihn hat es weggerissen, er liegt vor meinen Füßen‹ – und diesmal war es noch kein ›Stück von mir‹. Bei mir blieb die Angst: Wen würfelt es das nächste Mal?«

Musbach brach ab. Verblüfft, daß ihm die eigenen Worte beinah wie eine Gebrauchsanweisung für technisches Gerät klangen. Seine Schilderung schien ihm zwar zutreffend; auch der von Angst versklavte Körper, das Zittern der Hände, das Beben in der Brust, auch wie die klamm-kalten Hosen sich nach der Attacke warm und feucht anfühlten, das alles hätte er der Tochter ohne schamvolle Zurückhaltung darstellen können. Doch nicht einmal ihm selbst wollte jenes unvergessene und doch nicht wiederbringliche Gefühl seiner Kriegserfahrung, seiner Todesangst zurückkehren.

»Wir nennen das vergangene Jahrhundert zu Recht das Jahrhundert des totalitären Terrors, obwohl dieser Schrecken ja bei Gott nicht mit einem Datum ans Ende gekommen ist«, fuhr Musbach fort. «Aber manchmal denke ich, es wäre gerechter, das Jahrhundert nicht nach den Untaten der Diktatoren, der Mörder zu benennen, sondern aus der Sicht der leidenden Menschen. Dann müßte es das Jahrhundert der Angst heißen.«

Katja fand den Gedanken »interessant«, und Musbach begriff, daß offenbar nichts von den Gefühlen, Erfahrungen, Erinnerungen, die seine Erzählung getragen hatten, in Katjas Seele aufgegangen war. »Interessant«! Wie sollten sich Generationen verstehen, wie konnten sie einander überhaupt erklären, wenn Worte nur die Umrisse auf einem Reißbrett bleiben, nur etwas umschreiben, was von eigenen Erfahrungen niemals erfüllt werden kann?

Dennoch: er versuchte es weiter.

»Manche von den Jüngeren hatten allerdings keine Angst – weil sie keine Erfahrung hatten. Kamen ahnungslos an die Front und liefen mit ›Sieg Heil!‹ in den Tod. Angst war für die noch ein Fremdwort. Wer Angst hatte, war nicht wert, für den Führer zu kämpfen, das Leben für die Ehre des Volkes hinzugeben, oder so.

Wir anderen aber, oh, wir hatten Angst. Jedes Mal. Daß unsere Angst abstumpfte, ist nicht wahr. Im Gegenteil. An die Todesangst kannst du dich nicht gewöhnen. Oder, wer weiß? Manche vielleicht doch. Aber bei den meisten von uns wuchs die Angst, je mehr wir mitgemacht hatten. Manche betäubte diese Angst, machte sie unfähig zu handeln. Andere wurden hellwach, scharfäugig. Unter Artilleriebeschuß zum Beispiel bist du ja zum Abwarten verdammt. Da waren viele besonders nahe der Panik. Und wenn man endlich die eigenen Geschütze hörte, war das eine Erleichterung; man konnte wieder handeln.«

»Schießen!«

»Ja, schießen. Schimpfen. Fluchen. Um unsere flatternden Herzen zu verbergen – vor uns selbst zu verbergen und vor den anderen –, um unsere Angst zu betäuben, brüllten wir, brüllten wie wilde Tiere, brüllten Verwünschungen, Flüche, Verteufelungen, bis wir uns selbst als Teufel fühlten: Hölle, wo ist dein Schrecken? Tod, wo ist dein Stachel? Wir waren selber Hölle und Tod.

Und wenn nach einem Gefecht die Kameraden heil aus ihren Panzern krochen, aus diesen Kolossen von Tonnen Stahl, aus diesen rollenden Särgen heil herauskrochen, da hatten die buchstäblich die Hosen voll und stanken. Wer hätte nicht wenigstens einmal die Hosen voll gehabt? Das war unser ›Kampf als inneres Erlebnis‹! Dichterschwulst!

Ich wünsche dir nicht, daß du jemals erfahren mußt, was

diese Angst ist, dieses Entsetzen. Du wirst zum Schatten, zur Hülse. Du rinnst aus deiner Haut, du schmilzt heraus, streifst alles ab, was war und was noch kommt. Vergangenheit und Zukunft, was du jemals warst, woran du jemals geglaubt hast, alles läßt du hinter dir. Du weißt, du bist im Begriff zu sterben. Und das ist kein Film, du bist kein Held, und alles, was du tun kannst, ist winseln und warten. Wer seine Angst leugnet, leugnet seine Menschlichkeit. Angst gehört zum Menschen. Zu seiner Natur. Wie sein Mut. Hitler versuchte, uns diese Angst auszutreiben. Unsere Menschlichkeit.«

Bei den letzten Sätzen hatte der Vater sich erhoben, sich gestrafft und mit fester Stimme gesprochen, als stünde er vor der Klasse und diktierte einen wichtigen Merksatz aus der Grammatik. Einen, ohne den man keinen anderen vernünftigen Satz zustande bringen kann.

»Laß die Allgemeinheiten, bitte. Die schönen Sprüche«, fiel ihm die Tochter ins Wort. »Merkst du eigentlich nicht, daß du nur von ›wir‹ sprichst, von ›uns‹ oder ›man‹? Daß du nicht einmal ›ich‹ gesagt hast? Wo warst du, du selbst? Mit deiner Angst? Was hast du selbst getan? Du, Hans Musbach, Student der Antike und der alten Sprachen? Wo warst du, Hans, du allein? Ich habe dir das Buch doch nicht als Kriegserinnerung mitgebracht. Ich frage dich: Wo warst du damals? Wo warst du dabei?«

Nachsichtig, als hätte er es noch immer mit einem Kind zu tun, sah er die Tochter an.

»Nein, das ›wir‹ habe ich nicht bemerkt. Aber daß ich so spreche, ist doch kein Wunder! Es bleibt dir kein ›Ich‹ im Krieg. Und in dem Krieg, den Hitler mit Hilfe von uns Deutschen vom Zaun gebrochen hatte, gab es ein ›Ich‹ schon gar nicht. Das ›Ich‹ im ›Wir‹ zum Verschwinden zu bringen war doch eines der ersten Ziele des Nationalsozialismus. Ein ganzes Volk sollte in diesem ›Nazi-Wir‹ aufgehen. Daß es nicht um den einzelnen gehe, sondern um das Ganze, wurde uns seit dreiunddreißig von morgens bis abends eingebleut. Was soll ich dir noch erzählen. Hitlerjugend, Arbeitsdienst, Rassenkunde im Biologieunterricht. Du weißt doch alles.

›Gemeinnutz geht vor Eigennutz‹, ›Du bist nichts, dein Volk ist alles‹ … und wie die Sprüche sonst noch hießen. Allerdings: Im Frieden konntest du dir, sogar im Dritten Reich, noch weitgehend aussuchen, was du sein wolltest. In erster Linie solltest du natürlich ein Nazi sein. Aber man durfte auch noch ein Vater sein, Bruder, Fußballspieler oder Pianist, ein Hundezüchter, Radrennfahrer, Handwerker oder eben Student für alte Sprachen und Geschichte. Im Krieg aber warst du nur noch eines: Soldat. Da geht es um Feinde oder Kameraden, um Munition, Waffen, Essen, Wetter. Daß Kameraden tot daliegen, blutend, verstümmelt, das gehört dann zum Alltag, wie wenn man sonst von Unglücksfällen oder schweren Krankheiten redet. Und daß man tote Feinde sieht, berührt einen noch weniger. Sich nicht berühren lassen, ein dickes Fell. Wer das nicht hatte, war schon tot. ›Abhärtung‹ ist Abstumpfung; Gefühlsverlust als militärisches Lernziel. Mitleid war ›weibisch‹ und verpönt. Ohnmacht ist im Krieg das Normale; Töten und Tod auch. Wir waren alle dazu verdammt. Es gab kein Entrinnen. Töten, um zu leben. Krieg ist eben die Hölle.«

Katja wies wieder, zögernder diesmal, auf das Buch: «Aber doch nicht so!«

Der Vater blieb unbewegt.

»Hör zu: Ich liege im Erdloch. Der Himmel durchsichtig blau, eine Kuppel starren Lichts; ein glänzender Tag. Aus dem Wäldchen kommt ein Russe, unbekümmert, deutlich erkennbar die selbstgedrehte Zigarette, Machorka. Ich verfolge ihn mit dem Fernglas, schieße nicht. Wenig später sehe ich, wie er die Zigarette wegwirft, das Gewehr hochreißt, in unsere Richtung zielt, feuert. Abends wird einer von uns in seinem Loch mit Kopfschuß gefunden. Du, und da habe ich mich wirklich geschämt, nicht selbst geschossen zu haben. Wo hört im Krieg die Notwehr auf, und wo fängt der Mord an?

In dieser Hölle gab und gibt es nur: ich oder er. Da hast du dein ›ich‹! Entweder er tötet mich – oder ich ihn. Wenn der Krieg erst einmal da ist, wenn das Unmenschliche, der Irr-Sinn an die Stelle von Menschlichkeit und Sinn getreten sind, gilt eben nur noch: er oder ich. So banal wie fatal. Ein unausweichlicher Irr-Sinn. Nicht-Person sein: anders geht es nicht. Auf beiden Seiten. Ich habe keinen Grund, diesen Menschen mir gegenüber zu töten. Und dieser mich, Hans Musbach, auch nicht. Aber: Soldat gegen Soldat. Feind gegen Feind. Für den einfachen Soldaten ist Krieg nichts als eine ununterbrochene Notwehr. Ich haßte den Krieg. Ich wollte nichts erobern. Keinen erschießen. Aber: er oder ich. Ich wollte nie einen umbringen!«

»Vater!« warf die Tochter mühsam beherrscht dazwischen.

Der Vater schwieg. Verletzt. Er hatte von seiner Angst erzählt, und sie kannte nur die Angst der anderen.

Die Tochter beharrte: »Aber du, was hast du gedacht? Getan? Und Hugo? Was habt ihr gesprochen? Ihr und die anderen? Wenn ihr marschiert seid oder in den Löchern lagt? Vor und nach den Kämpfen? Auch als Soldat mußt du doch irgendwie und irgendwann noch Hans Musbach gewesen sein! Habt ihr über die Morde, diese Verbrechen – sieh her, das Buch –, nie geredet?«

Der Vater blieb unbeirrt: »Hier an der Front sollte ja der ›neue Mensch‹ zum Aufbau der ›Volksgemeinschaft‹ geformt werden, ›geschmiedet‹ nannten die das. Trotzdem: Für die meisten blieben Fotos und Briefe von zu Hause das Wichtigste. Mir schrieb mein Vater, alles sei beim alten, und die Tante setzte einen Gruß darunter. Von Barbara kamen die Briefe seltener.«

»Barbara?« fiel die Tochter ein.

Der Vater nahm die Hände von der Armlehne, die er während seiner Erzählung umklammert hatte, die Knöchel weiß, die Adern dick auf dem Handrücken. Er schüttelte die Hände an den Gelenken, als hätte er eine schwere Last getragen und müsse das Blut wieder in Bewegung setzen. Sein Körper, der steil aufgerichtet an der Rückenlehne Halt gefunden hatte, lockerte sich und rutschte ein wenig tiefer. Musbach schlug die Beine übereinander, zuckte aber gleich zusammen und stellte die Füße wieder korrekt nebeneinander. Bequemes, gepflegtes Schuhwerk, von unzähligen Schritten gekerbt. Wie oft hatte sich Katja als Kind dem Vater zwischen die Beine geworfen, sich an seinen Hosen festgeklammert und wild daran gezerrt, bis der Vater von den Büchern aufstand, ihre Füße auf die seinen stellte und mit ihr tanzte. »Dri Chinisin mit dim Kintribiß« sangen sie dazu, alle Strophen, alle Vokale, zum Schluß immer auf ei.

»Ich denke, das Knie ist wieder in Ordnung? Hat das Cortison doch nicht geholfen?«

»Nicht so wichtig«, erwiderte Musbach, »keine Sorgen. Ich darf halt keine plötzlichen Bewegungen machen.«

Barbara also.

»Sie ging aufs Lyzeum, nicht weit von unserem Gymnasium entfernt, und sie war gut in Latein. Zum Abiturball, ihrem und meinem, gingen wir gemeinsam. Daß wir auch zusammen studieren würden, schien mir selbstverständlich. Aber als sie nach dem dritten oder vierten Walzer atemlos in einen Stuhl gesunken war, sagte sie, in zwei Wochen müsse sie wegen ihrer Lunge raus aus Berlin.

Wir schrieben uns regelmäßig, verbargen unsere Sehnsucht hinter gelehrtem Kauderwelsch, geschwollenen Floskeln. Mehr als einen braven Abschiedskuß hat es nie gegeben.«

Die Tochter räusperte sich und schaute verstohlen nach der Uhr.

»Du bist ungeduldig, Katja. Aber die Nazizeit, das war ja nicht nur eine Zeit der Aufmärsche und der Hitlerreden, des Terrors und des Drills, wie ihr denkt. Es war doch auch die Zeit, in der ich jung war! Die Zeit, als ich Heinrich George und Horst Caspar in ›Der Prinz von Homburg‹ sah, in der Staatsoper Unter den Linden ›La Bohème‹ und wenige Tage später ›Die Meistersinger‹; Knappertsbusch dirigierte Beethoven. Im Sommer gingen wir in der Havel schwimmen und im Winter im Olympia-Schwimmbad, oder wir schnallten die Schlittschuhe an; flanierten über den Kudamm und tranken beim Kranzler Kaffee. Einmal gingen wir sogar zum Fünfuhrtee ins Adlon; meist aber Erbsensuppe und Würstchen beim Aschinger, da gab es nämlich so viele Brötchen, wie man wollte, umsonst.

Ja, wir liefen tagtäglich an den Geschäften vorbei mit Schildern ›Kauft nicht bei Juden‹, waren vor den Bücherverbrennungen geflohen, vor den brennenden Synagogen. Uns war das himmelschreiende Unrecht, das Leid, das den Juden angetan wurde, ihre Vertreibung aus Deutschland bekannt. Ich persönlich kann mich an niemanden im Freundes- oder Bekanntenkreis erinnern, der diese Hetze gut fand. Aber es gab sie ja. Und handeln? Heute, im nachhinein, fragen alle: Wie war das möglich? Unser Leben vor dem Krieg, so unbeschwert und daneben der Naziterror gegen die Juden, die politischen Gegner oder die Kirchen –

wie war das möglich? Aber irgendwie hat man mit achtzehn den Kopf woanders. Wenn schon ein nicht gehobener Arm, ein Witzwort, das falsche Lied, gedankenlos am Morgen auf dem Weg zur Arbeit gepfiffen, dir die Gestapo auf den Hals hetzen konnte, da paßte man sich eben an. Man war eben immer dagegen und doch immer dabei.

Du hast ja recht: Wie konnten wir das zulassen? Aber denk auch dran: Als Hitler an die Macht kam, war ich noch keine dreizehn. Und danach … war es zu spät!

Ich sah Barbara nur noch einmal. Sie brachte mich an den Zug zur Kaserne. Aus dem Krieg schrieb ich Briefe, als wäre ich im Urlaub. Heute frag ich mich selbst, wie ich so gespalten leben konnte: unser Leben im Krieg so grausam und meine Briefe nach Hause so idyllisch.

Ich schrieb vom Lerchenjubel und von Nachtigallen, erfand Birkhähne und Wachteln, mischte wohl auch mal eine Wanze dazwischen, ein paar Bremsen und Schmeißfliegen. Von den roten Beerenbüscheln der Ebereschen schrieb ich und von Staren, die sich herbstlich aufgeregt in den Birken sammelten.

Ich schrieb von den Sonnenblumenfeldern, von strohbedeckten Hütten, Obstbäumen, Aprikosen, Mirabellen, frühen Pflaumen und Pfirsichen. Tiefe Täler und verwunschene Seen von Seerosen bedeckt, dann wieder Wälder, Buchen, Akazien, Korn und Stoppelfelder. Von glänzenden Landschaften schrieb ich und endlosen Weiten, vom Sternenhimmel. Den schielenden Blick, den konntest du auch hier haben.

Von dem russischen Bauern schrieb ich, dem ich seine Ziege zurückbrachte; sie hatte sich vom Pflock losgerissen, als das Gefecht einer Nachbarkompanie losging.

Er lud mich ein, und obwohl es nicht gern gesehen war, ging ich abends hin. Wir tranken einen Hochprozentigen, ein Gebräu, das ich später noch gut genug kennenlernen würde, Wodka war es jedenfalls nicht. Dazu aßen wir eine Art Speckeierkuchen mit Zwiebeln und Kartoffeln aus der Pfanne. Reden konnten wir nicht viel. Wie alle hatte ich zwar den ›Taschen-Dolmetscher für Frontsoldaten‹ im Gepäck, aber schon die primitive Zeichnung auf dem Umschlag zeigte, worum es ging. Sie sollten wohl an Käfer erinnern, die beiden kleinen, plumpen Figuren mit erhobenen Händen einem Wehrmachtsriesen, das Gewehr im Anschlag, vor die Stiefel geduckt. ›Halt! Hände hoch! Ergib dich!‹ Das waren die ersten Vokabeln. ›Wer da? Rauskommen. Die Waffen nieder! Ich schieße. Ich erschieße dich. Antworte. Halt den Mund! Vorwärts! Zurück! Waffen her! Wo liegt dein Stab? Wo liegt dein Truppenteil?‹ Und so weiter. Freundliche Worte lernten wir nur im Vorübergehen; ›spasibo‹, ›poshaluista‹ (danke, bitte), ›sdrawstwuite‹ (Guten Tag), ›do swidanija‹ (Auf Wiedersehen). Ob das heute anders ist, wenn zwei Kulturen miteinander Krieg führen? Welche Worte sind da wichtig?

Dem Bauern und mir jedenfalls genügte ein ›na sdorowe‹ (Prosit) nach dem anderen. Später stützte mein Gastgeber den Ellenbogen auf den Tisch, ballte seine Faust und sagte: ›Stalin‹. Ich stützte den Ellenbogen auf den Tisch, ballte meine Faust und sagte: ›Hitler‹. Unsere Ellenbogen rückten vor und unsere Fäuste prallten aufeinander. Und: ›Hitler kaputt‹, schrie er. Und: ›Stalin kaputt‹, knurrte ich. Und dann schrie er: ›Stalin kaputt‹, und ich schrie: ›Hitler kaputt‹. Und unsere Fäuste droschen aufeinander ein. Anfangs war mir, als packte mich jemand am Schlafittchen, und ich mußte noch manchen Hochprozentigen kippen, bevor ich ›Hitler kaputt‹ und ›Stalin kaputt‹ brüllen konnte und dabei vor Lachen platzte, bis mir die Tränen kamen.

Für Barbara ließ ich das mit Hitler und Stalin natürlich weg. Ich hab es nicht einmal Hugo erzählt. Heute zum ersten Mal. Merkwürdig.«

»Merkwürdig?« wiederholte Katja. »Was ist merkwürdig?« Nur mühsam konnte sie ihren Unwillen verbergen. Der Vater sprach von diesem Land, in das er feindlich eingefallen war, mit geradezu schwärmerischer Sehnsucht. Das waren ihre Bilder nicht! Floh er in Erinnerungen, um der Erinnerung auszuweichen?

»Merkwürdig ist, was mir alles wieder einfällt. Und das wegen eines solchen Buches. Ich könnte dir genau beschreiben, wie der Bauer aussah, der rohe Holztisch, der gekachelte Ofen. Sogar die Ikone in der Ecke. Die hatten einige Russen hervorgeholt, sobald die Rotarmisten geflohen waren.

Später schrieb ich Barbara von fett schillernden Sümpfen, bleiern im Leuchten des rosigen Himmels, von den weißbereiften Spitzen des Schilfs schrieb ich, von träge erwachenden Wasservögeln und hauchdünnem Eis auf den Pfützen. Von den Granaten, die überall plötzlich einschlagen konnten, schrieb ich nichts. Nichts schrieb ich von den Strapazen, den Kämpfen, den Toten.

Auch von diesem einen Morgen nichts, als wir vorrückten und in gefrorenen Lachen aus Wasser und Blut platt gefahrene menschliche Körper lagen. Panzer und Lastwagen waren über die Rollbahn gerast ohne Rücksicht auf die Gefangenen, die sich kraftlos dahinschleppten, hatten jeden überrollt, der nicht schnell genug zur Seite springen konnte. Ja, das hatte ich gesehen. Aber davon geschrieben? Nein, bestimmt nicht.

Nichts schrieb ich von Udo, der gleich nach dem Abitur an die Front geschickt worden war. Mit einer kleinen Stimme weinte er nach seiner Mutter wie im Kinderbettchen, schmerzvoll, als hätte er Scharlach oder Mumps. Nach zwei, drei Einsätzen drehte er durch. Fuhr sich ständig mit den Händen durchs Gesicht, als wollte er etwas wegwischen, verscheuchen. Weg, weg, murmelte er dabei, flüsterte, schrie, brüllte: ›Weg, weg!‹, bis er zu Boden fiel und sich in Krämpfen wand.

Ein anderer, der gleichzeitig mit Udo gekommen war, lag nur ein paar Stunden neben mir in Deckung hinter einem Gebüsch. Schauspieler werden wollte er, hatte Fotos herumgehen lassen, die ihn in Schüleraufführungen zeigten. Wir kamen gerade vom Brotholen und hatten unsere Löcher noch nicht wieder erreicht, als es losging. Mir war das schon zur zweiten Natur geworden: hinwerfen, Gewehr von der Schulter und in Anschlag gebracht. Er aber hielt den Sack umklammert, biß durch den rauhen Stoff in das Brot und krümmte sich zusammen, Knie am Kinn, ins Brot gekrallt.

So lag er da, während die Granaten über uns hinwegpfiffen und die Artillerien, die unsere und die der anderen, uns in die Ohren brüllten, ein Orkan. Dann, als die Geschütze innehielten, die der unseren und die der anderen, und sich eine Stille über uns warf, fast unheilvoller noch als das Dröhnen zuvor, eine Stille, erschüttert nur vom Röcheln, Stöhnen, Heulen der Verletzten, der unsrigen, der anderen, da stand der Junge plötzlich auf, schüttelte sich, reckte sich, warf den Brotsack weg, das Gewehr, das er nicht einmal von der Schulter genommen hatte, einfach weg warf er es, und nickte mir kurz zu, so wie man eine flaue Gesellschaft verläßt oder das Kino, wenn der Film nicht gefällt. ›Du‹, sagte er, ›das hier ist doch Käse. Alles Kulisse‹, sagte er, ›miserable Aufführung. Vollkommen überzogen. Gefällt mir überhaupt nicht. Ich geh jetzt.‹ Drehte sich um, kehrte der Front den Rücken und ging. Zurück. Einfach weg. Die Salve traf ihn, kaum daß er ein paar Schritte getan hatte.

Und doch war auch wahr, was ich Barbara schrieb. Wie viele Seiten hat die Wahrheit? So viele, wie wir Bilder für sie haben. Oder Worte.«

»Bilder«, sagte die Tochter. »Sind Bilder immer wahr?«

»Ja, sicher«, sagte Musbach, »jedenfalls für den Augenblick, den sie festhalten – und für das, was sie einrahmen als Augenblick. Aber für jedes Bild gibt es ein Bild dahinter, für jeden Augenblick eine Geschichte, davor und danach.«

Katja fühlte sich ihrer Frage wieder näher, aber sie spürte auch, daß der Vater heute nicht weiterwollte.

Sie brauchte ihn nur anzusehen, um in der Kochnische die Espressomaschine in Gang zu setzen.

Musbach stand auf und trat ans Fenster. Auf dem Schiff, das drüben im Dock lag, zeigte sich ein Mann. Er stieg die Sprossen zur Brücke empor und begann dort, gebückt und in sich versunken, zu arbeiten. Ein zweiter, der unter ihm stand, winkte, reckte sich, um ihm etwas anzureichen, und verschwand wieder. Über beiden, in großer Höhe, tummelte sich eine Möwe. Der Mann arbeitete noch eine Weile, hing zwischen den Sprossen wie ein großes Insekt und schien dann weggerufen zu werden. Bevor er den Abstieg begann, blickte er in die Runde, fast auf einer Höhe mit Musbachs Fenster, das Wasser weit unter ihnen. Dann stieg er hinunter, und die Brücke stand wieder leer gegen den Himmel.

»Übrigens«, nahm Musbach nach einem Schluck mit viel Zucker noch einmal das Wort, »du hast recht, wenn du mahnst, ich hätte immer nur ›wir‹ gesagt.

Es gibt auch noch einen anderen Grund hierfür. In den ersten Jahren nach dem Krieg war das anders. Viele erzählten damals von ihren Kriegserlebnissen, aber es waren natürlich immer die Geschichten der Überlebenden; oft der glücklich überstandenen Gefahren oder Heldentaten. Ich wollte das nie. Konnte das nicht. Daß über die wirkliche Erfahrung des Krieges, über das Grauen, die Angst, die Demütigungen der Gefangenschaft gesprochen wurde, kann ich kaum erinnern. Bis auf ein Mal. Unvergeßlich.

Wir feierten die Beförderung eines Kollegen. Vom Studienrat zum Oberstudienrat, das war damals noch was, in den siebziger Jahren. Unter den Gästen saß einer schweigend dabei. Ich hatte ihn noch nie gesehen.

Die Kinder meines Kollegen waren schon etwas älter als du zu dieser Zeit, etwa Anfang Zwanzig. Und der Sohn, er hieß Wolf, ich weiß das genau, weil ich diesen Abend nie vergessen habe; deine Mutter und ich haben später noch oft darüber gesprochen. Dieser Wolf hörte zu, wie wir über alles mögliche plauderten, leichthin und freundlich. Schließlich saßen wir ja bei einer Feier, die Liebfrauenmilch viel zu süß und die Salzstangen zu eintönig, aber es war friedlich; mal ging es über die Schule, mal über die Politik. Eine junge Kollegin erwähnte, daß der Ministerpräsident von Baden-Württemberg – Filbinger, du wirst dich erinnern – wegen seiner Tätigkeit als Marinerichter in Norwegen angegriffen wurde, und wir fanden das unisono eigentlich auch berechtigt: Was könnte so einer für ein Vorbild sein? Das verlangten wir damals noch von einem Politiker. Tempora mutantur …

Plötzlich wandte sich Wolf fast bösartig an seinen Vater: ›Und du, warst du ein Hitlerheld in Afrika?‹ Ich erschrak, und ich glaube, die anderen auch. Mein Kollege, er hieß übrigens Kanold, wie der Maler, war den Ton offenbar gewohnt und schaute seinen Sohn nicht einmal an. ›Wir reden hier nicht über den Krieg, sondern über heute‹, brachte er ihn mit einem entschuldigenden Schulterzucken zum Schweigen; seine Frau zog resigniert die Augenbrauen hoch, sah ihn tröstend an und reichte die Salzstangen herum.

Da nahm unser stummer Gast das Wort; bis heute weiß ich nicht, wer er war und wie er hieß. ›Junger Mann‹, sagte er, ›eine interessante Frage. Sie verdient eine etwas ausführlichere Antwort, also bitte unterbrechen Sie mich nicht, wie das heute üblich ist.‹ Der Unbekannte schilderte nun seine Kriegserfahrung im Winter in Serbien, Partisanenkrieg. Sorgfältig, als beschriebe er ein Bild von Hieronymus Bosch. Genauso brutal. Und dann, so sachlich, als erkläre er eine schwierige Wanderroute, dann, von einem Satz auf den anderen, war er bei einem sterbenden deutschen Soldaten, dem die Partisanen – ein Racheakt, wir waren gegenüber denen auch nicht besser – die Augen ausgestochen und die Hoden abgeschnitten hatten. Der lag da, verblutend, schreiend. Und nun begann unser stummer Gast lauthals die Schreie nachzuschreien, warf sich auf den falschen Perser und wälzte sich vor uns in seinem Blut. Hielt sich den Unterleib, griff in sein Geschlecht, tastete blind und wild nach einem Halt zwischen den Stühlen und Beinen der Gäste. ›Geschmacklos‹, stieß Wolf zwischen den Zähnen hervor.

›Geschmacklos‹, nahm ihn der Unbekannte sich erhebend beim Wort: ›Ohne Geschmack für Sie. Sie waren ja auch nicht dabei. Sie wollen sich nur wie ein Vampir von unseren Schrecken nähren. Ich habe das Blut des sterbenden Mannes – er war vermutlich jünger als Sie heute und gewiß nicht freiwillig in diesem Krieg –, ich habe sein Blut sehr wohl geschmeckt und er das seine aus seinen blutigen Augen in seiner Kehle … Ich dachte, Sie wollten wissen, wie es war‹, fügte er hinzu und schickte sich an, von neuem zu beginnen.

›Hör auf, Günter!‹ schrie seine Frau. ›wir haben genug!‹

›Wirklich?‹ fragte Günter und schaute sich um. ›Wolf, Sie auch?‹

Aber Wolf hatte das Zimmer schon verlassen.

Ich denke«, sagte Musbach, jedes Wort abwägend, »wir haben ein Recht zu reden, aber auch zu schweigen über unser Leben. Ihr habt ein Recht zu fragen, aber nicht immer ein Recht auf eine Antwort. Jeder hat ein Recht auf sein Lebensgeheimnis. Vielleicht ist das der Grund, warum ich, wie du meinst, von ›uns‹ und ›wir‹ gesprochen habe und fast nie von mir. Deine Mutter hat das verstanden. Wir waren uns nah, aber nicht zudringlich. Ich finde, so muß es auch sein.«

Katja hatte, während der Vater erzählte, begonnen, die Muster des Teppichs mit den Augen nachzuzeichnen. Zwei Drachen, die ihre Zungen aus gezackt geschwungenen Schlangenkörpern einer Chrysantheme entgegenwanden. Glücksdämonen. Gold und gelb auf tiefem Blau, die Ränder dunkler mit blaßrosa Quasten zwischen kleineren Blüten. Eine Ecke verfleckt, dort hatte sie als Kind eine Teetasse fallen lassen. Katja biß sich auf die Lippen, ihre Augen wurden leer. Geschmacklos, dachte sie bitter. Dieser Wolf hatte doch recht.

Sie nickte zu Musbach hinüber, ging mit einem Gruß zur Tür und war aus dem Zimmer, ehe der hatte aufstehen können.

Manchmal ist sie wirklich kurz angebunden, dachte er. In der Schule wäre das gar nicht gut.

IV.

Der Gong zum Abendessen schlug schon zum zweiten Mal. Er mußte den ersten Ruf überhört haben. Musbach legte die Sulla-Biographie beiseite. Diese Kriege damals, fast noch schlimmer als unsere. Wie mochten die Männer das nur ertragen haben? Diese Schlachten mit Schwertern, Mann gegen Mann, die eigene Hand im Blut des Feindes, keine Entfernung, keine Gnade, der Tod des Gegners das alleinige Ziel. Und dann: keine Verbandsplätze, keine Sanitäter, kein Rotes Kreuz.

Und diese Siege! Plündern und Brandschatzen, blinde Zerstörung. Was für ein Fortschritt, dachte er: vom Söldner zum Volksheer und heute wieder zurück zum Söldner. Immer größer der Abstand zum Gegner; aber auch immer tödlicher die Waffen. Der Mann des Westens braucht Entfernung zum Töten, sonst widerspricht sein Nervenkostüm. Videospiele mit tödlichem Ausgang, das ist die angemessene Variante für unsere Konstitution.

Gut, die Heere damals waren kleiner, eine einzelne Schlacht konnte einen Krieg entscheiden. Aber Sieger und Besiegte lagen verwundet oder tot dicht beieinander, manchmal viele Tausende auf wenigen hundert Metern.

Musbach kam wieder spät. Die anderen waren schon fast fertig mit dem ersten Gang. Spaghetti Carbonara, er mochte es nicht, wenn der flüssige Käse über den Schinkenstückchen eine stumpfe gelbliche Haut gebildet hatte. Am besten man drehte die kleine Vorspeise von oben nach unten, dort war die Pasta wenigstens heiß.

Während er noch seinen Gedanken an den aus Überdruß so überraschend zurückgetretenen Diktator Sulla nachhing – ein unangenehmer und doch außergewöhnlicher Mann –, plätscherte das übliche Tischgespräch an ihm vorüber. Die Zeitung vom Morgen, das Fernsehen vom gestrigen Abend. War das verschwundene Mädchen wirklich mit der gefundenen Kinderleiche identisch? Musbach betrachtete das feinfaltige Gesicht von Frau Sippel. Runzeln überall, aber dann, als würde die Haut an vielen dünnen Marionettenfäden gezogen, ein Ausbruch freudiger Heiterkeit. Eine anstrengende Frau muß die gewesen sein, dachte er, kregel vermutlich noch auf der eigenen Beerdigung.

Frau Sippel hatte das Gespräch wie gewöhnlich fest in der Hand. Sie mußte, wie die anderen, die Nachrichten gesehen haben, die grüngelben Kriegsbilder mit den Kreuzen in der Mitte, überm Ziel.

»Heute«, sagte sie und sah Dicks beifallheischend an, »machen die das ganz anders als früher. Heute malen die das Kreuz schon auf, bevor die Granate, bumbum, trifft. Damals stellte man die Kreuze doch wenigstens erst hinterher auf!«

Dicks prustete wie über einen guten Witz, Frau Mulde schaute betreten auf ihren Teller, wagte aber keinen Widerspruch. Rattke sah Musbach erwartungsvoll an.

Der legte seine Gabel endgültig zur Seite und ertappte sich selbst bei einem ungewöhnlich ärgerlichen Ton: »Ich finde, Frau Sippel, das ist wirklich kein Thema für Scherze!«

»Wieso?« erwiderte Frau Sippel pikiert. »Das war kein Scherz. Aber heute ist ein Krieg eben so weit weg.« Was war mit den Musbachs los? Erst von der Tochter fast geschnitten, heute vom Vater zurechtgewiesen wie ein Schulmädchen.

»Damit scherzt man wirklich nicht«, traute sich nun auch Frau Mulde. »Für die Frauen und Kinder unter den Kreuzzeichen ist auch dieser Krieg ganz nah!« Frau Muldes Stimme zitterte. Aber sie sprach nicht weiter, nichts von den Bildern, die sie jedesmal überfielen, wenn im Fernsehen die Bomben explodierten. Dann sah sie sich wieder mit ihrem Puppenwagen, damals, als die Engländer einen Angriff nach dem anderen auf Hamburg flogen und das Viertel brannte. Eine Nachbarin hatte sie aufgegriffen und mit nach Hause genommen.

»Aber Sie müssen doch zugeben«, ließ die Sippel nicht locker, »daß das ein Fortschritt ist. Die Bomben heute. So präzise. Und die Raketen. Nur auf militärische Objekte. Und kaum noch Koll-kolla- – also diese Schäden an der Zivilbevölkerung.«

»Seien Sie doch still! Sie wissen ja wohl nicht, wovon Sie reden«, empörte sich Frau Mulde. »Sie haben uns in der Stadt damals von Blankenese aus ja nur wie ein rotgelbes Schauerstück am fernen Himmel betrachtet. Blankenese und Mitte: das waren doch zwei Welten! Worüber reden Sie denn? Sie waren ja gar nicht dabei! Wären Sie da mal drin gewesen, Sie würden nicht mehr von ›smart bombs‹ schwärmen.«

Einen Augenblick wurde es still in der Runde, dann begann eine heftige Debatte. Das Dessert war schon abgedeckt, da standen auch andere Mitbewohner um den streitenden Tisch. Jeder hatte seine Erfahrung, und selbst Musbach diskutierte mit über den Bombenkrieg; konnte nicht nachlassen, zu fragen, wie es denn gewesen sei und was man gedacht, getan, gesehen habe. Damals, als er in Rußland war. Diese Schrecken kannte er nur von Briefen, Bildern und den knappen Worten seines Vaters, die im Verschweigen fast mehr verraten hatten als im Aussprechen.

Bald jedoch langweilten ihn die rechthaberischen Wiederholungen. Er wollte weiterlesen und verbeugte sich knapp: »Sie werden noch die nächste Schlacht im Fernsehen verpassen, wenn Sie so weitermachen.«

Im Appartement suchte er, was ihm während des Tischgesprächs nicht mehr aus dem Kopf gegangen war. Er griff nach einem seiner Lieblingsbücher, einem der wenigen, das seiner Meinung nach den Antiken ebenbürtig war: Peter Weiss: »Die Ästhetik des Widerstands«.

Die Sulla-Biographie hatte ihn an dieses Werk denken lassen; er schlug den ersten der grauen Bände auf und las erneut. Bis tief in die Nacht.

Katja kam am nächsten Tag etwas später und fand den Vater am Fenster, den Blick auf die Elbe gerichtet. Mit einer raschen Bewegung wandte er sich um: »Katja, endlich!« Er stutzte: »Eine neue Jacke«?

»Daß du das merkst! Gefällt sie dir?« Ein Model parodierend, drehte Katja sich einmal um sich selbst und zog die Jacke straff. »Die Streifen machen dich noch schlanker«, schmeichelte er.

Langsam, wie um Zeit zu gewinnen, knöpfte Katja die Jacke auf und sah sich nach einem Bügel um. Die Jacke hing kaum am Haken, und der erste Espresso war noch nicht getrunken, als Musbach ihr gestriges Gespräch wieder aufnahm.

»Gestern«, sagte er, »als du nach der Wirklichkeit der Bilder fragtest – du meinst ja sicher diese Fotos hier«, und er nickte hinüber zu dem Katalog, der wieder zwischen ihnen lag, »da habe ich mit dem Augenblickscharakter eines jeden Fotos geantwortet. Ein Krieg ist nämlich keine Bilderfolge, eher etwas wie eine unfaßbare Bewegung; so, als wüchse aus einer niedlichen Verpuppung langsam, aber unaufhaltsam ein giftiges Ungeheuer. Wann kann man das durchschauen? Wann erkennen? Die Larve sieht harmlos aus, das Ungeheuer aber ist tödlich. Doch wann, auf dem Weg dahin, wird das Ende erkennbar? Welches Bild dazwischen gilt?

Als ich vom Essen zurückkam, ich glaube, die Sulla-Biographie gab mir einen Schlüssel, wußte ich, was ich gemeint hatte. Hör zu:

›Jede Einzelheit ihren Ausdruck bewahrend, mürbe Bruchstücke, aus denen die Ganzheit sich ablesen ließ, rauhe Stümpfe neben geschliffner Glätte, belebt vom Spiel der Muskeln und Sehnen, Streitpferde in gestrafftem Geschirr, gerundete Schilde, aufgereckte Speere, zu rohem Oval gespaltener Kopf, ausgebreitete Schwingen, triumphierend erhobner Arm, Ferse im Sprung, umflattert vom Rock, geballte Faust am nicht mehr vorhandenen Schwert, zottige Jagdhunde …‹«

Katja war aufgestanden und kramte nach der Espressodose, und Musbach folgte ihr, unbeirrt deklamierend, in die Kochnische. Erst der zischende Dampf schnitt ihm das Wort ab.

»So ist das! Und so war das für uns, zwar ohne Schwert oder Streitwagen, ohne Jagdhunde, aber sonst: genau so. Kein Schnappschuß kann es wiedergeben, nicht einmal ein Film. Nur das Dabeigewesensein kann es aufnehmen und – vielleicht und wie unvollkommen – erinnern. Dort habe ich meine Bilder. Im Kopf. Und nicht in solchen Fotos.«

Katja schnaufte ungeduldig. Sie kannte Musbachs Fluchtwege. »Sehr eindrucksvoll das. Aber Peter Weiss hat ein Bild, einen Marmorfries beschrieben. Keinen Krieg. Einen Fries, der Krieg darstellt, gewiß. Aber wenn du das für wahrhaftiger nimmst als diese Fotos, weichst du aus. Vor der Wirklichkeit in die Kunst. Das Erlebte, Erlittene, Erfahrene in der schönen Form erstarrt, gefaßt in Marmor und Wörter.«

Musbach erhob sich, rollte die Leiter vor den Regalen ein Stück weiter, fuhr mit dem Finger die Buchrücken entlang, griff einen Band heraus, schlug ihn, scheinbar wahllos, auf. »Und das hier? Geschichtsschreibung. Fakten. Hör zu.

> ›Anderntags zog man im Morgengrauen aus, um die Beute zu sammeln und den Schauplatz des Schlachtens zu besichtigen, ein grauenvoller Anblick, selbst für die Feinde. Dort lagen Tausende von Römern, Fußvolk und Reiter wild durcheinander, wie der Zufall, der Kampf, die Flucht sie vereint hatten. Einige reckten sich blutüberströmt aus diesem Leichenberg auf, die Morgenkälte hatte ihre Wunden zusammengezogen und sie aus ihrer Ohnmacht erweckt; doch der Feind gab ihnen den Gnadenstoß. Andere fand man mit zerhauenen Oberschenkeln und durchschnittenen Kniekehlen; sie entblößten Nacken und Hals, damit der Feind daraus auch das restliche Blut zapfe. Einige fand man, die hatten den Kopf in die aufgewühlte Erde gebohrt; hatten sich selbst die Löcher gegraben, den Mund zugeschüttet, um sich selbst zu ersticken. Besonders aber lenkte aller Augen ein Numider auf sich, den man unter der Leiche eines Römers hervorzog; er lebte noch, Nase und Ohren zerfetzt. Rasend vor Wut hatte der Römer, selbst nicht mehr fähig, eine Waffe zu greifen, im Sterben den Feind mit den Zähnen zerfleischt.‹«

Musbach stellte das Buch zurück. »So sind meine Bilder vom Krieg. Was auf dem Parthenon-Fries dargestellt ist, das mag Peter Weiss in eine ästhetisch gelungene und damit entlastende Form gebracht haben, aber Livius schreibt, wie es wirklich war. Damals – und bei mir. Deswegen sind solche Bilder«, Musbach schob den Katalog noch weiter weg, »wohl wichtig. Ich weiß das doch. Aber sie sind unvollständig ohne meine Bilder.«

»Diese Fotos im Katalog sind aber nicht in irgendeinem Kopf, in deinem oder einem anderen, und sie können sich auch im Lauf der Zeit nicht verändern. Niemand kann ihre Ränder in der Erinnerung golden einrahmen. Und sie sind auch keine Kunst, keine wortgewaltige Ästhetisierung des Entsetzens. Sie sind historische Wahrheit. Wie dieser Livius. Und die Schlacht bei Cannae. Die war es doch, oder?«

Musbach schwieg.

Auf dem Gang klapperte Geschirr. Die Essen wurden verteilt.

»Hast du das Abendessen abbestellt?« fragte sie.

«Hunger?«

Katja schüttelte den Kopf.

Ohne zu antworten hub der Vater wieder an. »Wir lagen vor Moskau. Und steckten unsere erste Niederlage ein.

›Zu spät‹, flüsterte Hugo, als der Befehl zum Rückzug kam, zur ›Frontbegradigung‹, wie das damals hieß. Alea iacta est. Ob Barbara meine Briefe noch erhalten hat? Ich weiß es nicht. Von ihrem Tod erfuhr ich erst im nächsten Sommer durch den Vater. Da war ich schon nicht mehr an der Front. Da war ich schon wieder auf halber Strecke in die Heimat. Im Hinterland.«

Donnernd stieg ein Flugzeug von der nah gelegenen Rollbahn auf. In unregelmäßigen Abständen starteten und landeten die großen Transportmaschinen mit Teilen für den Flugzeugbau.

Der Vater fuhr zusammen, duckte sich, als hätte er das Dröhnen nicht schon hundertmal gehört, seit er hier wohnte.

»Die Feldpost. Das war ein Fest. Jedes Mal. Der Melder kippte sie einfach auf den Tisch, den Boden, die Erde, egal. Wie wichtig die Briefe waren! Für viele die einzige Möglichkeit, ein Gefühl für das wirkliche Leben zu bewahren. Deswegen kam dann meist zunächst eine gedrückte Stimmung auf: Man fühlte nun erst recht – und wie! –, für nichts und wieder nichts aus dem Leben gerissen zu sein, besonders die mit Familie und die vom Lande. Manchmal wurde sogar die Frage laut, warum wir hier rumlaufen müßten, und meist war es Hugo, der ruhig antwortete: ›Du weißt wohl nicht, was der Führer sagt, Mensch? Du bist hier im Krieg, weil du Lebensraum brauchst, klar?‹ Wir beide sahen uns nur an und sagten nichts mehr.

Auch in der Frontzeitung ›Mitteilungen für die Truppe‹ spielten Feldpostbriefe eine große Rolle. ›Nervenstränge‹ seien sie, die in dem ›Volkskörper‹ verliefen; ›männlich‹, wurde uns eingehämmert, sollten die Briefe sein, keine ›Gefühlsduselei‹, frei von Zweifeln am Ziel des Führers. Feldpost war eben ein Mittel zur ›Wehrertüchtigung‹.

Manchmal aber hatten diese Briefe eine geradezu verfluchte Wirkung.«

Der Vater hielt inne, rührte umständlich in der Kaffeetasse, tat noch einen Löffel Zucker hinein. Rührte und rührte, geräuschlos, exakt abgemessene Bewegungen aus dem Handgelenk. Fühlte Katjas unverwandten Blick auf sich.

»Nein, so sollte ich das nicht sagen. Es war ja nicht der Brief, der Freßfriese in die Wälder trieb. Es war der Krieg. Er wollte raus, zurück zu den Menschen, zu seiner Frau …

Immer wieder hatte er ihr Bild gezeigt: eine kleine, dralle Person, brünett, mit lustigen, dunklen Augen. Wie stolz war er, als sie ihm schrieb, sie trage sein Kind unter dem Herzen. Ja, genau mit diesen Worten erzählte er es allen. Zur Feier seines Glücks hatte er sogar, wer weiß woher, eine Flasche Weinbrand ›organisiert‹, die wir auf das Wohl von Mutter, Kind und Vater kippten.

Freßfriese kämpfte nun für zwei. Er war einer von denen, die allen Ernstes glaubten, mit dem Marsch auf Moskau das Vaterland zu verteidigen. ›Der Führer hat versprochen …‹ begann jedes seiner Glaubensbekenntnisse. Kam nach tagelangem Warten endlich Nachschub, Essen, hieß es: ›Ich sag's doch, der Führer sorgt für seine Soldaten.‹ In seinem breiten Ostfriesisch klang das wie eine Parodie. Er war aber damit nicht allein. Vielen war Hitler noch ein Vorbild an Tapferkeit, Härte, Stärke. Maßstab der eigenen Tugenden und Ideale. Er tat ja auch so, als sei er einer von ihnen, wenn er vom ›Mann im Felde‹ sprach, von ›feldgrau‹ und ›Kammrattschafft‹ und von seiner Fronterfahrung im Ersten Weltkrieg.

Ein Herz und eine Seele: das war Freßfriese mit seinem Hitler.

Bis dieser Brief kam. Freßfriese wechselte die Farbe und sprach zu keinem ein Wort. Wir saßen damals nördlich von Smolensk in trüben Hütten und warteten auf den Befehl zum Vormarsch. Freßfriese reichte ein Gesuch um Urlaub ein. Es wurde abgelehnt: Der Führer braucht jeden Mann.

Später erzählte einer, er habe ihn, Freßfriese, weinen hören in dieser Nacht. Die nächste Feldpost kam. Und für Freßfriese nichts dabei. Zum ersten Mal nichts für ihn. Kein Brief.

Freßfriese lief herum, als bewege er sich unter Wasser. Hugo versuchte, ihn anzusprechen. Größere Gegensätze als die beiden mochte man sich im zivilen Leben kaum vorstellen, hier draußen wuchsen sie immer mehr zusammen. Wenn schon nicht mit dem Führer, so durfte ihn Hugo immerhin mit dessen Vasallen aufziehen. Nun aber schüttelte Freßfriese nur stumm den Kopf und wandte sich ab.

Am anderen Morgen vermißte ihn als erster der Mann, der Freßfriese hatte weinen hören. Feldjäger griffen ihn drei Tage später auf. Er war nicht weit gekommen. Aus Angst, entdeckt zu werden, hatte er sich nur sehr langsam fortbewegt. Die blauen Augen, blutunterlaufen, blickten irr. Er schien, was um ihn vorging, kaum noch zu erfassen. Die Wahl des Truppführers fiel auf Hugo und auf mich. Wir sollten Sönke Hansen – mir war, als hörte ich Freßfrieses Namen zum ersten Mal – gemeinsam mit den Feldgendarmen abliefern.

In diesem zerrissenen Arbeitszeug, das er wahrscheinlich unterwegs von einem Zivilisten, vielleicht gegen Zigaretten, eingetauscht hatte, sah der Mann so verletzlich aus, als habe man ihm eine Haut, Soldatenhaut, schon abgezogen. So eine sanfte Haut schien da durch diese Lumpen, Haut, die nach weichen Worten verlangte, nach weichen Händen, Trost. Er war immer stolz auf seinen kräftigen Körper gewesen. Jetzt ergriff seine schutzlos preisgegebene Männlichkeit jeden, der ihn da so stehen sah. Das war schon nicht mehr unser Infanterist Freßfriese, dem man beim Knobeln, wenn es um ein Kotelett oder Schokolade ging, nicht trauen durfte und der doch den Schwächeren half, wo er konnte. Mit welcher Inbrunst hatte er seine Lippen auf die Ikone des heiligen Nikolaus gepreßt, die eine Russenfamilie ihm zum Abschied reichte, als wir aus ihrer Hütte weiterzogen. Zuerst das Heiligenbild und dann auch noch das Kind geküßt, das die Mutter auf dem Arm hielt. Wenn er nicht kommandierte, mußte Freßfriese einfach freundlich sein. Anders als sein gutgläubig verführter Verstand machte sein großes Herz in seiner breiten Brust keinen Unterschied zwischen Russen und Deutschen.

Da stand er nun und sah mit seinen Augen, Augen grell vor Angst, durch uns hindurch. Das Grauen, das wir empfanden, galt nicht nur ihm, es galt auch uns, den Zeugen. Uns Zuschauern.

Das Kommando zum Abmarsch schien er nicht wahrzunehmen. Die Feldgendarmen drehten ihn herum und stießen dem Gefesselten den Lauf ins Kreuz. Wir setzten uns in Bewegung. Sein Schritt so unbeteiligt, als sei er schon nicht mehr zugegen. Den ganzen Weg zum Feldgericht sah er nicht einmal auf. Bewegte seine Füße, Füße in zu kleinen Schuhen, denen er vorn die Kappen weggeschnitten hatte, die Zehen hingen raus. So wie er es seit Jahr und Tag gewohnt war, bewegte er die Füße in den zu kleinen Schuhen, in Schritt und Tritt, gleichmäßig, stetig, seinem Ende entgegen. Hugo ging mit einem der Gendarmen vorneweg. Ich mit dem anderen hinterher. Sönke Hansen in der Mitte. Wir mit entsichertem Gewehr. Die beiden vorn mit je einem Ende des Stricks in der Hand, der sich um die Gelenke des Gefangenen schlang. Ich sah die Hand des Freundes mit dem Strick, konnte nicht wegsehen von dieser Hand, des Unheils Lösung vor mir, wenn ich nur begreifen könnte, wie diese Hand dazu gekommen war, diesen Strick, der um des anderen Hand geschlungen war, zu halten. Als könnte ich den Irrsinn mit diesem einen Blick durchschauen und verhindern.

Wir mußten ihn ja nur übergeben.

›Der Führer hätte mich verstanden‹, sagte er zuletzt zu Hugo. ›Wie du.‹

Und Hugo sagte: ›Ja, er hätte dich verstanden. Wie ich‹ und ließ den Strick zu Boden, ganz langsam durch die

Hand zu Boden gleiten, als hinge er durch dieses Stückchen Hanf noch mit dem anderen zusammen und der mit ihm und durch ihn mit dem Leben. Dann wischte er die Hand ab an der Hose, immer wieder, fuhr über Sönkes Wange, leicht und verschämt, wer weiß, ob er sie überhaupt berührte, und murmelte, ich weiß nicht, ob ich's wirklich hörte: ›Verzeih.‹

Ich stand und sah; begriff nichts, aber registrierte alles, als liefe eine Kamera in mir, vernahm die Bitte des Unglückseligen: ›Schreib ihr. Schreib du ihr.‹ Sein Gesicht verzerrt von rasender Angst und inbrünstiger Liebe; die Augen auflodernd im plötzlichen Verstehen und Erschaudern, dann erlöschend, staubgrau zerfallen schon hier, im Abschiednehmen. Ich wandte mich ab, und glaub mir, Katja, ich verachtete mich für dieses Abwenden, so wie ich mich damals verachtet hatte, als ich die Schokolade verweigert hatte, so verachtete ich mich jetzt, weil ich die Hinwendung verweigerte, die Nächstenliebe, ich, der ich alles hatte, was jenem genommen würde, Sonne und Licht, die Erde, das Wasser, Wärme und Luft – ich hatte es auf meiner Haut im Überfluß, ihm aber, ihm würde dies alles genommen werden.«

Katja fuhr auf: »Du hast doch nicht etwa auf diesen Mann geschossen? Man kann doch nicht einfach auf einen wehrlosen Kameraden schießen!«

»Ach, Unsinn«, antwortete Musbach unwirsch. »Wo denkst du hin? Nein, ich habe ihn nicht erschossen. Aber denen ausgeliefert, die ihn verurteilt haben. Ist das nicht genauso schlimm? Fast? Doch was hätte ich tun können? Hugo packte mich beim Arm. ›Komm‹, sagte er, ›sie sind fort.‹

Freßfriese war aber noch lange da, nachdem sie ihn abgeführt hatten, wurde immer lebendiger, und als ich den

Brief an seine Erna schrieb, war es, als stünde er neben mir und diktierte. Was ich schrieb? Nicht, was ich meistens schrieb. Seit ich einmal auf der Schreibstube ausgeholfen hatte, wurde ich häufig von schwerverwundeten Kameraden gebeten, diese traurigen Briefe abzufassen. Oft kamen dann Briefe zurück. Die Frauen wollten genau wissen, wie der Mann, der Verlobte, der Sohn gestorben, wo er getroffen war, ob er gelitten habe, letzte Worte gesagt. Verzweifelt klammerten sich die Familien an alles, was geblieben war, als könnten sie den Tod noch einmal aufhalten. Jedesmal schrieb ich, die letzten Worte hätten ihr, der Mutter, der Frau, der Braut gegolten und daß es eine Liebe gebe über den Tod hinaus. Was sonst hätte ich schreiben sollen?

Für Erna ließ ich ihren Sönke noch einmal auferstehen. Ich schrieb an sie, und ich schrieb an mein eigenes Herz. Ich mußte nichts dazutun. Nur die Uniform mußte ich ihm ausziehen, den Soldaten wieder zum Menschen machen, zum Freund, zum Ehemann, zum Vater. Dazu machte ich ihn. So sollte Erna ihren Sönke im Gedächtnis bewahren, so wollte ich ihn für mich behalten. Wie er für uns dagewesen sei, schrieb ich und wie er den Schwächeren geholfen, ihnen die Munitionskästen abgenommen hatte beim Vormarsch durch die Sümpfe; von seiner Freundlichkeit zu den Russen, in deren Hütten wir gewohnt hatten, schrieb ich, wie er den Kindern Schokolade geschenkt und Hütchen und Schiffchen gefaltet hatte. Daß er dafür auch die ›Frontzeitung‹ benutzt und ihn dies schon einmal beinah vors Kriegsgericht gebracht hatte, davon schrieb ich nichts.

Auch nichts von seiner Tapferkeit, nicht nur dem Feind, auch seinen Vorgesetzten gegenüber. Weil ihm seine Soldaten wichtiger waren als die Buchstaben eines Befehls. Einmal hatte er uns in den Löchern liegengelassen, während die anderen vorwärts stürmen mußten, einen Abhang hinunter! Man muß sich das vorstellen, runter, nicht rauf! Sie wurden abgeknallt wie die Hasen. Wir dagegen ließen die Russen rankommen und zwangen sie dann zum Rückzug.«

»Sag doch gleich: dann knalltet ihr die ab!« warf die Tochter bitter dazwischen.

»Du hast recht«, sagte Musbach stockend. »Es gibt keine menschliche Sprache für den Krieg. Keine gute Sprache für den Soldaten. Ich habe nur erzählt, wie Sönke Hansen mir das Leben gerettet hat. Ihn selbst kostete diese Entscheidung die Beförderung. Nur unser Erfolg bewahrte ihn vor Schlimmerem.

Vor allem aber schrieb ich Erna von seiner Liebe. Ich war gerade einundzwanzig, und außer ein paar Küssen mit Barbara, ach was, Küsse waren das ja nicht einmal, dieses flüchtige Zusammenstreifen unserer Lippen, hatte ich noch nichts erlebt. In Träumen schon. Und so schrieb ich mich in Begeisterung für Ehe und Familie. Und gleichzeitig in Trauer und in Wut. Nicht nur über Freßfrieses Tod; auch eigene Wut und Trauer schrieb ich mit hinein. Und strich es wieder aus. Mit meiner Wut und meiner Scham durfte ich die Witwe nicht beschweren.

Zwei Tage später kam ihr Brief. Der Brief, der nicht gekommen war, als Sönke Hansen darauf gewartet hatte. Er war aus Versehen in einer anderen Kompanie gelandet. Ich fand ihn bei dem Pfosten, dort, wo der Postsack auf die Erde geleert worden war. Ich nahm ihn auf, als wäre er für mich bestimmt, und las ihn abseits von den anderen, gemeinsam mit Hugo.

Feldwebel Hansen, das war uns sofort klar, wäre noch am Leben, wäre noch Freßfriese, hätte dieser Brief nicht tagelang am falschen Ort gelegen.

Den letzten Brief, den Hansen noch gekriegt und der ihn

so verstört hatte, trug er bei sich, als sie ihn einfingen. Darin bat Erna flehentlich, er solle doch nach Hause kommen, sie habe Angst vor der Geburt. Kaum noch Herztöne, sage der Arzt, und sie liege doch schon seit Monaten, zugenäht, so groß die Gefahr, das Kind zu verlieren. Erst da schien Hansen von diesen Komplikationen erfahren zu haben; uns hatte er all die Zeit von seiner vor Gesundheit strotzenden Frau erzählt, vom ersten Schritt zum Mutterkreuz in Gold geschwärmt: bei jedem Urlaub eins!

Der Brief, den wir nun lasen, kam von Hansens Mutter und meldete in dürren Worten, ungelenker Schrift, das Kind sei da, ein Sohn, gesund und Erna auch, noch schwach, bald aber wieder auf den Beinen. Zerreiß den letzten Brief, hatte Erna unter die Zeilen der Schwiegermutter gekrakelt. Deine dich liebende Frau. Wie soll er heißen?«

Er versucht, mich zu fangen, dachte Katja. Mit einer Geschichte, wie früher. Wenn er mich mit Erzählen zu fesseln wußte. So war es immer gewesen: Er wollte erzählen, sie sollte zuhören. Erzählen als ein Weg, seine Liebe zu zeigen. Das war nun aber nicht mehr genug. Er sollte erzählen, was sie hören wollte.

»Eine schöne Geschichte«, fiel sie dem Redenden ungerührt ins Wort, »du redest noch immer nur über eine Seite. So, als hättet ihr euch in einen unbezwingbaren Berg verstiegen, und nun, in Lebensgefahr, wüßtet ihr nicht mehr aus noch ein. Ihr wart aber nicht in einer gefährlichen Steilwand, ihr wart in ein anderes Land marschiert, um zu erobern und zu morden. Kannst du nicht endlich zur Sache kommen?«

»Hör doch zu! Kurze Zeit darauf passierte nämlich fast dasselbe noch einmal. Leo, unser Gruppenführer, ein unauffälliger, eher schüchterner Mann, der schien sich zu seinen Befehlen selbst überreden zu müssen; er bekam viel und regelmäßig Post aus der Heimat. Besonders von seiner Verlobten; er las sie nicht selten mit Tränen in den Augen, was häufig zu Witzeleien führte. Und Bücher schickte sie ihm. Reclamheftchen vor allem, die er auch Hugo und mir auslieh. Kurz vor Weihnachten kam ein Buch von Kästner, in einem Umschlag von Bergengruen, und wir wunderten uns, wie dieses Buch durch die Zensur gekommen war. Die Prüfstellen waren wohl überlastet. Ein Buch voller Freude und Menschlichkeit. Und doch war es mitschuldig an Leos Tod. Es verlockte ihn ins Leben. Er kam nicht wieder, als er im Dorf etwas zu essen organisieren wollte. Nie mehr von ihm gehört. Seiner Braut habe ich auch geschrieben; ich hatte den Brief an Sönke Hansens Witwe noch im Kopf.«

»Du sprichst dauernd von Liebe!« warf die Tochter noch ungeduldiger, fast erbost dazwischen. »Deine Kameraden waren wohl alle Engel! Wer hat denn diese Menschen hier, Russen, Polen, Juden, Frauen und Kinder, erschossen und aufgehängt? Sind die deutschen Soldaten auf diesen Fotos Phantome? Halten sie das Gewehr nicht auf wehrlose Menschen und drücken sie nicht ab? Wo waren denn die Nazis? Wo warst du selbst? Wieder dagegen und doch dabei?«

»Nazis«, sagte der Vater ärgerlich, »gab es natürlich, viele. Aber wirklich, was waren wir denn selbst? Was konnten wir, Soldaten im Krieg, denn sein? Hitler hatte die Befehlsgewalt, die Generale gaben die Befehle an die Obersten, die an die Majore und so weiter, kurz, wir folgten, vom General bis zum Rekruten. Wie willst du da die Nazis und Nicht-Nazis unterscheiden? Um zu überleben, brauchst du Kameradschaft. Und für die Kameradschaft zählte in erster Linie, ob du ein guter Soldat bist. Mit Nazis hatte das noch nichts zu tun. Du kannst der beste Mensch sein und trotzdem ein schlechter Soldat.«

»Was ist das: ein schlechter Soldat?«

»Einer, der das Leben seiner Kameraden gefährdet.«

»Also einer, der sein Handwerk nicht versteht?«

»Wenn du so willst, ja.«

»Das Handwerk des Tötens? Das Handwerk des Heldentums? Wäre es nicht tapferer gewesen zu desertieren, als sich immer weiter am Morden zu beteiligen? Wäre nicht der wirklich gute Soldat der schlechte Soldat gewesen?«

»Tja«, sagte Musbach mit einer kraftlosen Handbewegung. »Das sagt sich heute leicht. Ihr seid alle so oberschlau. Der schlechte ›Gute‹ wäre auch der tote Soldat gewesen. Wer abhaute, mußte doch vor den eigenen Leuten so viel Angst haben wie vor dem Feind!«

»Aber alle«, sagte die Tochter, »wenn all ...«

»Alle«, sagte der Vater trocken, »alle gibt's nicht. Die ersten von Allen wären erschossen worden von denen, die nicht bei Allen waren. Und wie schnell wäre dann aus Allen niemand mehr geworden! Wenn die Sowjets 1989 auch nur zehn Leute erschossen hätten bei den Montagsmärschen in Leipzig, aus der Wiedervereinigung wäre nichts geworden. Genausowenig wie am 17. Juni 1953. Das ist ein altes Gesetz. Immer wieder erinnert es mich an eine Stelle bei Livius. Er beschreibt, so unvergleichbar knapp und präzise, wie nur Lateiner es können, einen Aufstand in Rom: ›Ex ferocibus universis singuli, metu suo, obedientes fuere.‹ (Aus denen, die in ihrer Gesamtheit widerspenstig waren, wurden einzelne, von denen jeder aus Furcht für sein Schicksal gehorchte.) Was glaubst du, weshalb es dreiunddreißig keinen Generalstreik gab? Warum der 20. Juli gescheitert ist? Einzelne haben's versucht. Und die sind fast alle tot. Da könnte ich dir auch einige Geschichten erzählen. Zu solchem Widerstand gehörte unglaublicher Mut. Den hatte ich nicht. Aber wer hatte ihn?«

Die Tochter fühlte sich in der Falle.

Es war spät. In dem Haus mit den vielen Türen hörte man kein Geräusch mehr. Draußen noch das Licht der Werften. Katja sah sich um; sandfarbene Wände, ein geräumiges Zimmer, Parkett, ein alter Chinateppich in kaiserlichem Blau. Ein Bett im zweiten Raum, mit Schrank und hohem Spiegel, ein großes Fenster, Doppelfenster bis zum Boden, die eine Hälfte zu öffnen, auf einen kleinen Balkon. Neben dem Bett ein Nachttisch, ein Wecker, eine weiße Lampe, ein bequemer Sessel. Hier vorne eine Kommode. Bücherregale, wohlgeordnet. Voll. Der Schreibtisch. Mit der kleinen Bronze des Diskuswerfers. Dem Kopf des Sokrates. Einer Schale mit Bleistiften, Füllhalter. Der Schreibunterlage aus grünem, tintenfleckigem Leder. Der Leselampe mit ihrem runden, grüngläsernen Schirm. Davor der Vater. Alles wie früher zu Hause. Überall diese Ordnung, diese Abschirmung durch eine Tradition, die es gar nicht mehr gab.

Keine Türen, durch die man fliehen könnte. So wie für die Männer im Krieg keine Türen dagewesen waren in warme, lichte Zimmer, keine Bank im Park, kein Bier im Stehen in der Kneipe, kein Mädchen im Arm. Todeszone. Und jetzt ein alter Mann, seit beinah fünfzig Jahren Vater. Ihr Vater. Der den Oberkörper aus dem Sessel zum Tisch hin beugte, die Unterarme auf die Platte legte, Handflächen nach oben. Schutzlos. Ergeben.

So blieb er sitzen, und er hob die Augen nicht, als Katjas starke Finger seine Handgelenke umspannten und sie ihn leise, fast verschwörerisch fragte: »Weißt du noch, damals am Nachmittag, in den Wiesen an der Alster, als ich deine Arme so nahm wie jetzt? Und du, als deine Hände meine Gelenke so festhielten wie ich die deinen?«

»Wann? Was meinst du? In den Alsterwiesen? Nein,

kann mich nicht erinnern. Wirklich nicht.« Nur mühsam fand Musbach in die Gegenwart zurück. Und erst recht nicht in eine Vergangenheit, die Katja in ihm wachrufen wollte. Was konnte denn so besonders gewesen sein an einem Händedruck? Und dann an der Alster? Sein Gedächtnis, noch gefangen in der Erinnerung an die Kameraden, fand kein Bild.

Katja drückte die Hände des Vaters fester.

»Du kannst das doch nicht vergessen haben! Ich sehe noch jeden Baum vor mir, jeden Grashalm im strengen Augustschatten. Tante Astrid und das heulende Elend Martin mit seinen wiesengefärbten Knien. Und ich, erst in bibbernder Angst und dann in einem solchen Glück überstandener Gefahr, in einem solchen Gefühl der Geborgenheit, wie ich es, glaube ich, nie wieder erfahren habe. Nicht einmal in Alberts Armen.« Die letzten Worte hatte sie noch leiser gesprochen.

Verschwommen tauchten Erinnerungsfetzen in Musbach auf. An den Besuch einer entfernten Verwandten, damals in der Aufbauzeit, den goldenen Sechzigern, wie sie heute hießen. So golden waren sie ja eigentlich nicht gewesen, und der Furor der nachfolgenden Jahre grollte auch schon mit mindestens 3 auf der Richter-Skala. Aber immerhin, abgesehen von seiner Mühsal, den bedrohten Raum der alten Sprachen und der antiken Geschichte in den Curricula ständig verteidigen zu müssen, war er damals doch glücklich in einer Welt mit Atem und Zukunft.

»Was war mit Tante Astrid?« Noch immer fiel ihm zu dem Besuch nicht mehr ein als ein ungefähres Datum.

»Es gab ein kleines Picknick, und dann spielten wir, Martin und ich, in der Wiese Federball, aber das ging nicht so gut in dem hohen Gras. Da bliesen wir den Wasserball auf, den sehe ich noch heute, grün und blau gestreift.

Martin war er zu groß, er sprang jedesmal beiseite, wenn das bunte Ding auf ihn zuflog, obwohl – der Ball war ja weich und leicht. Fangen konnte ich ihn auch nicht, aber wenn er so an meiner Brust abprallte und plopp machte, fand ich das lustig. Plötzlich – du mußt dich doch daran erinnern! – ging Tante Astrid zu Martin und streckte die Arme nach ihm aus, die Hände offen, zum Himmel gewandt, so wie eben deine. Ich sehe noch Martins große, erschrockene Augen. Sein Mund gespannt, als wolle er ihn gleich zu einem lauten ›Bitte nein‹ öffnen. Obwohl, er konnte ja gar nicht wissen – oder doch? –, was kam. Tante Astrid nahm seine dünnen Unterärmchen, ›Faß mich fest am Handgelenk‹, sagte sie, und er versuchte ängstlich, zu folgen und mit seinen kleinen Händen die Gelenke der Mutter zu umklammern. Die wirbelte wie eine Ballerina um sich herum, Martin konnte mit den Füßen nicht mehr folgen, hob ab, hing da wie an einem Kettenkarussell, winselnd, ›Laß mich runter! Mama, bitte!‹ Mitten in der Bewegung löste die Tante ihren Griff, und Martin flog in einem weiten Bogen ins Gras. Wie er weinte! Aber ihren Arm, als sie ihm ein Taschentuch reichen wollte, schubste er weg. Zog die Nase hoch und trocknete die Tränen, glänzende Rinnsale in seinem staubigen Gesicht, mit einem blauen Taschentuch. Seine grasgrünen Knie, wirklich, grasgrün. Das blaue Taschentuch hattest du ihm gegeben.«

Nun erinnerte sich auch Musbach. Er hatte sich geärgert, besonders als Astrid so nebenbei zu dem Jungen im Gras sagte: »Man muß lernen, auf sich selbst aufzupassen. Trau keinem als dir selbst.« Und: »Du hast ja nur aus Angst losgelassen.« Derlei Bemerkungen aus einer preußischen Mottenkiste waren typisch für Astrid und ihre Familie. Schon in den Kriegs- und Vorkriegsjahren hatte Musbach das martialische Familienklima dieser gelegentlichen Verwandtschaft mißfallen. Familien tragen ihre Lasten über Generationen, dachte er und blickte zu Katja auf.

»Martin war gerade aufgestanden, da kamst du auf mich zu. Erinnerst du dich jetzt?«

Der Vater nickte, und Katja fuhr fort.

»Du hieltest mir deine Arme entgegen, die Hände offen, genauso wie eben noch Tante Astrid. Zum ersten Mal wollte ich nicht an deine Hand. Ich bekam eine Angst, als müsse ich wie im Märchen einer bösen Hexe folgen. Ich wich vor dir, vor meinem besten Freund, zurück, fast an den Rand der Wiese. Du gingst aber weiter auf mich zu, die Hände offen, die Augen fest in den meinen. ›Komm‹, sagtest du, ›hab keine Angst.‹ Zitternd nahm ich deine Handgelenke, so wie jetzt, und du die meinen. Du drehtest dich, langsam, dann schneller, ich flog wie Martin im Kreis um dich herum, und dann wurdest du behutsam langsamer; erst mit dem einen, dann mit dem anderen Fuß fand ich die Wiese wieder, und dann liefen wir umeinander, und dann lag ich in deinen Armen, und ich dachte, etwas Schöneres als solch einen Märchenflug könne es gar nicht geben. Wir haben es später noch so oft gemacht. Du schenktest Martin dein blaues Taschentuch, aber er durfte es nicht behalten, und die Tante verabschiedete sich noch am Abend ohne viel Federlesens. Du hast sie nie wieder eingeladen. Der arme Martin.«

Musbach schloß seine Hände um Katjas Gelenke, und einen Augenblick saßen sie so, sie zu ihm gebeugt, er mit dem Blick auf ihre zärtliche Verschränkung.

Die Tochter erhob sich. Willenlos ließ es der Vater geschehen, daß sie seine Hände nahm und ihm in den Schoß legte.

V.

Der Vater wehrte ab, als Katja am nächsten Nachmittag die Aktentasche aufschnappen ließ, etwas von einem Prospekt murmelte und ihm ein buntes Heft zuschob.

»Keine Angst«, sagte sie aufgeräumt. »Das sind die Touren der Alsterflotte. Was hältst du von einer Fahrt durch die Kanäle? Dämmertörn oder so. Schau es dir in Ruhe an. Aber erst mal einen Kaffee. Einen doppelten.«

Das Kaffeespiel vollzog sich in gewohnter Harmonie. Heute nahm auch Katja Zucker, der Geruch so vertraut. Den ersten Espresso hatte sie an ihrem dreizehnten Geburtstag getrunken, zur Feier der ersten »Zehn«, sozusagen zum Eintritt in die Erwachsenenwelt. Damals hatten der Vater und sie auch ihr gemeinsames Hin und Her der Tassen erfunden.

»Gestern war ich noch mal in den Wiesen. Genau da, wo wir mit Tante Astrid waren. Auf den ersten Blick hat sich nicht viel verändert. Jedenfalls nicht von weitem. Aber wenn du näher kommst! Die Enten tauchen nicht nur in der Alster, die schwimmen jetzt auch in den Wiesen.«

»In den Wiesen?« Musbach verschluckte sich fast. »Was meinst du? In den Wiesen?«

»Da stehen riesige Pfützen, tief genug, daß die Vögel darin schwimmen. Und die Hunde baden. Überhaupt die Hunde. Auch auf dem Rasen, der noch trocken ist, sieht man keine Kinder. Heute wären Martins Knie bestimmt nicht grasgrün, sondern kackbraun.«

Katja schüttelte sich. »Schilder stehen genug da: Hunde

an die Leine. Und Automaten mit Plastiktüten für die großen Geschäfte. Nützt aber nicht viel.«

Musbach war Katjas Ausbruch mit wachsender Verblüffung gefolgt: »Seit wann regst du dich über Hundehaufen auf?« fragte er belustigt.

»Ach, die Hunde. Aber die Bäume solltest du sehen. Viele mußten schon gefällt werden, auch eine von den alten Eichen, du erinnerst dich. Andere mit den Wurzeln im Wasser, die Stämme vollgesogen, schwarz vor Nässe, kaum noch Blätter. Und das nach diesem trockenen Sommer!«

Musbach verstaute die Pfeife, die er verstohlen hervorgekramt hatte, nach einem strafenden Blick Katjas wieder in der Schublade und schob wie unabsichtlich den Prospekt über den Katalog.

»Noch eine Tasse?« fragte er.

Katja zog den Katalog wieder heraus und sah den Vater freundlich, aber bestimmt an: «Den hab ich nicht vergessen.«

Verwundert bemerkte Musbach, daß diese Beharrlichkeit ein Gefühl hervorrief, für das er nur das eine Wort fand: Erleichterung.

»Du hast recht«, sagte er. »Die Alsterflotte schwimmt uns nicht davon. Laß uns weitermachen. Gestern hast du gefragt: Und die Nazis? Du willst wissen, ob es einen Unterschied machte, wenn jemand Nazi war oder nicht, auch im Krieg. Oder gerade im Krieg.«

»Ja«, fiel Katja zögernd ein, froh und ein wenig traurig zugleich, daß der Vater ihr so bereitwillig nachgab, sie wieder aus ihrer beider Gehege in seine Schreckenswelt führte: »Es waren doch nicht alle so unbedarft wie dein ›Freßfriese‹.«

»Nein, bestimmt nicht«, räumte der Vater ein.

»Da war zum Beispiel Schütze Mertens. Paul Mertens. Student wie Hugo und ich. Student der Mathematik. Du erinnerst dich, der mich wegen der Schokolade anrempelte. Er war in Rußland, um, wie er es nannte, einen ›Sumpf trockenzulegen‹, einen ›Sumpf von Untermenschen‹. Ein bösartiger Rassist. Juden waren für den studierenden Mathematiker Mertens ein Fehler in der Gleichung seiner Weltordnung. Die ging für ihn erst auf, wenn der ganze Erdball judenfrei sei. Was störte, gehörte für ihn weggekürzt wie Ballast in einer Bruchrechnung.

»Und?« unterbrach Katja. »Ging der Dreisatz auf? Hat er die ›Fehler beseitigt‹? Was für eine Umschreibung für Völkermord!«

»Im Krieg habe ich Mertens aus den Augen verloren. Aber er ist der einzige, den ich nach dem Krieg noch einmal getroffen habe. Zufällig, auf dem Bahnhof in Köln. Er auf der Durchreise nach München, ich nach Hamburg. Wir ließen beide einen Zug fahren. Das reichte. Das befangene Erstaunen wich auf beiden Seiten bald einem Unbehagen. Das ›Weißt du noch‹ fand zu wenig Bruchstücke der Erinnerung, die wir gemeinsam hätten verklären können. Er arbeitete bei einer Versicherung und hatte, wie er mir unter übertriebenem Händeschütteln zu Beginn und am Ende unseres Wiedersehens versicherte, von Politik die Nase voll.

Er war der Nazi, mit dem ich bis heute am wenigsten klarkomme. Einen wie Freßfriese kann ich mir wenigstens noch erklären. Aber so was wie Mertens, das bleibt eine unbegreifliche moralische Mißgeburt. Das Böse aus einer Wurzel, der wir doch auch all unseren Fortschritt verdanken.

Die Aufklärung, ihre Hoffnung auf die Vernunft, hatte ja vielfache Versuche ausgelöst, Vernunft und Glück rechenbar zu machen. Zum Beispiel Moses Mendelssohn, der bedeutendste jüdische Philosoph der Aufklärung: Vernunft und Toleranz waren ihm eins. Lessing, sein Freund, hat ihm im »Nathan« ein Denkmal gesetzt. Unvergeßlich ist mir Mendelssohns Glücksformel, geboren aus einem uneingeschränkten Vertrauen in die Berechenbarkeit des Lebens. Stell dir vor: Er multiplizierte die ›Menge des Guten = m‹ mit der ›Deutlichkeit = p‹, in der man ›das Gute‹ erfährt, und teilte es durch ›die Zeit = t‹, in der man ›das Gute‹ genießt. Fazit: Je mehr Güter, je stärker und je länger sie genossen werden, desto größer ist die Glückseligkeit. Also: m mal p durch t! So ein Vertrauen in den Verstand!«

Katja lächelte, und Musbach holte beflügelt noch weiter aus: »Oder die Schönheit. Die bestand für ihn in einem Maximum der Ideen bei einem Minimum an Zeit. Wobei er die Ideen wiederum nach Menge und Klarheit und Wirksamkeit unterschied. Also war ...«

»Na, dann«, unterbrach Katja ironisch. »Und da heißt es, die Austrocknung der Phantasie sei die Kehrseite der Aufklärung. Wir waren bei Mertens, Vater!«

»Ja, aber man muß eben immer die Zusammenhänge sehen. Alle Seiten. Ich habe oft darüber nachgedacht und keine Antwort gefunden: Wie konnte es geschehen, daß die humanistische aufklärerische Suche nach menschlicher Vernunft und einem Glück für alle auch in eine so verbrecherische Irre führen konnte? In eine Welt ohne Herz, ohne Anstand, ohne Menschlichkeit, eine barbarisch kalte, gerechnete Welt. Leitspruch von Mertens war ein Satz des Aufklärers Hobbes: ›Nicht von der Natur, sondern durch Zucht wird der Mensch gesellschaftsfähig.‹ Ein Satz, schon damals dreihundert Jahre alt und von Mertens schlicht mit Darwin, Spencer und Spengler zusammengerührt, als habe es in den dreihundert Jahren keinen Fortschritt, keine Erfahrungen gegeben. Das waren die schlimmsten Nazis, diese darwinistischen Intellektuellen, Schnösel ohne Mitleid, diese Rasse-Mathematiker, diese Rechenkünstler der Eugenik, deren pervertierte Vernunft ihnen anscheinend sogar noch ein gutes Gewissen errechnete. Welch ein Weg von dem großen Aufklärer und Freund Goethes, Lavater, und seinem Werk zur Physiognomie und Menschenliebe bis zu den mörderischen Schädelvermessungen der Nazis, wie sie in Mertens' Hirn herumspukten. Manchmal fürchte ich, daß trotz aller gutgemeinten Kundgebungen die Rotte dieser Mertens' unaufhaltsam zunimmt. Menschen ohne Jenseits, ohne Mitleid für die Fehler anderer in einer Welt der selbstgemachten Zwänge. Wer sich umschaut, Katja, kann nicht optimistisch sein. Schon rechnet man ja wieder, ab welchem Alter es nicht mehr lohnt, den Menschen zu reparieren.«

Die Angesprochene nickte, ihre Augen hatten unablässig den Kopf des Sokrates auf dem Schreibtisch umkreist. So kannte sie ihren Vater. Seiner Melancholie mochte sie nicht zustimmen; aber das hatten sie schon oft diskutiert. Und sowieso: das Alter!

»Tröste dich doch mit Adorno«, seufzte sie, »die Wunden, die uns durch kalte Rationalität geschlagen werden, lassen sich immer wieder nur durch mehr Vernunft heilen.«

Im Gesicht des Vaters stand noch ein zweifelndes Lächeln, als er fortfuhr: »Mit Joachim war die Sache ja auch komplizierter. Er war wirklich eine interessante Figur aus jener Zeit. Ein Nazi, wie er in den heutigen Darstellungen der Hitlerjahre kaum zu finden ist – und doch nicht untypisch. Überzeugt, er kämpfe vor Moskau für eine ›neue Gesellschaft‹, eine ›neue Ordnung‹ der Welt.

Eine Ordnung, die, wie er nicht müde wurde zu predigen, die Kluft zwischen ererbtem und erworbenem Besitz überwinden würde, ganz so wie den Gegensatz zwischen Kopf- und Handarbeit, Führern und Gefolgschaft. Alles in allem: Joachim glaubte, wenn er gegen die Russen, den Bolschewismus kämpfe, kämpfe er für ›das Abendland‹ und eine bessere Zukunft der Menschheit. ›Die Franzosen sollten uns dankbar sein‹, war seine ständige Rede. Kriege würden aufhören, prophezeite er, wenn alle Welt erst mal ›Heil Hitler!‹ schreit.

Joachim kam aus einem Elternhaus mit Geld. Das er verachtete. Kunststück. Kennst du ja. Sein Vater besaß eine Bank und hatte wahrscheinlich durch Arisierung noch mal Geld gemacht. Joachim fehlte es an nichts. Er hatte wohl eine Zeitlang mit den Kommunisten geliebäugelt, doch die waren ihm nicht straff genug. Schon gar nicht im Erscheinungsbild, zum Beispiel bei den frühen Demonstrationen, wenn sie mit Kind und Kegel auf die Straße gegangen waren. ›Mit Kinderwagen!‹ spottete er.

An den Nazis faszinierte ihn das Soldatische. Joachim wollte ein Krieger sein. Das Geflecht aus Befehl und Gehorsam: Das war sein Credo. Sein größter Kummer: er war klein. Zwar blond und gutgebaut, die Augen blau, der Schädel schlank und nach hinten gewölbt, alles ›reine Rasse‹, aber en miniature. Ein Germänchen. Das war wohl schon immer sein Kummer gewesen. Er wußte alles über die großen Feldherren der Antike. Krieg war für ihn der ›Vater aller Dinge‹. Im Krieg erweise sich der Mann als Mann; ja, erst im Krieg werde er zu einem solchen; in der Bewährung als Soldat. Irgend etwas muß mit seiner Familie für die Nazis nicht gestimmt haben, was weiß ich, es bekümmerte ihn jedenfalls tief, daß er nicht gleich nach dem Abitur die Offiziersschule besuchen durfte. Eines seiner liebsten Zitate habe ich noch heute im Ohr, von Ernst

Jünger aus ›In Stahlgewittern‹. Es geht um den Offizier, etwa so: ›Die Gefahr‹, schnarrte der Vater hoch aufgerichtet mit verstellter Stimme, ›ist der vornehmste Augenblick seines Berufes, da gilt es, gesteigerte Männlichkeit zu beweisen. Was ist erhabener, als hundert Männern voranzuschreiten in den Tod? Gefolgschaft wird solcher Persönlichkeit nie versagt, die mutige Tat fliegt wie Rausch durch die Reihen.‹ Oder so ähnlich. Joachim sah sich als eine Art Nachfahre der Ordensritter

Rausch! Ja, das war Joachim. ›Rubikon‹, murmelte der schöne kleine Soldat, als wir die Beresina überquerten und Hugo mich an seinen Vater erinnerte, der vor unserem Abmarsch mehr als einmal ›Napoleon‹ gesagt hatte. ›Rubikon‹, hatte Joachim gemurmelt, und Hugo hatte geantwortet: ›Alea iacta est‹. Joachims Augen hatten geleuchtet. Er glaubte in Hugo einen Verbündeten zu finden. Veni, vidi, vici. Auch als sich herausstellte, daß seine Begeisterung für das neue Deutschland bei uns wenig Gegenliebe fand, suchte er unser Gespräch.

Besonders Hugo, diesen eingefleischten Skeptiker, wollte er überzeugen. Man mußte Joachim gehört haben, hingerissen von seiner eigenen Begeisterung, den Tag des Sieges verkündend, wenn dieser kleine Mann sich spannte und über sich hinauswuchs, wenn er von deutschen Domen und Dorfkirchen die Glocken erklingen und auf deutschen Straßen die Marschakkorde einrückender Regimenter erschallen ließ; Millionen Frauen, Mütter, Bräute jubelten den feldgrauen Heimkehrern zu und die sieghafte Fahne des Volkes allen voran!

Ja, er sagte wirklich ›feldgrau‹.

›Und die Juden?‹ hatte Hugo kaum hörbar gemurmelt, als er zum ersten Mal einen solchen Ausbruch hörte.

Joachim fiel die ekstatisch gestreckte Rechte herunter,

als habe ihm jemand den Strom abgestellt. Es war so still, daß wir alle, die wir in einem Halbkreis um Joachim standen, den Wind in den Birken hörten, der die Blätter leicht bewegte. Es war im ersten Sommer auf dem Vormarsch; wir lagerten in einem der Dörfer, Schnitterinnen auf weiten Feldern unter dem heißen Himmel, das Getreide brauste, der Roggen duftete zu uns hinüber. Hähne krähten. Wir hatten uns am Fluß versammelt, gebadet, rumgealbert wie in Jungvolkzeiten. Der Strom plätscherte, und die Dämmerung wehte wie ein duftender blauer Rauch überm Land; die Bäume wurden langsam dunkel, und kraftvoll stieg uns der Geruch der Erde in die Nase. Der Mond …«

»Hör mal!« unterbrach Katja. »Wie ging es weiter? Du redest vom Krieg wie von einer romantischen Landpartie.«

Der Vater verlor sich zu gern in blumige Beschreibungen der Natur, oder in technische Details von allerlei Gegenständen, vom Panzer bis zum Knobelbecher, immer dann, wenn es ihm schwer wurde fortzufahren; etwas zur Sprache zu bringen, was aus den Tiefen seiner Erinnerung heraufgezogen werden mußte, etwas, das er vergessen geglaubt hatte. Vergessen, als wäre es nie geschehen.

Und die Juden? hörte Musbach die Stimme der Tochter, hörte er die Stimme Hugos, eine tonlose, trockene Stimme, kaum lauter als das Rascheln der sonnengedörrten Blätter damals im besetzten Land.

»Alle hielten den Atem an. An der Front gab es keine Juden. An der Front waren Juden kein Thema. Nur einmal hatte ich gehört, wie Kurt, unser Musiker, einem Neuen dieselbe Frage gestellt hatte. Der Neue, das wußten wir, hatte im KZ gesessen und sollte sich hier an der Ostfront bewähren. Und die Juden? hatte Kurt den Neuen gefragt, aber der hatte nur den Kopf geschüttelt und gesagt: ›Ich weiß nichts.‹ Und ›Da will ich nicht wieder rein.‹«

Und die Juden? »Joachim stand vor den Birken, der Himmel war leuchtendblau, wolkenlos, die Sonne strahlte wie ein Götterschild, und das klare kühle Wasser spiegelte die Sandufer ocker und bläulich ...«

»Also«, die Tochter wurde ungeduldig, »vorhin hat es noch gedämmert.«

»Schon gut, Katja«, entgegnete Musbach und fuhr sich mit dem Taschentuch über Hals und Stirn. Schweiß war ihm ausgebrochen, wie ihnen damals der Schweiß ausgebrochen sein mochte, als Hugo gefragt hatte: »Und die Juden?« Und Joachim, der Nationalsozialist, verstummt war. Und stumm geblieben war.

»Wir sind mit Zungen und Ohren geboren, und so viele unnütze Wörter schwirren über die Erde, so viele bösartige, todbringende Wörter, daß es schon viel war, daß Joachim schwieg. Frieden sagen konnte er nicht. Wir waren ja im Krieg. Sein Gehirn ein Nistplatz für Totschläger und Menschenfreunde gleichermaßen.

Da tat Paul Mertens einen Schritt nach vorn. ›Und die Juden?‹ Wiederholte er lauernd. Er stand mit Hugo und mir in der ersten Reihe und machte einen weiten, entschlossenen Schritt auf Joachim zu. Der dastand, nur in seiner Badehose, die fleckig trocknete. Da stand wie ein antiker Sportsmann, wie sie in den Museen stehen. Wie der hier.« Der Vater lüpfte seinen Diskuswerfer von der Schreibtischplatte.

»Wir alle waren nur in Badehosen oder mit einem Handtuch um die Hüften. Nur trug jeder seine Erkennungsmarke um den Hals, das Blech, das den Gefallenen abgenommen wurde. Jetzt standen sich die beiden Nazis gegenüber: Mertens, für den es Menschen und Untermenschen gab. Joachim, der Beglücker aller Menschen. Aller Menschen? Joachims Wort hatte bei uns Gewicht. Er war ein guter Soldat, mutig und besonnen, tapfer, verlangte von keinem etwas, was er nicht auch selbst tat, schickte keinen vor, war für seine Männer da.

›Und die Juden?‹ wiederholte Mertens Hugos Frage; schneidend, scharf, krähend, als hätte er nach der Unbekannten seiner Gleichung gefragt. Dabei setzte er einen Fuß nach vorn, behielt jedoch sein Gewicht auf dem anderen Bein. Stand gleichsam auf dem Sprung. Lauerte. So dicht vor Joachim, daß jeder des anderen Brust mühelos antippen konnte. Hugo neben mir holte tief Luft und stieß den Atem durch die vorgewölbten Lippen von sich. Ich wußte, wie sehr er seine Frage in dieser Runde bereute.

›Und die Juden?‹ Mertens spuckte die vier Silben seinem Gegenüber ins Gesicht, nichts mehr von kühler Wissenschaft in seiner Stimme, Mathematik, die weder gut noch böse kennt. Hier sprach Verachtung, Haß. Und Neid auf Joachim.

Ein Murmeln ging durch die Gruppe. Noch einmal sog Hugo hörbar die Luft ein und stieß sie noch lauter von sich.

Joachim tat einen Schritt nach vorn, schob den Mertens einfach beiseite – oder wich er ihm seitlich aus, mag sein –, es sah jedenfalls so aus, als schöbe er den weit Stärkeren zur Seite, ließ ihn einfach stehen, einfach hinter sich und wandte sich noch einmal an uns.

›Im Ersten Weltkrieg‹, sagte Joachim, ›waren auch sehr viele Juden im Feld. Fast hunderttausend. Und mehr als dreißigtausend kamen mit einer Auszeichnung nach Hause. Na, und was ist das in Prozent?‹ wandte er sich spöttisch an Mertens und setzte noch eins drauf: ›Tapfere Soldaten. Nicht schlechter als andere.‹

Totenstille. Mir sauste das Blut in den Ohren, und ich glaubte, die Erde bewegte sich unter mir. Da ließ einer aus den hinteren Reihen, ich glaube, es war Freßfriese, einen so Gewaltigen fahren, daß sich ihm alle Blicke zuwandten. Und wie auf ein Kommando machten sich alle ans Furzen, schlugen sich auf Schulter und Schenkel und fielen über die Kleider her. Hugo und ich nahmen Joachim in die Mitte. Mertens verdrückte sich.

Als wir wieder in unseren Uniformen steckten, sahen wir einander ungläubig, verblüfft an. ›Auf der Heide blüht ein Blümelein‹, tönte Freßfriese, und wir grölten wie erlöst: ›Und das heißt Eeeerika!‹ Auch das Singen hilft mitunter ganz außerordentlich gegen das Denken.

Mertens kam wenig später auf einen Offizierslehrgang. Niemand trauerte ihm nach. Joachim, der schon länger dafür benannt worden war, blieb bei uns. Monatelang habe ich nach diesem Vorfall das Wort ›Jude‹ nicht mehr gehört.

›Nach dem Endsieg sind wir alle Europäer‹, schwärmte Joachim. Rassismus hielt er für eine ›Vorläufigkeit‹, wie er sich ausdrückte, etwas, das man im Frieden nicht mehr brauche.«

»Und Gasöfen auch nicht«, warf Katja ein.

Der Vater biß die Lippen zusammen. »Vergiß nicht«, sagte er, »ich erzähle von 1941. Wir sind im Krieg, mit Überleben beschäftigt. Von den Deportationen, den Massenvernichtungen wußten wir an der Front doch damals noch nichts. Nur Gerüchte von den Greueltaten der SS und des SD in den besetzten Gebieten hinter uns. Wir wußten selbst nichts ...«

»Was ihr wußtet, war doch genug! Es fing doch dreiunddreißig für jedermann sichtbar an! Erzähl mir doch nichts von Edelnazis! Und achtunddreißig! Ihr habt sie doch brennen sehen, die Synagogen, die Häuser, klirren hören die Fensterscheiben, splittern das Holz der Türen, Balken, die Schreie der Geschlagenen gehört, die Demütigungen, ach Vater, ihr habt es doch alle gewußt! Und dann: Wo sollen denn die Fotos hier – hier sieh sie doch an! –, wo sollen die denn herkommen?« zischte sie. »Die Bilder hier, davon willst du nichts gewußt haben?«

Der Vater hob den Kopf, wandte sich der Tochter zu. Aber er sah an ihr vorbei in die rasch dahinziehenden Wolken.

»Ja! Ja! Ja! Das haben wir später auch gewußt! Nach und nach haben wir es alle gewußt! Was du mir da aufzählst, das haben wir dann irgendwann auch gewußt. Und manchmal sogar miterlebt. Mehr aber nicht! Nun wirst du sagen: Das ist schlimm genug. Und du hast recht. Dann wirst du sagen: Heute würden wir schon bei der ersten Erwähnung eines Rassegesetzes auf die Straße gehen. Und ich sage: Gottseidank!

Wie war es aber damals? Stell dir mal vor, eine brutale Diktatur, eine Regierung, die dich ohne rechtlichen Schutz einsperren, foltern kann, verbietet, bei Türken zu kaufen, mit Türken in einer Bahn zu fahren, ein Schwimmbad zu besuchen, auf einer Bank im Park zu sitzen. So wie mit den Schwarzen im Süden der USA noch in den fünfziger Jahren. Proteste werden blutig niedergeschlagen. Ein paar Anführer gehängt. Vor den Geschäften stehen halboffizielle Wachen. Gehst du dann da noch einkaufen? Bei Gefahr für Leib und Leben? Nicht nur deines, vielleicht auch des Lebens deiner Familie? Nein, wenn es erst soweit ist, ist es zu spät.«

Die Tochter ächzte. Schon wieder diese Vergleiche! Die anderen! Nun würde der Vater die Verfassungen nebeneinanderstellen, die der Weimarer und der jetzigen, der Berliner Republik. Mit unserer Verfassung wäre Hitler nicht möglich geworden. Dies immer neuen Generationen von Schülern auseinanderzusetzen war er in all den Jahren nicht müde geworden. Ob die res publica des alten Rom oder die Staatsordnungen Athens oder Spartas: stets hatte er einen Haken in die jüngste Vergangenheit geschlagen, um seinen Schützlingen sein Vermächtnis mitzugeben: die starke demokratische Verfassung dieses Landes lebendig zu halten. Wenn, pflegte er zu dozieren, eine Verfassung nicht mehr geachtet wird, ist es zu spät.

Musbach aber sagte nichts dergleichen. Sah wie geistesabwesend aus dem Fenster:

Konnte denn kein Deutscher seiner Generation seine ganz private Geschichte erzählen, ohne daß irgendwann die Frage auftauchte: Und die Juden? Was hast du gewußt? Verblaßte denn alles vor dieser Frage? Auch das sinnlose Sterben, das sinnlose gegenseitige Töten von Menschen, die dann Soldaten hießen und das Töten Krieg?

Selbstvergessen schüttelte der Vater den Kopf. Diese Fragen, auf die er keine Antwort wußte außer der alten, vergeblichen: Nie wieder. Nie hatte er nach fünfundvierzig die Tatsachen, das Erwiesene geleugnet. Er hatte die Geschichte der Nazijahre als eine schreckliche Abfolge von Bildern betrachtet – auf denen es ihn nicht gab. Eine vergangene Welt – ohne Hans Musbach. Vielleicht mußte es erst einmal so lange her sein, damit ich wieder alles genauer sehe, dachte er. Und mit mir. Was hatte ich nicht alles ohne mich selbst gesehen! Was hatte seine Tochter hier heraufbeschworen – nur mit einem Buch. Nur? Er wußte gut: Die Frage nach den Juden, die Frage nach den Verbrechen mußte immer wieder gestellt werden – aber doch nicht an ihn!

Die Tochter räusperte sich. Der Vater fuhr zusammen.

»Und Joachim«, fragte sie. »Und Hugo? Und du?«

»Joachim, ja.« Der Vater lächelte ein wenig. »Nach diesem Abend suchten wir, sooft es ging, zusammenzusein, Joachim, Hugo und ich. Und das war bis weit in den Herbst hinein so schwierig nicht. Die Russen leisteten wenig Widerstand, sie lockten uns in ihr Reich wie dumme Kinder in den Zauberwald. Immer tiefer hinein. Einmal marschierten wir auf ein Dorf zu, verlassen wie die meisten. Auf einer Bretterwand kyrillische Buchstaben. Im Näherkommen buchstabierten wir die Botschaft, Zeichen für Zeichen, das Menetekel an der Wand: ›smert faschistskim okkupantam‹ (Tod den faschistischen Okkupanten). Ich begriff den düsteren Gruß erst ganz, als Hugo zwischen zusammengebissenen Zähnen hervorstieß: ›Recht haben sie.‹ Da war mir zum ersten Mal, als gingen wir unserem Tod entgegen. So langsam, aber auch so unvermeidlich, wie wir diesen Satz entzifferten.

Doch noch konnte ich mich an die Dinge halten, die mit Händen zu greifen, mit allen Sinnen zu erfassen waren, die feuchte Erde, die Luft, das Licht, die Sonne, die Birken oder das Lächeln eines Mädchens. Der Eigensinn der Dinge, einfach da zu sein. Und unsere Gespräche. Sooft es ging, kam auch noch der Wehrmachtspfarrer dazu, Pater Franz nannten wir ihn, ein Franziskaner in Uniform. Kaum älter als wir, ein Freiwilliger. ›Da könne de Vögelschen sitzen, wenn der denen predigt‹, witzelte unser Rheinländer über die auffallend abstehenden Ohren des Paters.

Zum ersten Mal verblüffte uns der Humor des kurzen stämmigen Kölners, im Zivilleben Köbes, also Kellner, als er Joachims Hölderlin mit Wilhelm Busch parierte: ›Wo aber Gefahr ist, wächst das Rettende auch‹, hatte Joachim uns zu ermutigen versucht, was der Kölner, Schäng wurde er gerufen, mit ›Wer Sorgen hat, hat auch Likör‹ übersetzt hatte. Seitdem hieß er unser ›Philosoph‹. Er war immer dabei, wenn es um Gott ging, und versäumte auch keinen Gottesdienst. Welchen Sinn es denn habe, an Gott zu glauben, das wollte er zu gerne wissen. Wozu es denn gut sei, zu beten, fragte er unseren Pater Franz mit unverblümtem Zweifel. Der ließ sich aber nicht irremachen. Auch für die, die sich nicht an Gott halten konnten oder wollten, hatte er den himmlischen Vater parat. Er zwang uns Gott geradezu auf. Wir alle, sagte Pater Franz, suchen Gott im Augenblick der Not, auch wenn wir es gar nicht wissen. Nicht einmal ausdrücklich müssen wir ihn gesucht haben, in Worten oder Gedanken, um zu erkennen, daß er bei uns war, wenn wir ihn brauchten. Eure Angst, sagte er, geht zu Gott. Ob ihr glaubt oder nicht, ob ihr wollt oder nicht: Gott ist bei euch.

›Dann‹, warf Joachim lässig dazwischen, ›ist er wohl auch bei den Schurken und Halunken.‹

›Ja‹, sagte Pater Franz, ›auch bei denen ist Gott. Aber sie werden dieses Gottes nicht froh.‹

›Also ist Gott das Gewissen?‹ fragte Joachim.

Und Schäng knurrte mißmutig: ›Und beim Feind? Ist Gott auch beim Feind?‹

›Ist er‹, sagte der Pater und wandte sich ab.

›Und wozu ist er dann gut, dein Gott?‹ bohrte Joachim. ›Da komm ich doch mit Kant genauso weit.‹

›Zu Kant kannst du nicht beten‹, erwiderte der Geistliche. ›Der kategorische Imperativ kann dich nicht erlösen.‹

›Beten‹, wandte sich Pater Franz an uns alle. ›Beten heißt nämlich nicht nur um etwas bitten. Es heißt auch, sich selbst und anderen gegenüber anständig zu sein. Und zu bleiben. Dann seid ihr, ob ihr wollt oder nicht, mit Gott verbunden.‹

›Anständig‹, Joachim hob die Brauen, ›anständig kann ich auch ohne Gott sein.‹

Aber da sprang Kurt, der Musiker, dem Pater bei: ›Eben nicht! Wenn du anständig bist, glaubst du auch an Gott!‹

›Nein‹, sagte Joachim, ›Kant reicht: Handle so, daß die

Maxime deines Willens jederzeit zugleich als Prinzip einer allgemeinen Gesetzgebung gelten könnte.‹

Und der Kölner Köbes dolmetschte: ›Wat du nit willst, dat man dir tu, dat füsch auch keinem andern zu.‹

›Und auch dahinter steht Gott!‹ triumphierte Kurt.

›Also‹, Hugo klopfte erst Joachim, dann dem Pater auf die Schulter, ›es gibt einen Gott, ob wir wollen oder nicht, ob wir daran glauben oder nicht. Also glauben wir doch lieber gleich. Amen.‹

Keiner lachte. Zum Abschied schlug der Pater das Kreuzzeichen über uns.

Pater Franz hielt lange durch. Sogar noch das erste Weihnachten. Wir hatten alle auf Urlaub gehofft, aber den bekamen nur die mit Frau und Kindern. Wir lagen fest. Vom Vormarsch auf Moskau war keine Rede mehr. ›Wir haben lang jenug jesiescht, jetzt sind die anderen dran‹, sagte unser Köbes, bevor er sich an die Heimatfront aufmachte. Er war der einzige von uns, der nach Haus durfte, zu Frau und Kind. Die Heilige Nacht im Kölner Dom, Aachener Printen, O Tannenbaum mit echten Kerzen. Stille Nacht.

In dieser Nacht, als die Urlauber abgerückt waren, heulten sich manche unserer Jüngsten, die für die Verluste …«

»Verluste? Tote!«

» … für die vielen Toten und Verwundeten hergeschickt worden waren, nachgerückt wie Kegel im Spiel«, machte der Vater seinen Fehler wieder gut, »junge Kerle, gerade Abitur gemacht, heulten sich auf ihren Strohschütten in den Erdbunkern, wo wir uns zusammendrängten, in den Schlaf. Unsere Jüngsten, sage ich, dabei waren sie doch kaum drei Jahre jünger als Hugo und ich, als die meisten von uns. Ich mit meinen einundzwanzig Jahren, weniger als halb so alt wie du heute. Aber was wir in den paar Monaten erleben mußten, hatte uns verändert. Von Jugend keine Rede mehr. Wir kannten den Tod zu gut. Täglicher Nachbar.

Das Essen war knapp geworden. Die Versorgung klappte nicht, der Nachschub blieb im Schnee stecken. Partisanen im Hinterland, hieß es, überfielen die Transportzüge. Das konnten wir zuerst kaum glauben. Wir waren doch im Sommer oft wie Befreier begrüßt worden. Jetzt gab's pro Mann ein Stück Brot, einen Klacks Fett oder Marmelade, Eintopf aus der Feldküche, wenn die Essenholer überhaupt durchkamen; morgens und abends eine Tasse Tee aus sonderbaren Blättern. Aber mit Zucker. Essen war Menge, Getränke Süßigkeit. Im Winter natürlich auch Wärme. Wir lernten, rauchloses Feuer anzufachen und zu erhalten; die Asche mußte glühend sein; nur vorsichtig durfte man stückweise nachlegen. Man konnte sogar ...«

»Du wolltest von Weihnachten erzählen. Und ich will mehr über diese Fotos hier wissen und wo du warst, als das alles passierte.«

»Und Zigaretten«, fuhr der Vater unbeirrt fort, »fünf, sechs Zigaretten pro Mann, so jedenfalls die Statistik.«

»Also wirklich!«

»Geduld, Geduld. Von Weihnachten. Ja. Aber wenn ich von Weihnachten erzähle, muß ich auch wieder von dem anderen erzählen. Es gab ja nie das eine ohne das andere.

Ich könnte dir erzählen, wie wir draußen eine Fichte mit zerschnittenem Silberpapier geschmückt haben und der Schütze Kropp beim Aufstecken des Weihnachtssterns von einem Scharfschützen abgeknallt wurde. Einfach so. Einen Tag vor Heiligabend. Zwischen der Ruhe davor und der Ruhe danach. Es gab keine größeren Gefechte in diesen Tagen, nur Einschüchterungen, mal eine Salve von uns, mal eine von drüben. Und die Russen konnten verdammt gut zielen.

Das alles ist wahr und geschehen, und doch verstehst du nichts; kannst du nichts verstehen, wie es uns damals ging. Die Russen, der Krieg. Das war die eine Sache. Aber unser schlimmster Feind jetzt war die Kälte. Wenn ich mich recht erinnere, war es Guderian, der später sagte, in Rußland seien mehr Soldaten durch Frost verwundet oder getötet worden als durch Waffen.«

Die Kälte also auch noch! dachte die Tochter. Bereute sie, mit dem Buch, mit diesen furchtbaren Fotos, diesen Sturzbach an Erinnerungen ausgelöst zu haben? Diese Flut, die längst beide mitriß, den Vater und sie, der sie beide ausgeliefert waren, unwissend, wohin sie gespült würden, wie das Land aussehen würde, wenn sie denn jemals wieder festen Boden erreichten. Eine Insel vielleicht. Eine Insel der Gemeinsamkeit für Vater und Tochter? Das wäre schon viel, für zwei Generationen.

Nein, Katja bereute nicht. Nur über eines war sie sich nicht sicher: Klärte das, was der Vater hier aus immer tieferen Schichten heraufholte, den Blick auf die Fotos der Ausstellung oder nicht? Machte es die Dinge klarer oder verworrener? Die Bilder schärfer oder unschärfer? Das Begreifen leichter oder schwerer? Noch wußte sie keine Antwort.

Der Vater hatte seinen Blick schon wieder in den Bildern seines Krieges.

»Du weißt, daß wir Moskau nie einnehmen konnten. Im September wurden Pläne für den Bau von Winterquartieren bekannt. ›Gott bewahre uns vor einem Winterkrieg im Osten!‹ entfuhr es unserem Feldwebel. So ernst hatten wir ihn noch nie gehört.

Schon Anfang Oktober wurde es bitterkalt, der Wind pfiff durch die Planen und Decken, mit denen wir Schutz vor dem Regen suchten, der sich in den Uniformen staute,

Wind, der das nasse Tuch an den Körper peitscht, Regenwände, Wolkenbrüche, alles aufgeweicht im schwarzen Matsch. Dreck in Klumpen an Händen und Uniformen, Zentner an den Stiefeln. Schlamm hoch bis zur halben Wade. Die Füße naß, kalt, gequollen in vollgesogenen Stiefeln. Wie sehnten wir uns da nach dem Sommer, den Qualen von Hitze und Staub.

Und dann war es Winter. Ganz plötzlich. Über Nacht. Nie wieder war ich der Natur so ausgeliefert. Sie war nur noch ein Feind. Fühllos wie der Krieg. Die Furcht vor einem Kampf ist zwar immer da, aber gekämpft wird ja nicht ununterbrochen. Kämpfe waren nicht das einzige Elend. Die tagtäglichen Strapazen, das rauhe und jämmerliche Leben, das wir führten, das war Qual, Bedrohung. Krieg ist auch Sträflingsarbeit.

Kälte. Die Kälte, der Schnee, der Sturm: das waren die mächtigsten Verbündeten der Russen. Sie kamen ihren Landsleuten zu Hilfe, mehr noch als alle Waffen, als Tapferkeit und Wut und Verzweiflung über uns Eindringlinge. Wir hatten hier nichts zu suchen. Hugos Vater hatte recht: Die Natur würde uns besiegen, so, wie sie ein gutes Jahrhundert zuvor Napoleon besiegt hatte. Das Land war auf der Seite derer, die es bestellen wollten, nicht bei denen, die es versengten.

Gesichter und Ohren erfroren, wenn wir sie längere Zeit der Luft aussetzten, aber auch wenn wir sie einpackten. Die Finger starr in den Handschuhen; so steif vor Kälte, wir hätten oft kein Gewehr abfeuern können. Erfrorene Glieder, eine Art Frostbrand, erst im Gesicht, dann überall. Baden, saubere Kleidung: unmöglich. Läuse also. Monate bis zur Entlausung. Wir kratzten Arme, Beine, Bauch und Rücken, unter den Achselhöhlen brannte es rot. Wir froren, aber für die Läuse war es warm genug.

Und ständig dieser Hunger! Vom Nachschub waren wir so gut wie abgeschnitten. Butter, selten genug, sägten wir in dünne Scheiben, vorsichtig hackten wir ein Stück aus einem erfrorenen Pferd. Steinhartes Brot, Wurst wie Kristall mußte erst im Mund geschmolzen werden. Irgend etwas mußte kochen. Und wenn es nur Wasser war. Kochendes Wasser barg ja schon alle Möglichkeiten: Kartoffeln etwa, Kaffee, Tee, ein Stück Fleisch, ein Huhn!

Wir schlichen in die Dörfer, nach Hühnern und Gänsen, warfen mit Steinen nach Krähen, sie schmecken wie Tauben. Wir wurden Jäger, Fallensteller, Nesträuber. Allesfresser. Soldaten gab es, bereit, für einen Viertelliter Ziegenmilch zu morden, für ein paar Kartoffeln, ein Pfund Hirse oder Grütze. Für so eine Mahlzeit riskierte mancher sein Leben. Hunger ruft einen tranceartigen Geisteszustand hervor, schwankend zwischen mörderischer Gier und gleichgültiger Betäubung.

Am Leben bleiben. Das war, was zählte.

Glaub mir, mehr als alles andere waren wir verängstigte Zuschauer. Wir wollten, bis auf ein paar Fanatiker, nur eines: überleben. Und vergiß niemals: Hugo und ich, wir hatten uns nicht freiwillig gemeldet! Ich hatte Hitler nie gewählt! Ich war in Rußland ein Gefangener meines eigenen Landes.«

Die Tochter begann sich zu langweilen. Fast wortwörtlich hatte der Vater das schon zu oft wiederholt. Aber der ließ nicht ab.

»Die Kälte. Schneestürme aus dem Osten; den ganzen Tag war es fast nächtlich dunkel, der Schnee flog in dichten Wolken heran, der scharfe Wind stemmte sich uns entgegen wie ein Eisstrom. Kälte legte uns lahm. Fahrzeuge sprangen nicht mehr an, die Pferde starben. Und wir selbst: Von den Füßen aufwärts war der Körper oft wie tot, gefühllos. Wir zogen alles an, was wir hatten. Aber was hatten wir schon? ›Weihnachten sind wir zu Hause‹, hatte der General in seiner Ansprache, hatte der ›Führer‹ gesagt. In der Heimat, hörten wir, würden warme Sachen für uns gesammelt. Sie trafen aber erst gegen Ende des Winters ein. Stahlnägel in unseren Stiefeln leiteten die Kälte besonders gut, und die Kopfschützer unter den Helmen froren von der Atemluft zu steinharten Reifen. Die Russen hatten Pelzmützen und wattierte Kleidung. Sie waren ja hier zu Hause. Trugen Filzstiefel, Fäustlinge und glitten uns auf Schneeschuhen, in Schneehemden getarnt, lautlos entgegen.

Dabei hatten wir tage-, oftmals sogar wochenlang Ruhe vor den Russen. Dämmerten vor uns hin, gelähmt von Kälte und einer immerwährenden Müdigkeit, nicht nur körperlich. Aber wir durften uns ja dieser Müdigkeit nicht hingeben, dieser Müdigkeit, die uns dennoch so betäubend verlockte. Wir mußten wachsam sein. Kälte und Hunger bedrohten uns, aber da waren auch die Sowjets, mit Hunger und Kälte im Bunde. Gefechte gab es dann mit vielen Toten und Verwundeten. Und dann kam Weihnachten.«

»Für heute ist es genug.« Die Tochter erhob sich hastig, fürchtend, der Vater könnte sie bitten zu bleiben.

Erst, als er abbrach, merkte Musbach seine Erschöpfung. Wenn er von seiner langen Reise zurückkehrte. Erleichtert? Beschwert? Er vermochte es nicht zu sagen. Aber darauf kam es ihm nicht mehr an. Er war auf einem Weg, dessen Ziel er nicht kannte. Aber er wollte den Weg.

Im Korridor war es warm und still. Katja verhielt ihren Schritt. Hinter einer der Türen schmetterte ein Kanarienvogel, in den Pausen die ermunternde Stimme einer alten Frau, dann wieder der Vogel. Mitten im Ton brach er ab.

Da hatte man wohl das dunkle Tuch über den Käfig geworfen. Im Treppenhaus spielte die schräge Abendsonne über die Stufen. Noch immer, dachte Katja, während sie im Weitergehen nach ihrer Buskarte kramte, war er nicht bei der Sache, nicht bei den Fotos im Katalog. Seine Bilder waren anders, ganz anders als die der Ausstellung.

Wie sehnte sie sich nach einem heißen Bad, heiß und duftend, verschwenderisch duftend, nicht wie gewöhnlich nach Fichtennadel oder Lavendel. Sich dem Seifenschaum hingeben, bespülen, einweichen, schrubben, die Glieder entspannen; dann ein wenig die Beine krümmen, sich hinabgleiten lassen, wasserträge, als ruhe man in einer Handfläche, glatt und warm, gehalten, getragen, schwebend, hundert Faden tief bis zum Grund der See, unerreichbar für jedes Bild, jedes Wort. Irgendwo würde sie aufhören zu sinken, emporsteigen, leicht wie ein Korken, in die helle Gegenwart.

Der Vater aber nahm Bilder mit in den Schlaf, Bilder, vor denen er die Augen der Tochter hatte bewahren wollen.

Da war er wieder, der dreckige Lappen, mit dem er das Glied beim Wasserlassen umwickelt hatte, wenn er hinter einer Schneewehe in einer Senke Schutz vor dem Eiswind gesucht hatte. Meist waren sie zu zweit oder dritt und hielten die von Frostbeulen geschwollenen Hände unter den warmen Strahl des anderen. Er sah die aufgesprungenen Finger vor sich, entzündet, eitrig. Sah die aufgekratzten Arme, Beine, Bauch und Achselhöhlen, spürte das Brennen, die Bisse der Läuse, denen die Kälte nichts ausmachte. Einmal hatte er abends eine Laus in einer Streichholzschachtel in die Kälte gesetzt. Bei minus vierzig Grad war sie am anderen Morgen hartgefroren wie ein Nagelkopf. Und nach zwei Stunden im warmen Bunker kroch sie wieder! Er hatte die Wette gewonnen! Eine halbe Tafel Schokolade, die er dann mit Hugo Stück für Stück, jeden Tag eines, zum Einschlafen genossen hatte.

Mit dem Trostgeschmack von Schokolade auf der Zunge schlief Musbach ein.

VI.

Seit Tagen zum ersten Mal gönnte sich Musbach nach dem Mittagessen eine Stunde Ruhe. Er tat das gerne, aber die Unrast der letzten Zeit hatte ihm diesen Luxus, wie er den Mittagsschlaf nach seiner Pension unverändert nannte, genommen. Katja würde heute nicht kommen, er bedachte das mit einer gewissen Befriedigung, so gern er seine Tochter sonst um sich hatte.

Als er erwachte, ohne Wecker, mit der Zeitdisziplin eines durchorganisierten Tageslaufs, überlegte er, in die Stadt zu fahren, eine Tasse Kaffee vielleicht, einfach mal wieder rauskommen. Dann lag da dieser Katalog. Schon wieder, dachte Musbach. Aber der Blick auf das Buch ließ ihn einen Augenblick überlegen, ob er nicht doch einmal – und dann ganz sicher ohne Katja – hingehen sollte, die Bilder, alle Bilder, im Zusammenhang zu sehen.

Kurz vor dem Alsterpavillon fiel ihm ein Plakat der Kunsthalle ins Auge mit einem dieser sanften, weltabgewandten Gemälde von Vilhelm Hammershøi. Musbach liebte diese delikate Epoche nordischer Malerei und diesen dänischen Künstler ganz besonders. Eine Ruhe, fast wie Morandi, dachte er. Woher diese Strenge im sonst so hübschen, hellen Kopenhagen? Leichthin verwarf er den Besuch der Kriegsausstellung und entschloß sich für die Kunsthalle.

Die Räume waren fast menschenleer und still, fast so still wie die weißen, selbstversunkenen Zimmer der Bilder. Drei Räume, eine Frau, meist nur vom Rücken her zu sehen. Ohne Erwartung. Gestillte Dauer. Eine kleine Welt, unendlich, in ein Bad der Stille getaucht. Vertraut, aber keine Vertraulichkeiten. Geflüster, in der Gegenwart schon vom Vergangenen ergriffen wie die Ebene von den Schatten eines Sonnenuntergangs. Geschichten, im Zeigen gleichsam schon wieder zurückgenommen. Hammershøi verriet von den Gegenständen nichts, hielt die Dinge nur in einem unverbrüchlichen Gleichgewicht. Musbach spürte eine Erschütterung, ein beinah wollüstiges Ziehen in der Brust, fühlte verwirrt und entzückt diesen Schmerz – früher so vertraut, jetzt schon fast vergessen –, dem er ausgeliefert war, wenn Schönheit ihn überwältigte.

Er kaufte den Katalog. Katja teilte seine Begeisterung für Malerei nicht. Doch diese Bilder mußte sie sehen.

Im Café Liebermann bestellte er Portwein zum Kuchen, schmunzelnd über so viel Ausschweifung. Seltsam, wunderte er sich, nur alte Leute hier. Dann las er: Seniorentag. Ermäßigter Eintritt, Kaffee und Kuchen frei. Bitte auf Verlangen Ausweis vorzeigen. Obwohl ihn längst niemand mehr nach dem seinigen gefragt hätte, gaben Musbach derlei Vergünstigungen noch immer einen Stich. Er bestand darauf, voll zu zahlen. Flanierte ein Stück weit durch den Alsterpark, beschwingt, ohne die leidigen Schmerzen im Knie, weiße Wolken pulsierten am Himmel, Segler flitzten übers Wasser, Tretboote mühten sich vorwärts, dazwischen die Dampfer der Alsterflotte, ruhevolle Schwäne, Wasserhühner. Sogar die beiden Haubentaucher waren da und spielten Verstecken. In den Wiesen machten sich Männer mit allerlei technischem Gerät zu schaffen; das Wasser würde endlich abgepumpt, so die befriedigten Kommentare einiger Spaziergänger.

Auf den Bänken blinzelten Müßiggänger in die Sonne, eine junge Frau hielt ihr Kind im Schoß, summte und schlug dazu die Füßchen rhythmisch gegeneinander. Summte zur Musik aus dem nahe gelegenen Café, eine freche, stürmische Melodie, von der sich Musbach, beinah widerwillig, angezogen fühlte. Schon hielt er nach einem der freien Tische Ausschau – es tat gut, in junge Gesichter zu sehen –, als sein Blick ein Paar nahe dem Palmenkübel streifte. Die Frau löffelte einen sahnigen Eisfruchtbecher; auf dem Kopf ein Strohgeflecht mit breiter Krempe, rosa Band und Trockenblumen, Florentiner hieß das, erinnerte sich Musbach, glaubte, Lavendel zu riechen, blinzelte, ja die Frau, die kannte er. Kein Zweifel, da saß Else Mulde. Und der Mann neben ihr, der ihre Hand hielt und mit drei Fingern zierlich eine Zigarre zum Munde führte, war Rattke. Ein rot-gelbes Seidentuch um den Hals, eine grüne Baseballkappe tarnte die Glatze.

Musbachs Lächeln, als er sich zum Gehen wandte, sollte ironisch sein, geriet aber eher kläglich. Ihm fiel ein, wie außergewöhnlich temperamentvoll Frau Mulde nach seinem Vortrag über die »Gedächtniskunst« darauf bestanden hatte, in der Gegenwart leben zu dürfen. Geradezu über den Mund gefahren war sie der Sippel, als diese sie nach ihrer Scheidung gefragt hatte: »Wer gibt Ihnen das Recht, in meiner Vergangenheit zu wühlen? Das tut doch weh!« hatte sie die vorwitzige Tischgenossin zurechtgewiesen.

Auf der Lombardsbrücke glitt ein Band silbriger Wagen vorbei. Gut, dachte Musbach im Weitergehen, daß ich die beiden erwischt habe und kein anderer. Er stutzte. Erwischt? Das war doch wohl nicht das passende Wort!

Für den entgangenen Cafébesuch tröstete er sich in der Hamburger Bücherstube mit ein paar Kostbarkeiten, die er bedächtig in die Hand nahm und studierte, und ließ sich eine Sallust-Ausgabe reservieren.

Gerade noch rechtzeitig kam er zum Abendessen, wo er

die Damen mit einem Handkuß erfreute und den Tisch aufgeräumt unterhielt. Wieder ganz der Alte! Frau Sippel war entzückt. Else Mulde hielt wie meist zwischen den Gängen eine feine Häkelarbeit in den Händen, und als Musbach fragte, ob sie denn heute schon ihre Kalorien gezählt habe, fuhr die Nadel ruhig und geschickt in die Schlaufe des vierfach gedrehten Fadens hinein und wieder hinaus, während die alte Lehrerin statt einer Antwort versonnen lächelte. Rattkes Hals schnürte wieder die eng gezurrte Krawatte, und nur ein Hauch von Havanna sehnte sich nach dem Mann mit Polohemd und Kappe.

Musbach hatte traumlos bis in die späten Morgenstunden geschlafen. Das Frühstück ausfallen lassen und das Mittagessen aufs Zimmer bestellt. Sich noch einmal ausgestreckt, um das spannende Sulla-Kapitel zu Ende zu lesen. Er schaute auf die Uhr. Fast zwei! Eilig schäumte er die Seife im Tiegel auf, er rasierte sich seit seiner Jugend naß, doch die Klinge führte er behutsam, vorsichtiger mit jedem Jahr, die Falten wurden tiefer, besonders an den Mundwinkeln. Heute war seine Hand nicht so sicher wie sonst. Zu hastig! Ein dunkler Tropfen quoll rot und träge aus der spröden Haut und blieb zitternd an der Unterlippe hängen. Er mußte ein paar Mal mit dem Alaunstein tupfen, ehe er zum Rasierwasser griff, und als es klopfte, hätte er die Flasche fast fallengelassen.

»Katja, du? So früh?«

»Kein Unterricht. Ausgefallen. Friedensdemo, du weißt schon. Haben wir gestern auf der Konferenz beschlossen. Hast du denn so lange geschlafen?«

Der Vater zog den Gürtel des Bademantels fester: »Warte einen Augenblick. Sieh mal, das hab ich dir mitgebracht. Ich war gestern in der Ausstellung.«

»In der Ausstellung?« Katjas Stimme klang erwartungsvoll.

»Ja«, lächelte Musbach. »Sieh mal, diese Bilder.«

Der Vater schob der Tochter den Hammershøi-Katalog zu und schloß die Tür hinter sich.

Katja blätterte flüchtig. Schöne Bilder, ja. Wollte der Vater nicht weiter in ihren gemeinsamen Ausgrabungen? Sie fühlte sich umgarnt, fast betrogen. Als Musbach zurückkam, gutgekleidet, frischduftend nach Verbene und Zitronen, ein gepflegter alter Herr, holte sie tief Luft, als stünde sie vor einer Klasse, die ihr das Leben schwermachen wollte.

»Schöne Bilder«, sagte sie gepreßt.

»Ja, sind sie nicht schön?« Auf dem Gesicht des Vaters ein Widerschein der Freude, die er gestern in der Kunsthalle empfunden hatte.

»Trotzdem. Laß uns weiter über die anderen Bilder sprechen«, sagte sie. »Darum bin ich hier. Weihnachten. Du hast es mir gestern versprochen. Und Hugo. Und du. Ich höre dir zu. Wir sollten vorankommen.«

Katja setzte sich auf ihren Stuhl am Fenster. Nein, einen Cappuccino wollte sie nicht. Sie hatte Musbach durchschaut. Aber jetzt wollte sie es wissen. Er sollte reden.

Vorankommen? Zurückweichen? Wohin? Umständlich trank der Vater seinen Kaffee. Goß sich Wasser ein. Und begann, als habe nie ein schöner Tag seine Erinnerungen unterbrochen.

»Das war die Zeit vor Weihnachten. Unser Advent. Heiligabend kam dann nach Wochen – ob man sie zurückgehalten hatte, weiß ich nicht – endlich wieder Post von zu Hause. Päckchen. Sorgfältig strichen wir jedes Stückchen Papier glatt, legten zwei Zigaretten auf zwei Zimtsterne oder so und wickelten alles ein, heimlichtuerisch wie die

Kinder. Hauptsache, es gab etwas zum Ein- und Auspacken.

Es wurde sehr früh dunkel, kurz nach zwei mußten in den Unterständen die Petroleumlampen angezündet werden. Unsere Erdbunker waren durch Feldtelefone verbunden, und schon Tage zuvor hatte jede Kompanie gemeldet, was sie zur Feier beisteuern konnte. Ein Ansager rief die Namen auf: einer spielte ›Ihr Kinderlein kommet‹ auf der Mundharmonika. Wieder einer ›Oh, du fröhliche‹ auf dem Akkordeon. Und so fort, Gedichte und Lieder, mutwillige Späße. Einer konnte Eichendorffs ›Markt und Straßen stehen verlassen‹ auswendig. Wir tranken mehr als gewöhnlich, sogar Hugo goß sich einen Schuß Rum in das laue Teewasser, und wir lachten immer lauter und schriller über Witze, die wir längst kannten.

Bis wir eine Stimme hörten, fest, beherrscht. Einfach und innig: ›Es begab sich aber zu der Zeit, daß ein Gebot ausging vom Kaiser Augustus ...‹

Jeder hielt seinen Becher bewegungslos. Alle wandten das Gesicht dem Kasten in der Ecke zu.

›... daß alle Welt geschätzt werde ...‹

Die Gesichter versteinerten.

›... wickelte ihn in Windeln und legte ihn in eine Krippe. Denn es war kein Platz in der Herberge.‹

Manche schluchzten. Schultern zuckten. Ein Knacken. Joachim hatte seine Zigarettenspitze zerbissen.

Die Stimme sprach unbeirrt weiter: ›... Und Friede auf Erden den Menschen, die guten Willens sind ...‹

Der Unteroffizier knallte den Hörer auf die Gabel. Räusperte sich. Klabauke machte schon den Mund zu einem seiner Witze auf. Und da war es Hugo, ausgerechnet Hugo, der sich zu Hause gar nicht genug hervortun konnte im Spott über weihnachtliche Sentimentalitäten. Hugo war es, der allen zuvorkam und mit kleiner, aber fester Stimme begann: ›Stille Nacht. Heilige Nacht.‹ Einige fielen ein; und bei ›Alles schläft, einsam wacht‹ sangen alle. Sogar unsere beiden russischen Kriegsgefangenen. Sie waren erst einige Tage hier, und wir hatten sie noch nicht ins Sammellager überführen können. An diesem Abend ließen wir sie bei uns im Unterstand sitzen. Es waren einfache Jungen, die kein Wort Deutsch verstanden. Oder doch?

Die beiden mischen ihre Stimmen in unseren Gesang, und sie singen deutsche Worte. Was sie singen, verstehen wir nicht und sie wohl auch nicht, sie wiederholen nur immer die gleichen Silben, und irgendwie fügen sich ihre und unsere Stimmen zusammen. Dann sind wir mit unserem Lied am Ende: Schlaf in himmlischer Ruh, singen wir, und wir heulen fast, und dann begreifen wir auch, was die beiden Gefangenen brummen: ›O weh, im Schnee, in Rußlands tiefem Schnee‹, wiederholen sie unablässig und schauen uns dabei freundlich an; beifallheischend wie Kinder, wenn sie ein Gedicht fehlerlos zu Ende aufgesagt haben. Stille.

Und wieder rettet Hugo die Situation, indem er ›O Tannenbaum‹ anstimmt, breit und ordinär, als hätte er viel mehr als nur den einen Schuß Rum in seinen Becher gekippt, einige singen den Text, andere grölen los vom ›Äppelklaun‹ und ›Spieß verhaun‹ und ›Russ' verhaun‹, und das nicht nur zur Sommerzeit, nein auch im Winter, wenn es schneit, und die Russen stehen stramm und werfen ihre Bässe zwischen unser versoffenes Gekrähe: ›O weh, im Schnee, in Rußlands tiefem Schnee.‹ Basso continuo in einem höllischen Choral.

Später begleitete ich den Zugführer an die Hauptkampflinie. Trug den Sack mit Zigaretten, Schokolade und all dem Kram, schleppte die Geschenke von Erdloch zu Erdloch, wo sich jeweils zwei, drei Männer zusammendrängten. Als alles ausgeteilt war, nahmen auch sie ihre weißgestrichenen Helme ab und sangen ›Stille Nacht‹. Leise, damit sie der Russe, kaum achtzig Meter entfernt, nicht hören konnte. Auf unserem Rückweg ging der Vollmond auf über glitzernd weißem Schnee, Schneefelder dehnten sich, eine kristallische Scheibe bis an den Horizont. Wirklich, es hätte Frieden sein können und den Menschen ein Wohlgefallen.

Als wir zurückkamen, waren alle schon ziemlich beduselt, und Zech, unser Neuer, führte das Wort. Seit er hier war, gab es nur ein Thema: Nicht Frauen, Liebe, Heimat, Essen, nein, Waffen waren Schütze Zechs Leidenschaft, mit der er uns anstecken wollte. Der Waffennarr machte alle verrückt. Schwärmte von der Vernichtungskraft eines Flammenwerfers wie andere von den Beinen ihrer Braut. Noch heute sehe ich ihn, wie er uns einmal an eine erbeutete russische Pak-Kanone heranwinkt und mit verzückter Miene vorbuchstabiert: Rheinmetall – Borsig. Russische Kanonen deutscher Bauart hatten wir für baren Unsinn gehalten. Doch nun glaubten wir ihm auch, daß das gefürchtete ›Ratsch-Bumm‹, dieses berühmt-berüchtigte russische Geschütz, von deutschen Konstrukteuren und aus deutschen Werkstätten stammte. So was hatten wir selbst nach Rußland geliefert!

›Seht ihr!‹ triumphierte Zech. ›Sogar die Russen schießen mit deutschen Waffen. Es gibt keine besseren!‹

›Und auf wen schießen die?‹ stieß ihm unser Köbes Bescheid. ›Auf dich, du Blödmann!‹

Zech schwieg. Viel Zeit nachzudenken, blieb ihm nicht. Oder doch. Wie man's nimmt. In der ersten Offensive der Russen im neuen Jahr wurde er schwer verwundet. Splitter rissen ihm beide Beine weg. Zeit genug, darüber zu rätseln, ob ein Granatwerfer russischer oder deutscher Bauart auf ihn gefeuert hatte.

Hugo und Joachim hatten sich abgesondert und blätterten in einem Buch, das mir Adalbert zu Weihnachten geschickt hatte: ›Dichter werden Soldaten, Soldaten werden Dichter‹. Mit Adalbert hatte ich ein Seminar über lateinische Grabinschriften besucht, manche Zeile entziffert und übersetzt. Wegen Kurzsichtigkeit war er nicht eingezogen worden. Wie ich ›seelisch und geistig‹ an der Front zurechtkomme, fragte er und ob meine ›höheren Bedürfnisse‹ auch nicht auf der Strecke blieben. Höhere Bedürfnisse! Ich hatte das Buch nur flüchtig angesehen. Kein höheres Bedürfnis, mir Elend und Tod von Dichtern verklären, den Krieg auch noch als ›höheres Bedürfnis‹ aufschwatzen zu lassen, als ›natürlichen Dauerzustand‹, wie ich beim Überfliegen in einem Aufsatz las, etwa: ›Der Krieg als eine fruchtbare und schöpferische Einleitung einer neuen Zeit‹ oder als Schöpfer einer ›neuen und besseren Rasse‹. Oder so was wie: ›Stärker werden die Chöre der Feldgrauen. Überall glänzen Blutzeugen und Tote wie die Sterne.‹ Oder so ähnlich, so was merk ich mir nicht.«

Angeekelt verzog Musbach den Mund und rückte die Fliege zurecht.

»Leih dir das Buch doch mal aus, Katja. Da kannst du sehen, womit man uns damals verrückt machen wollte. Du findest es sicher noch heute in einigen Bibliotheken.

Joachim hatte sich in ein Stück von Ernst Jünger vertieft: ›Langemarck‹. Aus ›In Stahlgewittern‹. Übrigens auch überall auszuleihen, und das steht sicher sogar in manchen Bücherschränken von Kollegen.

Ich überließ das Buch Joachim. Fast mit schlechtem Gewissen. Es würde seine soldatische Verbohrtheit nur verstärken. Oder könnte ihn dieses breitbrüstige Pathos irgendwann doch anekeln? Ich jedenfalls war froh, das Ding los zu sein. ›Nicht mal für die Latrine geeignet‹, befand Hugo, das dicke, rauhe Papier zwischen Daumen und Zeigefinger reibend. ›Nicht mal fürn Arsch.‹«

Der Vater versank wieder in der Erinnerung.

Katja legte ihm die Hand auf den Arm, spürte die altersteifen Muskelstränge durch die Strickjacke. »Genug für heute. Ja, vielleicht werde ich mir die beiden Bücher mal ausborgen.«

Und dann sah sie wieder auf den Katalog, das Umschlagbild. Auch hier war Winter. Die Galgen standen im Schnee. Doch die Geschichten des Vaters umkreisten noch immer eine Welt, die diese Bilder nicht erzählten.

Sie sah auf die Uhr. »Es ist noch früh. Heute kommst du noch rechtzeitig zum Essen. Du wirst sicher schon vermißt.« Katja stutzte und ergänzte hastig: »Bei Tisch; ach, Vater.«

Sie drückte einen flüchtigen Kuß auf seine Wange und verließ das Gebäude wie eine, die flieht.

VII.

Draußen war es noch hell und warm. Zeit für einen Bummel, die Hallen entlang, wo in graublauer Frühe Fisch an Großhändler geliefert wird. Lokale, Cafés. Die Menschen saßen in der Abendsonne. Katja kniff die Augen zusammen, als müsse sie sich vergewissern, daß dies alles wirklich da sei, wirklicher als das, was der Vater erzählte. War auch das einmal so gewesen? So, wirklich so? Und jetzt? Bilder in seinem Kopf.

Wann ist etwas vorbei? Wenn wir es vergessen haben? Ohne Erinnerung ist nur das Tier, kurz angebunden am »Pflock des Augenblicks«. Alles vergessen. Dann wären wir Tiere. Glückliche Affen im Freizeitpark. Wann ist etwas vorbei für uns Menschen? Wenn wir etwas erinnern, und es tut nicht mehr weh? Dann wäre nichts von dem vorbei, was der Vater erzählte, nicht für ihn und auch nicht mehr für sie. Dann wäre auch Albert noch nicht vorbei.

Und die Menschen, die ihre Gesichter der Sonne entgegenhielten, lange Strahlen in ihren Gläsern auffingen, daß die bunten Getränke blitzten, all die lachenden, sorglosen Menschen hier, wer von ihnen ahnte noch die Welt, die der Vater erzählte? Vorbei. So wie es für sie selbst vorbei gewesen war, bevor der Vater zu erzählen begonnen hatte, bevor sie die Ausstellung gesehen hatte? War das auch vorbei? Sie hatte geglaubt zu wissen, Vergangenes zu wissen. Nun wurde aus dem Vergangenen, dem Vorbeisein ein Mit-Dabeisein.

So in Gedanken versunken, war Katja fast bis zu den

Landungsbrücken gegangen. Keinen Blick auf die Schiffe. Die sie liebte wie der Vater. Diese Boten von Freiheit und Abenteuer, auch wenn sie wußte, daß sie längst nichts mehr waren als profitable Transportmittel.

»Hallo, Katja!« Es war Reni, die nahe am Ufer in einem Café der Freundin ihr Campariglas entgegenhob. Sie wäre am liebsten allein geblieben, doch einfach weiterzugehen hätte die Freundin ihr verargt. Die hatte die Jacke schon vom Stuhl nebenan genommen und schloß Katja in die Arme. Nichts Besonderes, Küßchen links und rechts in die Luft, das haben die zurückhaltenden Hanseaten längst mit dem Rest der Welt gemein. Nur widerstrebend löste Katja sich aus dem weichen, aber bestimmten Griff, hätte sich zu gern einfach an diese Brust gelehnt, ihren Kopf an Renis Schulter gelegt, diese Schulter oder eine andere, Nähe spüren, Trost finden bei einem Körper, der nur da ist, nichts fordert, nichts gibt. Auch annehmen konnte Katja heute abend nichts mehr. Einfach nur da sein. Die Wärme der Freundin fühlen, ihre Haut mit diesem Hauch von Parfüm, ihre Haarspitzen an den Schläfen fühlen, ewig so dastehen mögen hätte Katja, alles vergessen, sich selbst vergessen.

»Katja!«

Wirklich, sie stand ja noch da, und Reni hielt sie an den Schultern und rüttelte sie.

»Ist dir nicht gut?« Fürsorglich packte die Freundin sie am Ellenbogen, rückte den Stuhl näher und nickte auffordernd.

»Komm, erzähl. Du weißt doch, ich habe große, geduldige Ohren.« Reni arbeitete bei einer Frauenzeitschrift, war dort seit Jahren zuständig für das Ressort Psychologie, schon als es noch »Lebenshilfe« hieß. Beliebt waren vor allem ihre Interviews und Porträts, denen sorgfältige Gespräche vorausgingen. Reni, die geborene Beichtmutter. Doch danach war Katja nicht zumute.

»Erzähl mir was Lustiges«, sagte sie und griff die Karte, legte sie wieder zurück, winkte der Kellnerin: »Einen Kognak, bitte. Einen doppelten!«

Reni stutzte. Katja und Kognak? Mal ein Glas Rotwein, aber Kognak?

»Etwas Lustiges?« wiederholte sie. »Ja, du siehst aus, als könntest du das brauchen.« Reni tat der Freundin den Gefallen und sprudelte eine dieser zahllosen Geschichten aus der Redaktion hervor, wobei meist einem der wenigen männlichen Kollegen ein Schnippchen geschlagen wurde. Ein Mann war kürzlich Chefredakteur geworden, und die Frauen, schon lange dabei, brauchten hin und wieder ein Ventil.

»Aber du hörst ja gar nicht zu!« unterbrach sie sich schon nach ein paar Sätzen. »Schluß jetzt. Wo bist du denn mit deinen Gedanken? Und wie kommst du überhaupt hierher? Ja, natürlich«, Reni schlug sich vor die Stirn. »Du warst bei deinem Vater! Stimmt's?«

Katja nickte. Der Kognak kam. Sie kippte ihn runter wie Medizin. Schüttelte sich. Die Wärme tat gut. Was hatte der Vater erzählt?

Gesoffen hatten sie, was sie kriegen konnten. Vor den Kämpfen, um der Angst den würgenden Griff zu nehmen, der Angst, die jeden von ihnen vorher noch einmal auf die Latrinen getrieben hatte, den Donnerbalken, oder einfach in die Büsche. »Wutmilch« hatten sie den Fusel genannt. Und danach, nach den Kämpfen, nach dem »Töten oder Getötetwerden«, da hatten sie vergessen wollen, vergessen, vergessen, Wärme spüren nach all der Kälte, sich reinigen nach all dem Dreck. Wärme und Reinheit. Egal woher.

»Noch einen Doppelten!«

Die Kellnerin brachte die Flasche, goß nach. »Soll ich sie stehenlassen?« fragte sie. Ihr Tonfall ließ nicht erkennen, ob sie es ernst meinte.

»Um Himmels willen«, wehrte Reni ab, »nehmen Sie die Flasche weg! Katja! Ist etwas mit deinem Vater? Erzähl!«

Katja schüttelte den Kopf. Griff nach dem Glas.

Reni hielt ihre Hand fest. »Erst sagst du, was los ist. Den gibt's zur Belohnung.«

Katja sah die Freundin an. Ihre vertrauten Züge unterm blonden Haar, geschickt gefärbt, so gut wie echt, wenig Make-up im sonnenbraunen Gesicht, Falten um Augen und Mund vom Lachen und Weinen, vom Leben; man sah ihr nicht an, daß sie beinah zehn Jahre älter war als Katja. Vertraute Züge. Aber anvertrauen mochte sich Katja der Freundin heute nicht. Nichts von der Ausstellung, nichts von den Bildern. Jedes Wort aus den Gesprächen mit dem Vater, jede Andeutung wäre ihr vorgekommen wie Verrat. Zehn Jahre älter. Was hatte Renis Vater wohl gemacht im Krieg?

»Es geht ihm gut«, sagte Katja und fuhr sich mit der Hand durch ihr kurzgeschnittenes, dunkelblondes Haar, an der linken Schläfe gekräuselt wie eine kleine Wolke. Erste graue Fäden. Sie machte sich nichts daraus. »Das übliche. Du weißt ja.«

Renis Vater war tot. Vor ein paar Jahren war Katja bei seiner Beerdigung gewesen. »Ich hatt' einen Kameraden« hatte ein Musikkorps am Grab gespielt. Einer der alten Männer hatte vor dem Sarg die Hacken zusammengeschlagen und salutiert. Katja sah noch den Blick, den Reni ihr damals zugeworfen hatte.

»Und dein Vater, was hat der eigentlich im Krieg gemacht?« Katja schrak zusammen, als sie ihre eigenen Worte hörte. Wurde sie rot?

»Na hör mal. Andere Sorgen hast du nicht?« Reni steckte ihre Sonnenbrille ins Haar und sah die Freundin forschend an. »Hast du mit deinem Vater über früher gesprochen?«

Katja schwieg, blickte in ihren Schoß.

»Also gut, laß es. Hier trink.« Sie schob Katja das Glas zu, und die stürzte es hinunter.

»Sei doch froh, daß du mit ihm darüber sprechen kannst. Bei uns wurde nur viel davon geschwätzt. Und wie. Aber nie ernsthaft darüber gesprochen. Bei jedem Familientreffen war ›früher‹ Thema Nummer eins. Und ›früher‹, das hieß Nazizeit und Krieg. Aber wirklich darüber sprechen, das gab's nicht. Wir Kinder wurden ohnehin in die Küche geschickt. Zu den Frauen. Die Männer unter sich. Ab vierzehn durften Jungen dabeisein.

Er war gerade alt genug, Gottfried, mein Vetter, als seine Schwester, ein Nachkömmling, getauft wurde. Er durfte bleiben. Ich, ein halbes Jahr älter als er, zum Platzen wütend. Stahl mich aus der Küche, weg von Frauen und Kindern, und schlich mich unters Fenster. Ein warmer Sommertag. Ein Erker gab Deckung. Es ging um Rußland. Aufmärsche, Waffen, Strategien. Langweilig, entschied ich. Da war es bei den Frauen interessanter mit ihrem Wer mit wem? und Sterbenskrank und ihren Reisen nach Amalfi oder Garmisch-Partenkirchen. Ich wollte meinen Lauschposten schon verlassen, als eine Stimme begann, Onkel Gustavs Stimme, Gottfrieds Vater. Die Stimme erhob sich über die anderen und richtete sich direkt an Gottfried. An seinen Sohn. Was Krieg sei, habe Gottfried ja jetzt gehört. Nichts für Schlafmützen. Doch eine Truppe habe es gegeben, verschworene Gemeinschaft, sagte er, die über allen anderen stand: Waffen-SS. Ich habe heute noch den Klang im Ohr, das Fauchen und Zischen, eff, eff, ess, ess. Bösartig schien mir das, obwohl ich keinen Schimmer hatte, was es meinte. Waffen-SS. Und treu bis in den Tod, sagte der Onkel. Den eigenen hat er natürlich nicht gemeint. Liquidation, hörte ich, ein Wort, das ich nicht kannte, das mir aus dem, was folgte, erst begreiflich wurde. Im ›Hinterland‹, ›rückwärtige Gebiete‹. ›Säuberungen‹, sagte er. ›Juden, Gesindel, Partisanen.‹ ›Gern‹, sagte er auch immer wieder zwischendurch, ›gern habe er das nicht getan. Da mußte man schon hart sein. Aber: Krieg ist Krieg. Befehl ist Befehl. Gehorsam muß sein. Das merk dir mal, mein Junge. Die Ordnung damals hatte auch ihr Gutes.‹ Sagte der Onkel.«

Das klang ganz anders, dachte Katja, als beim Vater, sein »Was konnten wir denn tun?«. Dieser Onkel, diese Leute, die wollten, was sie sollten.

»Es folgte ein Disput, der größtenteils an mir vorbeiging. Ich glaube, es stritten die von der SS mit denen von der Wehrmacht. Normale Soldaten, wie sie sagten. Sie waren in der Überzahl. Es ging um Tapferkeit. Um Mut. Und Angst. Da hörte ich die Stimme meines Vaters: ›Wir hatten doch alle Angst.‹ So oder ähnlich, sagte er. ›Alle. Und wollten doch nur leben. Dafür tat man alles. Ihr wißt ja, wie ich überlebte.‹«

Reni hob ihre Hand ins Licht und ließ die Ringe funkeln.

»Und dann begann er. Es war eine Geschichte, die er bei Festen offenbar jedesmal zum besten gab. Die Männer murrten: ›Doch nicht schon wieder, wir wissen es doch.‹ ›Aber der Gottfried nicht‹, beharrte mein Vater. Weitschweifig und mit viel Lust an Einzelheiten schilderte er, wie er vor Moskau in einem Erdloch lag, als im Getümmel ein verwundeter Russe in sein Loch fiel, auf ihn. Alle Munition verschossen und keine andere Waffe zur Hand. ›Da biß ich zu‹, erzählte mein Vater den Onkeln und Neffen, und, ja, es schwang auch Stolz in seiner Stimme mit. ›Ich biß ihn an der Kehle tot.‹«

»An der Kehle tot!« wiederholte Katja verstört. »Mit den Zähnen zerfleischt«, hatte der Vater den Livius vorgelesen. Kampf. Krieg. Gemetzel. Einer, der »Vorwärts!« schreit, und die Horden hinterher. Seit Jahrtausenden, Jahrhunderten, Jahren, Monaten, Tagen. Jetzt. Wissen sie, warum? Sitzt ihnen der Krieg im Leib, im Hirn? Und der Friede?

»An der Kehle tot.« Reni holte tief Luft. »Ich konnte meinen Vater nie wieder küssen. Nie wieder.«

Die Frauen schwiegen.

Katja spielte mit ihren Händen, der Daumen der einen Hand rieb die Fingerspitzen der anderen, als wolle sie die Fingernägel hochheben. Dabei sah sie auf ein Händepaar am Nebentisch, sah, wie die eine Hand die andere nahm, wie die eine die andere Hand entdeckte, jede einzelne Pore. Ein Liebeshändepaar. Etwas war seltsam an diesen Händen, nein, nicht an den Händen, vielmehr an diesem Händepaar, nein, nicht an dem Paar, vielmehr an den Berührungen, nein, nicht an den Berührungen, vielmehr an diesen Berührungen dieser Hände. Männerhände waren es, die einander erkundeten, Männerhände voller neugieriger Zärtlichkeit. Schweigende, lächelnde Hände, die einander in Obhut nahmen.

»Nie wieder einen Kuß«, griff Reni den Faden wieder auf. »Und sprechen konnte ich mit ihm darüber nie. Für Frauen war dieses ›früher‹ tabu. Sogar meine Mutter und meine Tanten haben sicher nie gehört, was ich damals unterm Fenster mitkriegte. Männersache.«

Reni winkte der Kellnerin und bestellte noch einmal Kognak: »Zwei, bitte!«

»Warum nicht doch gleich die Flasche«, gab die Kellnerin zur Antwort, und wieder war nicht zu erkennen, ob sie Spaß machte oder maulte.

»Du kannst dir vorstellen, wie der Onkel tobte, als Gottfried nach dem Abitur den Kriegsdienst verweigerte. Er war einer der ersten, die anerkannt wurden. Das ging ja damals noch längst nicht so reibungslos wie heute. Aber auch Gottfried und ich haben uns nie von unseren Vätern erzählt. Und bis heute weiß er nicht, was ich an jenem Nachmittag gehört habe. Damals habe ich angefangen, viel über diese Zeit zu lesen. Den Krieg. Die Verbrechen. Später war ich auf jeder Friedensdemo dabei. Bin ich auch heute noch. Was hätte mein Vater wohl zu seinem Enkel gesagt? Bei Felix war die ›Gewissensprüfung‹ ja nur noch reine Routine. Naja, und ohne Zivildienst sähe es heute in manchen Krankenhäusern und Pflegeheimen übel aus. Wenn du mit deinem Vater darüber reden kannst, sei doch froh. Ich würde viel dafür geben.«

Katja legte ihre Hand auf die der Freundin: »Danke«, sagte sie. »Danke.«

Die Kognaks kamen. Die Freundinnen prosteten sich zu.

»Auf…«, begann Katja und stockte.

Reni ließ keine Zweifel aufkommen: »Auf uns! Auf wen denn sonst!«

Eine ruhige Wärme breitete sich in Katja aus. Sie war doch nicht so allein. Andere hatten auch Väter, die Soldaten gewesen waren. Männer mit Stahlhelmen und Gewehren, mit »ich oder er«.Väter, die sich weigerten zu reden. Und ihr Vater? Ja, er redete. Aber Katja konnte ihn nicht mehr verstehen. Seit sie denken konnte, hatte sie sich in seinem Urteil sicher gefühlt. Nie hatte sie bei ihm auch nur leiseste Anzeichen einer Entschuldigung für die Nazis, ihren Terror, ihre Verbrechen entdecken können. Warum versuchte er jetzt, um Verständnis zu werben für eine Welt, aus der doch die Verbrechen geboren waren? Wehrte ab, was er als Vater und Lehrer bisher immer gefordert hatte? Kann man es nicht ertragen, sich selbst als einen kleinen

Fleck auf dem Schreckenspanorama der Nazizeit zu erkennen? Paßt das eigene Bild nie in das Bild dieser Zeit? Noch heute nicht?

Katja verabschiedete sich von Reni, die noch auf ihren Sohn wartete. Er wollte ihr ein Mädchen vorstellen. Seine erste Freundin.

Die Straßenlampen flammten auf, flackerten, hüpften und standen dann leuchtend vor dem Himmel, der über dem Strom die Farbe tiefblauen Rittersporns annahm. Vom Westen rückte der Abendstern näher, glänzend wie aus der Brandung der See. Katja drückte ein Auge zu, und der Stern hüpfte nach links, das andere, und der Stern stand rechts von ihr. Unschlüssig schob sie mit dem Schuh einen rostbraun flimmernden Stein am Rande des Wegs hin und her, folgte dem wechselnden Licht im Spiel der Farben, gedankenlos, nachdenklich. Sie drehte sich zögernd um. Das hätte sie Reni noch fragen sollen. Doch als sie zurückblickte auf den Weg, den sie gekommen war, und die langen Schatten zwischen den Häusern, wußte sie, auch Reni würde auf diese Frage keine Antwort haben: Was war in den Männern, den Soldaten und Kriegern vorgegangen, die von einem Tag auf den anderen das Maschinengewehr mit Messer und Gabel vertauschen durften oder mußten? Wie war es möglich, daß ein Mann einem anderen gerade noch die Kehle durchgebissen hatte und dann sittsam einer jungen Frau den Hof machte, sie, womöglich mit einer höflichen Verbeugung zum ehemaligen Nebenbuhler, an den Altar führte und ein Leben als Versicherungskaufmann, Schneider oder Kulturredakteur begann – oder als Lehrer alter Sprachen und Geschichte?

Wer Katja beobachtete, hätte glauben müssen, die unentschlossene Frau habe etwas verloren und überlege, wo sie es wiederfinden könnte. Doch dann nahm sie den Weg nach Hause entschlossen wieder auf. Ihr war eingefallen, daß sie vor langer Zeit einmal solche Fragen gestellt hatte an den Vater. Damals in den unruhigen Jahren der Studentenbewegung hatte sie, dem modischen Zug der »Selbstfindung« folgend, eine Zeitlang sogar Tagebuch geführt. Voller Ungeduld nachzulesen, was sie über den Vater notiert haben mochte, winkte sie einem Taxi.

Auf dem Schreibtisch galt penible Ordnung. Hefte durften nicht verlorengehen, Vorbereitungsmaterial lag griffbereit im Gleichklang mit den Stundenplänen. Herr ihrer Wohnung war die Schule. Nach dem großen Aufräumen bei Alberts Auszug und mit der wachsenden Entfernung von ihm hatte sich ihre Scheu verstärkt, Bruchstücke vergangener Lebensjahre dem Tageslicht auszusetzen. Doch schließlich entdeckte sie die grauen Ringhefte hinter dem Schuber mit Musils »Gesammelten Werken«; auch das eine, in dem sie die Antwort vermutete.

»Heute sehr unangenehme Sache. Bei Melker – ›1848 im europäischen Vergleich‹ – machten wieder die K-Leute Krawall. M. war gut, kritische SPD, man versteht vieles unter Wilh. II. besser. Es ging um ein Zitat. M. hatte in Habilschrift Vorwort so was wie ›hätte das Volk damals einen Führer gehabt, wäre Deutschland nie in Schande geraten‹ geschrieben. So jedenfalls die K-ler. Auf dem Spruchband: ›Melker ist – Krawattenfaschist.‹ Dasselbe im Sprechchor. Vergeblich M.s Versuche, mit ihnen zu reden. Die Vorlesung brach ab. M. wie aus dem Wasser gezogen. Alle mögen ihn, aber keiner sagte was, ich auch nicht. Hinterher mit M. in einer kleinen Gruppe, er: Die ganze Habilschrift ist doch ein Denkmal für die Achtundvierziger! Hätte ich wegen der paar Worte das lieber gar nicht schreiben und publizieren sollen?

Vater sagt: ›War alles ganz anders, als ihr denkt.‹ Und

beginnt lange Erklärungen, neueste historische Forschungen. Aber wie es für ihn selbst damals war: nichts. Kein Rankommen. Nimmt mich statt dessen in die Arme. Verstehen ohne Worte?«

Nachdenklich spielte Katja mit ihrem Anhänger, einer griechischen Münze, die behelmte Pallas Athene, ein Geschenk Alberts zum fünften Hochzeitstag. Am zehnten gibt es den Zeus, hatte er gescherzt. Ob er daran noch dachte?

Sie klappte das Ringbuch zu, verstaute es wieder hinter den Büchern. Entschlossen, dem Vater diesmal nicht nachzugeben.

Die Tochter war kaum fort, als Musbach einfiel, daß an diesem Abend ein Vortrag stattfinden sollte.

Vorträge plante die Heimleitung in etwa dreiwöchigen Abständen; Ankündigungen hingen lange vorher am Schwarzen Brett, auch weil die abendliche Mahlzeit dann auf halb sechs vorgezogen werden mußte. Beginn nie später als Punkt sieben; mit Diskussion, und diese sollte gegen neun beendet sein.

»Sind Sie morgen abend dabei?« hatte Frau Sippel tags zuvor die Tischrunde gefragt, »ein wunderbares Thema. Herr Gödde war ja schon ein paarmal hier. Er hat so viel gesehen und kann so gut reden! Und diese Lichtbilder! Das macht so viele Erinnerungen wach. Mein Mann konnte auch so fabelhaft fotografieren. Bin gespannt, wohin uns Gödde diesmal entführt.«

Ein lebhaftes Gespräch über Reiseerinnerungen und Dia-Abende im Kreise der Familie begann, über unvergleichliche Landschaften ferner Länder, kleine Unglücke, Zufälle, Mißgeschicke und Betrügereien – diese Armut! Diese Frechheit! Und Videofilme, an denen angeblich zunächst die Kinder, dann sogar noch die Enkel ihren neugierigen Spaß gehabt hätten.

Fast wahllos suchte Musbach inzwischen abendliche Entspannung – früher jedenfalls wäre er zu Göddes Vorträgen nicht gegangen. Was, nach den Berichten am Mittagstisch, der Mann erzählen würde, war für ihn kein Reisen. Musbach reiste, um die Welt, die heutige wie die historische, für seine Augen unvergeßlich zu machen; Orte, Gebäude, Landschaften, von denen er bisher nur gelesen hatte, auch bildlich zu begreifen. Bilder suchte er, die seine eigenen Erfahrungen und Eindrücke haltbar machen könnten. Keine Prospekt-Ansichten. Und doch: Heute würde er sich Gödde über »Reisen macht jung« anhören, ein alberner Werbetitel, wahrscheinlich von Kreuzfahrt-Komfort begleitet, aber besser als alleine vorm Fernseher. Zum Lesen fehlte ihm die Gelassenheit.

Gödde hatte in der überfüllten Empfangshalle pünktlich und beschwingt wie stets begonnen. Eine Stunde lang ging es, wie Musbach vermutet hatte, tatsächlich um das gut beschützte Abenteuer einer Kreuzfahrt in die Karibik. Weiß das Schiff, braungebrannt die schmucke Besatzung, Spiele an Bord, Tanz zum Tee, für die Unermüdlichen auch nach dem Abendessen, »Dinner«, sagte Herr Gödde. Zwei Ärzte an Bord. Und dann die Landgänge: bunt gekleidete Menschen auf üppigen Märkten, Schwärme von Kindern mit ausgestreckten Händen – »so neugierig die Kleinen«, schmunzelte Gödde –, die Armut diskret verborgen im Schatten prallen Sonnenlichts und einer geschickten Kamera.

»Reisen macht jung«; in der Tat, die Gäste auf dem Schiff waren offenkundig lusterfüllte Rentner, mehr Frauen als Männer, keine gebrechlichen Heimbewohner. Ein »glückliches Völkchen«, wie Gödde hin und wieder unterstrich.

Diesmal gab es, als die letzte Dia-Palme verloschen war, kaum vorsichtiges Zögern. Nur wenige Fragen mußte Gödde selbst beantworten. Schon nach ein paar Minuten setzte ein vielstimmiges Konzert von Ausrufen und Einwürfen ein, man stand schließlich schon gar nicht mehr auf, um sich zu Wort zu melden. Es war wie das Vogelgezwitscher in der Morgendämmerung, wenn jedes für sich singt und doch alle miteinander – ein Klang unbeabsichtigter Gemeinsamkeit. Das Heim war gereist, ohne das Haus zu verlassen. Die Damen mit geröteten Wangen und einem Anflug von Verführung um die Lippen, die Herren straff und festeren Schrittes als gewöhnlich, ging man auseinander, als kurz nach neun zur Ruhe gebeten wurde.

Musbach hatte neben Barndorff gesessen; nicht unberührt, aber gleichermaßen verwundert über die hypnotische Wirkung eines halben Hunderts bunter Bildchen, gingen sie gemeinsam aus dem Saal.

»Haben Sie Lust auf ein Glas bei mir?« Musbach war froh, als Barndorff ihm kommentarlos folgte. Er schätzte in dem pensionierten Physiker des Desy Instituts den intelligenten Gesprächspartner. Kenntnisreich, bescheiden und von einem so liebenswürdigen Sarkasmus, daß nach abendlichen Vorträgen schon manche erhitzte Debatte von ihm mit wenigen Worten zum friedlichen Ende geführt worden war.

Mit einer Flasche Chianti machten sie es sich in den Sesseln am Fenster bequem.

»Schade, daß man ein menschliches Gehirn von siebzig Jahren noch nicht auf eine Diskette brennen kann. Fänden Sie es nicht interessant, was übrigbleibt nach einem langen Leben, was man behält und was unser PC da oben scheinbar ohne Mausklick alles löscht?«

»Schade?« Musbach verlangsamte seinen Ton. »Schade,

sagen Sie? Das Gehirn ist doch Gottseidank unser letztes Geheimnis. Mit Röntgen und Ultraschall und Kernspin und was weiß ich noch alles sind wir doch ohnehin nur noch ein durchsichtiges, wenn auch etwas schwer begreifbares Uhrwerk geblieben. Der ›gläserne Mensch‹ kein Jules Verne mehr. Aber unser Kopf, der bleibt undurchdringlich. Da kommt ihr Naturwissenschaftler nie ran!«

»Sagen Sie das nicht. Wir sind auf bestem Wege. Nirgendwo gibt es so dramatische Fortschritte wie in der Hirnforschung. Und wissen Sie was: Der Krieg ist auch hier der Vater aller Dinge. Die Militärs der USA finanzieren bereits weitreichende Teile der Grundlagenforschung.«

Bei Musbach überwog nun die Neugier den Horror. Er liebte es, Barndorff auszufragen, und dieser hatte Spaß daran, seinen gebildeten Nachbarn der »weichen Wissenschaften« durch das harte Labyrinth der Biophysik zu lotsen.

»Sie sind wirklich ein As«, murmelte Musbach nach einem langen Vortrag Barndorffs bewundernd und leerte sein Glas. »Ich hoffe, Sie nehmen sich Zeit mit Ihrem endgültigen Abschied aus diesem Haus und warten, bis ich selber erst mal raus bin. Ich müßte mich ohne Sie hier sonst zu Tode langweilen.«

»Und die flotte Inge Sippel?« neckte Barndorff. »Reisen macht jung, Herr Musbach!«

Beide waren schon fast an der Tür, als Barndorffs Blick auf den Katalog fiel.

»Meine Tochter hat mir das neulich mitgebracht«, sagte Musbach, der Barndorffs Stutzen bemerkt hatte, etwas verlegen. »Sie besteht darauf, ich sollte das genau ansehen. Tagelang reden wir schon über nichts als diesen Krieg. Ich kann das nicht leiden und habe das nie gemacht. Aber jetzt läuft das irgendwie fast automatisch. Nur die Katja will –

oder kann jedenfalls – nicht verstehen, wie ich das sehe. Was meine Erinnerungen sind. Wie meine Bilder in meinem Kopf aussehen. Die jungen Leute denken alle nur, wir seien an allem schuld, hätten alles falsch gemacht. Was man an uns gemacht hat, das scheint irgendwie uninteressant. Manchmal habe ich das Gefühl, es ist völlig sinnlos, darüber zu reden, man redet doch nur in die Luft.«

Barndorff spürte Musbachs Verbitterung. Er hätte ihn trösten können mit einer naturwissenschaftlichen Begründung, warum man weder mit Worten noch mit Bildern Gefühle, die diese Worte und Bilder bei einem selbst auslösen, auf andere übertragen kann. Und das auch nie können wird. Musbach mußte doch auch wissen, daß ohnehin Gefühle, die von Worten und Bildern hervorgerufen werden, etwas anderes sind als die Gefühle, die das Ereignis selbst hinterläßt und dann erst die Bilder und Worte auslöst und prägt. Wer Erinnerungen mitteilen will, kann diese doppelte Hürde nie ganz überwinden.

Aber es war spät.

»Sie müssen doch nicht glauben, daß es in historischen Fragen nur eine Wahrheit geben kann. Während wir Naturwissenschaftler davon leben, daß alles Wissen nur vorläufig ist, lesen die Historiker leider offenbar zu wenig Popper. Sie gehen nicht wie wir davon aus, daß aller Fortschritt darin besteht, bisherige Erkenntnisse als falsch zu entlarven; sie sehen sich nicht als produktives Glied in einer Kette von Irrtümern. Die Historiker heute schauen auf die Geschichte, machen sich ihr Bild und verkünden uns dann ihren jeweiligen Wissensstand allzu oft als letzte, unumstößliche Wahrheit. Aber recht behalten wollen ist das Gegenteil von Verstehenwollen. Die Historiker morgen werden die Dinge, ganz wie die Naturwissenschaftler der nächsten Generation, wieder anders sehen. Ich bin sicher, was Sie da gerade mit Ihrer Tochter erleben, das ist nur im Kleinen, was wir oder unsere Kinder bald im Großen erfahren werden. Es wird auch wieder einen breiteren, einen gerechteren Blick auf uns Deutsche geben. Da werden dann auch die Erfahrungen der geschundenen deutschen Soldaten zu lesen und zu hören sein. Geduld ist der Humus des Fortschritts, Herr Musbach! Lassen Sie doch den jungen Leuten ihre Sicht, und behalten Sie die Ihre. Kein Generationskrieg von oben! Das muß doch nicht alles auf einen Nenner gebracht werden. Machen Sie es wie mein Stern in der Geschichte, der Rotterdamer Erasmus. Die Protestanten meinten, er sei einer von ihnen; dann wiederum glaubten ihn die Katholiken bei sich. Und der segelte da durch, weltberühmt. Man muß sich nicht immer festlegen, Herr Musbach!« Begütigend ermahnte der Naturwissenschaftler den Philologen, seinen Platen nicht zu vergessen, wenn ihn die Tochter in seinen Schmerzen nicht verstehen wolle oder könne, und zitierte lässig, sein exzellentes Gedächtnis paradierend: »Es liegt an eines Menschen Schmerz, an eines Menschen Wunde nichts/Es kehrt an das, was Kranke quält, sich ewig der Gesunde nichts/... und so weiter«, brach er ab. Musbach wußte, Barndorff hätte das Ghasel auch zu Ende sprechen können. Aber mit einer ironisch-verschmitzten Verbeugung verabschiedete der sich ohne ein weiteres Wort.

Musbach räumte die Gläser beiseite, schwenkte sie unterm Wasserhahn, polierte sie trocken. Tägliche Handgriffe, wie dieses Abspülen, der sofort sichtbare Erfolg, die selbsterzeugte Verwandlung von Schmutz in Sauberkeit, befriedigten auf eine Weise, die ihn jedesmal wieder belustigte. Man sah, was man getan hatte, und siehe, es war gut. Anders als in der Schule, wo es einem Lehrer ähnlich ging wie dem Sämann in der Bibel: Ob das Korn aufging und

Frucht brachte, hing von vielen Einflüssen ab, die nicht er allein in der Hand hatte. Wie das, was er Katja erzählte.

Musbach stand noch lange am Fenster und sah auf den dunklen Strom. »Denn jeder sucht ein All zu sein / Und jeder ist im Grunde nichts«, sprach er die letzten Zeilen des Platen-Gedichts vor sich hin. Das hätte er mal Gödde sagen sollen!

VIII.

Auf dem Weg zur Routineuntersuchung am nächsten Morgen hielt Frau Sippel Hans Musbach auf und drohte schelmisch mit dem Finger: »Man sieht Sie ja kaum noch! So viel Familienangelegenheiten? Wenn ich nicht wüßte, daß die junge Dame wirklich Ihr Fräulein Tochter ist ...« Musbach wollte sich vorbeidrücken, aber Frau Sippel, geübt, Kundschaft aller Art in Beschlag zu nehmen, ließ das nicht zu.

»Gestern abend waren Sie ja da. Aber wir vermissen Sie, Herr Musbach. Wenigstens zum Mittagessen sollten Sie doch kommen und uns die Ehre geben.«

Die Ehre geben. Frau Sippel nutzte jede Gelegenheit, zu demonstrieren, in welchen Kreisen sie verkehrte. Sie teilte Menschen ein in »Guten Stall« und aus »dem Nichts empor«. Zu «Emporkömmlingen aus dem Nichts« hielt sie den größten Abstand: jenseits des Horizonts. »Also heute mittag? Die Massage wartet.« Sie warf Musbach einen Luftkuß entgegen und trippelte ihrer Wege.

Cortison hatte das Knie abschwellen lassen.

»Aber der Blutdruck!« Der Arzt schüttelte den Kopf. »Einhundertachtzig zu einhundert!«

Das war neu. »Was ist los, Herr Musbach?« Der junge sah dem alten Mann ins Gesicht: »Haben Sie Kummer? Die Splitter im Bein müssen Ihnen keine großen Sorgen machen, die haben wir unter Kontrolle. Aber der Blutdruck! Da müssen wir etwas tun. Erst einmal eine Tablette für den Abend; morgen früh bitte wiederkommen. Und:

Keine Aufregung. Gehen Sie unter Menschen. Hängen Sie nicht soviel den alten Geschichten nach.«

Musbach stutzte: »Alte Geschichten?«

»Na, Ihrem Caesar oder Cicero und wie sie alle heißen. Man lebt nur einmal. Hier sind wir, in Hamburg, nicht im alten Rom!« Der Arzt schaute auf die Uhr, reichte Musbach die Hand: »Bis morgen. Und nicht vergessen: die Tabletten!«

Alte Geschichten. Einmal begonnen, konnte Hans Musbach nicht mehr ablassen. Wie Eimer in die Zisterne waren die Fragen der Tochter in sein Gedächtnis gedrungen, das nun seine Bilder an die Oberfläche entließ, Bild auf Bild, und jedes mußte erkannt, angenommen und, das war das Schwierigste, zur Sprache gebracht werden. Nein, er würde auch heute nicht zum Mittagessen in den Speisesaal gehen. Nicht bevor er von Hugo erzählt hätte. Hugo, der Freund. Der einzige, den er jemals gehabt hatte. Gute Bekannte, Kollegen, ja. Aber nie wieder einen Freund.

Es war gut und nicht gut gewesen, an der Front einen Freund zu haben. Kameraden brauchte man auf jeden Fall. Kamerad war man, ob man wollte oder nicht. Kamerad wurde man durch die Umstände. Durch den Umstand Krieg. Krieg ist der Triumph des Körpers über die Seele, und Kameradschaft schützt den Körper. Das Seelische hielt man sich mit Witzen vom Leibe. Mit Kameraden sprach man übers Essen, über Frauen, den Nachschub, die Post. Über Persönliches kaum. Oft kannte man den anderen gerade dem Namen nach. Und dennoch hätte man ihn nicht im Stich gelassen.

Unpersönlich wie ein Gewehr. Unpersönlich wie ein Befehl. Der Soldat erhält seine Befehle. Und die Befehle erhalten ihn als Soldaten. Hier liegen seine Ruhe, seine Sicherheit, seine Existenz. Er ist frei. Frei von jeder Verantwortung. Frei für den Befehl. Frei von seiner ganzen Klugheit, frei für jede Dummheit, wenn sie nur befohlen ist. Frei von eigenen Gedanken, frei für jeden fremden, selbst den verbrecherischen. Befehlen und gehorchen. Das ist Militär. Der Soldat. Der Kamerad. Fiel ein Soldat, kam der nächste. Jeder nächste war der beste. Es gab gar keine Wahl. Rückhalt gibt allein das Gewehr, die Munition. Das gibt Vertrauen, Sicherheit. Nicht umsonst nennt der Landser das Gewehr seine Braut.

Freundschaft war nichts für den Krieg. Sie machte weich, wie jedes wirkliche Gefühl. Im Krieg vom Frieden zu sprechen war gefährlich. Die Clematis vorm Elternhaus, der Phlox beim Apfelbaum im Garten der Großeltern oder ein Familienfest gewannen subversive Kraft. Es rückte die verrückte Gegenwart zu nah ans Normale, ans Menschliche. Rückte den Soldaten aus Reih und Glied, aus der Masse heraus, machte ihn zum einzelnen, zum Menschen mit Verantwortung und Gewissen. Gab den Befehl des Lebens: Lebe! Du sollst nicht töten! wurde wieder oberstes Gebot.

Kameradschaft im Krieg kümmerte sich um das Leben, wie es hier und jetzt war. Das war viel. Aber Freundschaft ging weiter. Tiefer. Von Hugo fühlte ich mich verstanden, dachte Musbach. Verstanden zu werden, so wie wir sind – ist das nicht Liebe?

Hatte er laut vor sich hin gesprochen? Als die Tochter eintrat, erwiderte er kaum ihren Gruß und fuhr in seinen Gedanken fort: »Ich weiß nicht, ob ich jemals einem Menschen näher war als Hugo. Ich liebte ihn, wenn ich ihn in einem Reclamheft blättern sah, wenn er fluchend seine Stiefel von den Füßen ruckte, wenn wir auf dem Vormarsch einmal angelten und Fische brieten, was Hugo so gut konnte.

Hugo hielt mich lebendig. Hugo hielt die Verbindung zum wirklichen Leben, zum Leben draußen. Zum Leben ohne Krieg. Ich liebte Hugo. Hugo, das war meine Heimat. Als er fort war, hatte ich keine Heimat mehr. Nicht zu Hause und nicht in mir. Nur noch Krieg.«

Der Vater unterbrach sich. »Gut, daß du da bist, Katja. Gut, daß du da bist. Komm. Rück deinen Stuhl näher zu mir.«

Katja zögerte nur den Bruchteil einer Sekunde, aber dem alten Lehrer konnte man nichts vormachen.

»Ist schon gut. Bleib sitzen. Ich dachte nur ...« Der Vater räusperte sich. »Du wolltest es ja so. Ich hab's nicht angefangen.

Es war noch früh im Jahr. Die Russen brachen durch. Der Kampf ... Ach was. Wir zogen Hugo aus seinem Loch unter lauter toten Russen hervor. Er hatte, als sie auf ihn losstürmten, geschossen. Er oder ich. Die Toten waren auf ihn gefallen und hatten sein Loch bedeckt. Ihr Tod hatte ihn beschützt. Hugo war unverletzt. Den Leichen zogen wir die warme Winterkleidung aus. Stiefel, Fäustlinge und Mützen. Ich hatte einen Streifschuß mitgekriegt am rechten Arm. Man brachte mich ins Lazarett, zwei Nächte. Und ob du's glaubst oder nicht: ich wollte zurück. Zu meinen Leuten. Zu Hugo. Ich wußte, daß er lebte, hatte aber nicht mehr mit ihm sprechen können. Nicht einmal, ob er mich erkannte, als Joachim und ich ihn aus den Leichen herauswühlten, wußte ich. Er riß nur kurz die Augen auf, um wie geblendet sie wieder zuzukneifen; dann hatten mich die Sanitäter schon weggeschafft.«

Der Vater stützte den Kopf in beide Hände. Verhalten rutschte Katja mit ihrem Stuhl nun doch ein Stück näher.

»Sie suchten nach ihm, als ich zwei Tage später zurückkam. In seinem Erdloch hatte man nur die Uniform gefunden und die wattierte Jacke. Ich rannte wie von Sinnen hinter den Feldgendarmen her, brüllte seinen Namen. Und ließ die Tränen laufen. Hörte, wie der Truppführer mich zurückpfiff; ich stürmte weiter. Stolperte vorwärts zwischen Leichen, russischen und deutschen.

Ich fand ihn angelehnt an eine Birke inmitten kümmerlicher Büsche, Wacholder, Schlehen, Dorngestrüpp. Die Birke unversehrt in einem Haufen Schnee, der, in der ersten Frühlingssonne angeschmolzen, über Nacht zu Eis gefroren war. Im Schnee mit angezogenen Knien Hugo. In seinem dreckigen, verlausten Baumwollunterhemd, der dreckigen, verlausten Unterhose. Die Augen weit aufgerissen. Vom Tod. Der ganze Krieg: in diesen Augen. In diesem Starren. Sie sagten all das, was du niemals sagen kannst. Was keiner hören will. Was keiner glauben wird, der nicht dabei war. Schnee knirschte, als ich mich vor ihm auf die Knie warf und ihn aus seiner eisigen Klammer löste. Hugo war blaugefroren, ein stumpfes bleiernes Blau, und als ich ihm die Lider herabzog, schimmerten die Augendeckel grün. Wie dünn er war, wie leicht er wog in meinen Armen, kaum Muskeln, die schmächtige Brust eines Bücherwurms. Sorgfältig rasiert. Die Fingernägel sauber, er mußte sie eigens gereinigt haben. Hand- und Fußgelenke so schmal, Gelenke eines Kindes.

Die lange Unterhose war ihm hochgerutscht bis an die Knie; seine Beine mit blutigen Kratzern bedeckt, auf denen der Eiter erstarrt war. Die Läuse waren höhergekrochen und krochen nun zu mir, vom toten Körper auf den lebenden. Sogar die Stiefel hatte Hugo zuletzt noch ausgezogen. Ich ließ sie stehen.

Ohne die Gendarmen, wer weiß, ich wäre mit Hugo in den Armen einfach losgegangen, in die Wälder, immer weiter, einfach weg und weiter. Sie griffen sich die Stiefel und ließen Hugo mir. So zogen wir zurück. Hugo in meinen Armen, hörte ich von überall ein Pfeifen, alles pfiff und jeder Auftritt meiner Füße ließ ein leises Fauchen zurück. Die Zweige der Bäume, die Wolken am Himmel über mir fingen zu zittern an, die Vögel schrien grell mit menschlichen Lauten und stürzten aus den Büschen pfeilschnell in den Himmel. Dann plötzlich: siedende Stille. Nur noch Geräusche, die ich selber machte, hörte ich. Jede Bewegung ein Poltern, die kleinste Bewegung des Kopfes klang wie ein Peitschenknall. Als mich der Truppführer anruft, ist das ein ohrenbetäubendes Zischen, das langsam leiser wird, als ob man irgendwo die Luft abläßt. Und Hugo fällt mir aus den Armen. Ein dumpfer Aufschlag. Die Geräusche wieder normal. Geräusche. Sonst nichts.

Am Abend erzählte Joachim. Auf breiter Front seien unsere Panzer vorgerückt. Und wir, die Infanterie, dazwischen. Russen hatten aus ihren Löchern, gut gedeckt, urplötzlich auf unsere ahnungslosen Infanteristen geschossen. Die fielen wie die Hasen in der Treibjagd. Aber unsere Panzer waren natürlich nicht aufzuhalten. Jetzt wußten wir Bescheid und suchten Deckung hinter ihnen. Da duckten sich die Russen in ihre Löcher, und manche warfen sogar die Waffen weg. Aber die Unseren gingen von Loch zu Loch und erschossen jeden. Jeden einzeln. Die Panzer stießen vor bis in den Ort, den die Russen noch hielten. Und dann kam der Bericht, daß dort noch alles voller Russen sei: Soldaten und Zivil. Die Unseren rückten vor und machten alles nieder; gleich ob in Uniformen oder Lumpen. Wut, nichts als Wut. Die in den Löchern seien ganz gefaßt gewesen, erzählte mir Joachim später, ganz gefaßt. Gefaßt. Er wiederholte dieses Wort viele Male, als könne er damit selber Fassung gewinnen.

Da hast du sie, Bilder wie aus deiner Ausstellung!«

Musbach legte die Hand auf den Katalog, als wolle er ihn beschlagnahmen.

Katja holte Luft, machte eine Bewegung auf den Vater zu. Der bedeutete ihr zu schweigen und zog die Schreibtischschublade auf. Zwei Briefe und ein Reclamheft. Darin ein Zettel.

»Hör zu!« Nur mit Mühe gelang es Musbach, das Blatt auseinanderzufalten. Die Kanten der Kniffe so brüchig, daß er sie nicht glattzustreichen wagte. »Hör zu«, wiederholte er, kaum Herr seiner Stimme, »sein Vermächtnis: ›Wir hatten uns geschworen, nie zu töten, wenn es nicht galt: er oder ich. Ich habe diesen Schwur gebrochen. Gestern. Viele Male. Rasend vor Wut. Ich kannte nur noch eines: Rache. Dich hat das Lazarett davor bewahrt. Was hätten wir getan, wärest du bei mir gewesen? Das war nicht mehr Notwehr. Das war Mord. Vielfacher Mord. Ich hab die Linie überschritten. Ich bin ein Mörder. Ich kann nicht mehr dein Freund sein. Niemandes Freund. Ich kann die Blicke, dieses Flehen um Erbarmen in den Augen, nie mehr vergessen. Warum haben diese Augen mich nicht gerührt? Ich sehe diese Augen, was immer ich auch sehe, sehe ich durch diesen Blick. Mir ist, als hätte jeder Schuß mich selbst getroffen. In meine Schläfe, meine Stirn, in mein Genick. In meinem Hirn, da kreisen diese Kugeln, in meiner Brust ballt sich das Blei, drückt mir das Herz ab. Ich kann nicht weiterleben. Mit jedem Schuß hab ich mich selber umgebracht, mich um mein Leben.‹«

Der Vater ließ den Zettel sinken.

»Dies und das Heftchen hier sind mir von ihm geblieben. ›Aus dem Leben eines Taugenichts‹. Das konnte er fast auswendig. Die Gedichte darin allemal.«

Dem Vater stürzten die Tränen aus den Augen. Der alte Mann weinte. Verbarg seinen Kopf in den Armen.

Katja streckte die Hände nach ihm aus, ließ sie sinken. Nahm die Tasche und machte leise die Tür hinter sich zu.

Der Arzt war noch im Hause. Sie bat ihn, nach dem Vater zu sehen.

Keinen Blick hatte sie heute für die Leute in den Straßen. War es richtig, den Vater so zu quälen? Sich so quälen zu lassen? Wenn wir die Erben der Verstrickung unserer Väter und Mütter in die Nazijahre sein wollen, wenn wir ehrlich Verantwortung für diese Geschichte mit übernehmen wollen, dann müssen wir auch die Erben der Leiden, der Verletzungen werden, all der zerstörten Lebenspläne der Deutschen dieser Jahre, dachte Katja. Es war richtig, den Vater zum Sprechen zu bringen.

Schon fast an der Haltestelle, hüpfte ihr ein Ball vor die Füße, blau mit gelben Enten, zwei Kinder stürzten hinterher. Sie warf den Ball dem Mädchen zu. Ohne die Frau eines Blickes zu würdigen, schnappte der Junge ihn weg und dribbelte davon, die Kleine ihm nach. Mitten im Schritt hielt Katja inne, machte kehrt, lief zurück. Sie hatte den Vater in diesen Schmerz zurückgezwungen und konnte nun die Folgen nicht ertragen? Den Anblick dieses alten, schmerzgeschüttelten Mannes, ihres Vaters, nicht ertragen? Durfte sie wegsehen? Weglaufen? Nur vor einer Erzählung?

Auf dem Flur kam ihr der Arzt aus dem Zimmer des Vaters entgegen und machte eine abwehrende Bewegung. »Er schläft«, sagte er. »Er braucht Ruhe. Und Sie? Sie sehen auch aus, als könnten Sie ein paar Tage Urlaub gebrauchen. Passen Sie auf Ihren Vater auf. Und auf sich.«

Verwirrt schaute Katja dem Arzt hinterher, der seinen weißen Kittel schon abgelegt hatte und mit weiten Schritten das Haus verließ. Unschlüssig folgte sie ihm, kehrte noch einmal um und schob dem Vater einen Zettel unter die Tür: »Ruf mich an. Jederzeit. Ich bin für dich da.«

Die Wärme eines dieser letzten Sonnentage staute sich unter dem schrägen Dach. Katja stieß die Fenster auf. Putzen? Aufräumen? Das hatte sie getan, als Albert ausgezogen war. Gründlich. Die Möbel umgestellt und die Rauhfaser neu gestrichen. Fast ohne fremde Hilfe. Sogar die Zimmerdecke. Seither hatte alles seinen Platz, stand, wie sie es stellte. Helle moderne Möbel, bequem und zweckmäßig, Bücher, die kümmerliche Azalee von ihren Schülern, die sie in einem Anflug von Aberglauben nicht wegwerfen mochte. Katja liebte die Ordnung um der Ordnung willen, anders als ihre Mutter: Stell dir vor, wenn du morgen überfahren wirst? Anders auch als Albert, der ständig etwas suchte, Gegenstände zu verkramen schien, um sie wieder ausgraben zu können. Berufskrankheit hatten sie das scherzhaft genannt. Gern hätte sie jetzt etwas saubergemacht, zusammengepackt, weggeräumt; aber nicht einmal alte Zeitungen oder Zeitschriften lagen herum; die gab sie gleich den Nachbarn nebenan.

Vergeblich fuhr ihr suchender Finger die Buchrücken entlang. Auch das ein Grund ihrer wachsenden Unrast. Zum Lesen fehlte ihr die Geduld. Und mehr noch die Zuversicht, daß sie dort Antwort finden könnte auf ihre Frage. So wie sie damals alles mögliche verschlungen hatte, um sich gegenüber Albert im Recht zu fühlen. Für die Kraft der Weltliteratur war sie zu schwach geworden. So hatte sie nur noch zu leichter Medizin, zu den Placebos wie »Sei stark allein«, »Sei gut zu dir«, »Loslassen können« und ähnlichem gegriffen. Wie kindisch schien ihr das jetzt. Gutgemeintes Geschwätz.

Katja wandte sich ab, ließ ein Bad ein. Atmete tief in den aufsteigenden Dampf, kühlenden Lavendelduft, streifte die Kleider ab, hängte sie auf ihre Bügel. Ruhig atmen! Doch da sah sie die Flecken. Rote Flecken in Armbeuge und Achselhöhlen, in Leisten und Kniekehlen. Flecken, die sie schon einmal befallen hatten, damals, als sie die Briefe gefunden hatte. Schmerzlos, nicht einmal juckend, und leicht zu verbergen. Aber unübersehbar für sie selbst. Streß, hatte Dr. Sehhaupt damals gesagt, ihr viel Bewegung und autogenes Training angeraten. Fußmärsche waren seither ihre Leidenschaft, sie brauchte dieses Gefühl, etwas zu bewältigen, hinter sich zu bringen, voranzukommen, besonders in diesen Tagen nach den Stunden mit dem Vater. Aus der Haut fahren, dachte Katja, raus aus den Wörterbüchern und Grammatiken, raus aus den fotofixierten Augenblicken. Ichsein vor allen Bildern und Briefen, Herzschlag, der nichts von sich weiß. Vielleicht würde sie Sehhaupt noch einmal aufsuchen.

Der Vater rief nicht an. Katja ging gleich nach der Schule zu ihm, ohne den Umweg über die Imbißbude, wo sie sonst einen Salat, eine Wurst, eine Suppe aß.

»Blutdruck, Puls und EKG«, sagte er statt einer Begrüßung. Er saß wie immer hinterm Schreibtisch, hatte aber zwei butterstückgroße Kästchen um sich hängen, an Plastikriemen, die sich über der Brust kreuzten. Als sie eintrat, machte eines dieser Rechtecke ein schnarrendes Geräusch; der Vater hielt in der Bewegung inne. Sekundenlanges Ticken. Dann wieder Schnarren, und der Vater lockerte sich.

»Mein Blutdruck spielt ein bißchen verrückt. All die Jahre war er so vernünftig. Damals wußten wir sowieso nicht, was Blutdruck ist.«

Nun begann der andere Kasten zu schnarren, und wieder erstarrte der Vater. »Keine Bewegung!« versuchte er zu scherzen, »die Geräte sind hochempfindlich. Vierundzwanzig Stunden wird gemessen. Ich glaube, es ist nur die Aufregung. Die alten Zeiten.«

»Herrliches Wetter«, lenkte die Tochter ab. »Machen wir einen Spaziergang.«

»Ein Spaziergang. Ein Spaziergang wird das nicht! hat uns der Kommandeur damals verkündet. Damals als wir ...«

»Na, komm schon!«, unterbrach ihn die Tochter. »Jetzt wollen wir an die Elbe!«

Eines der Geräte ging wieder los. Beide warteten; dann legte die Tochter dem Vater den leichten Mantel um, und sie machten sich durch die Hintertür aus dem Hause, verstohlen, als hätten sie etwas zu verbergen.

Nach wenigen Schritten standen sie am Ufer. Zwischen angeschwemmten Muschelschalen stöberte ein schlanker, weiß und braun gefleckter Hund. Die salzige Luft vom Meer drang die Elbe herauf bis hierher, mischte sich mit dem Duft staubiger, verwitternder Kräuter. Aus den Gärten in Övelgönne wehte es würzig herüber; das erste Laub wurde verbrannt. Möwen klagten und segelten auf schrägen Sonnenstrahlen ins Wasser. Der weite Himmel lachsfarben gestreift.

Der Vater schob mit seinem hohen Schuh den Sand auseinander, daß er aufstob wie winzige Insekten. Als er über eine Wurzel stolperte, die von den buschigen Weiden hinauf in den Ufersand reichte, griff die Tochter seinen Arm, und der Vater fiel schwer gegen sie. Nicht nur sein Gesicht war von Falten durchfurcht, runzlig, das sah Katja mit Erschrecken, sogar die Haut hinter den Ohren.

Die Tochter war stärker als der Vater, viel stärker. Sie hätte ihn von sich stoßen können, wegstoßen, liegenlassen können. Sah ihn daliegen, hilflos im Sand, zwischen den Steinen, das Hemd blutig, die Knie in den Hosen seltsam verrenkt, zusammengekrümmt, das Gesicht zwischen den Armen, um sich zu schützen.

Beide Geräte hatten geschnarrt, eines nach dem anderen, beide unwillig gepiept, »Error« gemeldet. Irrtum.

Der Vater schaute Katja an, als warte er auf etwas. Sie vergrub die Hände in den Jackentaschen. Noch immer entsetzt über ein Gefühl, das sie kaum zu benennen wagte. So ein Krieg ist keine Naturkatastrophe! Doch der Mensch bleibt ein Teil der Natur. Muß er immer beherrschen, besitzen, der Stärkere sein? Macht ausüben und Gewalt? Ist da etwas in uns, in mir, was mir den Fuß zucken läßt zum Tritt auf den Schwächeren, wenn der am Boden liegt? Weil wir den Anblick hilflosen Lebens schwer ertragen, vielleicht weil uns das an die eigene Hilflosigkeit mahnt? An unsere Verwundbarkeit, unser Erlöschen? Jedes schwächere Leben eine Beleidigung, ja Bedrohung des Traums vom starken, unauslöschlichen Leben? Vor kurzem hatte sie gelesen, daß die menschlichen Gene von allen Primaten denen des Schimpansen am ähnlichsten seien, der aggressivsten aller Affenarten. Sind wir verflucht zu beidem: zu wissen und zu töten? Wäre dann nicht all unser Bemühen, Kriege zu verhindern, vergeblich?

Katja griff ein paar Kiesel, warf sie weit in den Strom, einen nach dem anderen, eine unstete, flimmernde Spur, die im Wellenschlag verging.

Nein, dachte sie, Unsinn, und ließ einen Weidenzweig durch die Finger gleiten. Nein – jeder kann seinen Teil tun, dieses dünne Häutchen Menschlichkeit zu verstärken. Den Fuß zurückziehen, die Faust öffnen zur Hand, die streichelt.

Ein paar Kinder ließen ihre Drachen steigen. Pfeilschnelle Monster, nur mit Hilfe von Erwachsenen zu bewegen. Die zogen die Schnüre, und die Kinder sprangen um sie herum wie junge Hunde. In wirrem Zickzack schossen die knallig bunten Gebilde hoch, hielten sich schlackernd ein paar Sekunden oben, ehe sie unter dem kreischenden Beifall der Kinder hinabstürzten und wieder gen Himmel jagten.

Katja erinnerte sich an viele Winterabende mit dem Vater, Drachen bauen aus dünnen Leisten, die der Vater zurechtsägte, verleimte und mit dunkelrotem Knisterpapier vom Laden um die Ecke bespannte. Im Frühjahr hatte sie den Gang an die Elbe kaum erwarten können. Den zerbrechlichen Rhombus nach einem schnellen Anlauf im richtigen Augenblick loszulassen, während der Vater Leine gab, darauf kam es an. Nur so stand dann das Fabeltier lange und ruhig hoch oben in der blauen Luft, wenn der Wind schwebend leicht den mit vielen Schleifen geschmückten Flatterschweif kräuselte. Katja glaubte das sachte Rucken der Schnur im Handinnern zu spüren und die Hand des Vaters, die ihre geführt hatte.

Mit wenigen Schritten holte sie den Vater, der weitergegangen war, ein. Sah ihn gegen die Sonne, mager, bekümmert, vom Alter gezeichnet.

»Alles in Ordnung«? fragte sie.

Er nickte. Umständlich zog er ein Taschentuch aus dem Mantel und tupfte seinen Hals, seine Stirn. Als er weiterstapfte, schwang das Fernglas, das er stets dabeihatte, um Vögel zu beobachten, am schmalen Lederriemen auf seiner Brust und bildete mit den Meßgeräten ein Dreieck.

Früher, dachte Katja, haben wir diese Spaziergänge genossen. Früher? Hatten diese wenigen Tage so vieles verändert, daß es eine Zeit davor gab und eine danach? Die Bilder, die sie umtrieben, waren sie überhaupt noch wichtig? Waren die Fotos wichtig? Fotos oder der Vater? Der

Vater, gebrechlich, krank, verstört? Von seinen Erinnerungen aufgestört, am Ende zerstört? Hatte sie dazu ein Recht? Wo es eine Pflicht gibt zu erinnern, dachte sie, muß auch einer ein Recht geben zu erfahren. Ein Recht auf das Erinnern und ein Recht auf das Fragen. Das Erinnern ist keine Schande. War der Vater bereit, sich dem zu stellen? War sie, Katja, bereit, mit ihm die Erinnerung dann auch zu teilen? Wiegt geteilte Schande doppelt? Oder nur noch halb – wie geteiltes Leid?

»Sieh mal«, sagte Katja und zupfte den Vater am Ärmel. Gleich schnurrte eines der Geräte wieder los. Ein Boot schob sich hinter der Landzunge hervor, die braunroten Segel gebläht, schoß es an den kastenförmigen Flugzeughallen vorbei. Doch dem Vater zitterte das Glas in der Hand, er mußte es sinken lassen. Katja sah, wie er seine Schwäche verbergen wollte, und nahm es ihm ab, befreite ihn von dem Lederriemen im Nacken und hing es sich selber um.

»Du hast doch schon genug zu tragen«, versuchte sie zu scherzen. »Gehen wir zum Italiener? Oder machen wir Pause, da drüben?«

Der Vater ging auf die Bank zu. Doch ein junges Paar, verliebt umschlungen, war schneller, und Vater und Tochter wandten sich ab, machten kehrt und setzten sich auf einen Baumstamm, vor Jahren angespült, silbrig und glattgeschliffen vom Meer, dem Strom. Da erst wagte Katja, dem alten Mann wieder ins Gesicht zu sehen. Lächelnd. Ihrem Vater.

Scharf und klar standen ihrer beider Umrisse gegen den Himmel, und ihre Körper warfen einen langen, schwachen vereinigten Schatten.

Er wehrte ab, als Katja ihn auf sein Zimmer begleiten wollte. Wehrte ab, als sie ihm das Fernglas wieder umhängen wollte. »Du hast ja recht«, sagte er, »ich hab genug zu tragen. Und für das, was ich immer noch vor Augen habe, brauch ich das nicht.« Und dann, beinah zaghaft, bat er: »Und morgen? Zur gleichen Zeit? Dann bin ich auch die Geräte los. Was war das übrigens mit dem Foto, das es in dem Buch nicht gibt?«

»Vater«, wich Katja aus. »Laß gut sein.«

»Nein«, sagte der Vater. »Du willst doch wissen, wie es war. Es war dein Wille, zu wissen. Es ist wohl meine Sache, mich für dich zu erinnern. »Ich« – er stockte, eines der Geräte schnarrte, piepste: Error.

»Bis morgen, Katja, liebe.« Die Augen des Vaters tränten. Vom Alter, vom Wind?

»Bis morgen«, wiederholte Katja. Sonst nichts. Katja, liebe, hatte der Vater gesagt. Wann hatte sie das zuletzt von ihm gehört? Der beredte Lehrer war nie ein Mann gefühlvoller Worte gewesen; zuletzt hatte er diese Worte bei der Abfahrt zu ihrer Hochzeitsreise gesprochen, neun, nein beinah zehn Jahre war das her. Katja, liebe. Lieber Vater, sie sagte es nur für sich, nur im Kopf. Es wäre ihr nicht über die Lippen gekommen.

Zu Hause kramte sie das Album aus den ersten Nachkriegsjahren hervor. Fotos von Musbach in Uniform gab es nicht. Da stand ihr Vater, ein ernster, nicht mehr ganz junger Mann, und hielt die Mutter im Arm. Später auch sie, Katja, mit großer Selbstverständlichkeit. Nicht wie die meisten Männer seiner Generation, linkisch und verlegen, als sei zwar die Zeugung ihr Werk, sich mit den Folgen abzugeben aber Frauensache. Nein, sicher und zärtlich hielt der Vater das Neugeborene, und Katja kamen die Tränen. Auf anderen Bildern waren sie zu dritt. Neben dem Vater und ihr auch die Mutter, die widerspenstigen Haare dem Mann zuliebe im Nacken zu einem festen Knoten geschlungen. Jung und zerbrechlich in dem geblümten Kleid mit dem offenen Kragen, der den Hals freiließ, den Hals, um den sie der Mutter, als der die Finger nicht mehr gehorchten, so oft einen Schal geschlungen hatte, um schlaffe Haut und Venenstränge zu verbergen. Das wollte die Mutter bis zuletzt. Schön sein für ihren Mann.

Heute, nach wie vielen Jahren, Jahrzehnten, vermißte sie die Mutter. Schon als sie noch lebte, hatte Katja sich mehr an den Vater gehalten. Nun, da sie diesen Halt zu verlieren schien, bereute sie es, die Mutter vernachlässigt zu haben. Nicht ausgesperrt hatte sie die Mutter aus ihrem Leben; einfach nicht genug zur Kenntnis, nicht wichtig genug hatte sie die Mutter genommen. Ob sie gelitten hatte, so am Rande der Gemeinschaft von Tochter und Vater zu leben? Und wenn – sie hatte sich nie etwas anmerken lassen. Doch wann immer Katja die Mutter erinnerte, empfand sie die Frau von Stille umgeben wie von einem weichen, dämpfenden Tuch. Das vollkommene Gegenteil ihres redegewandten Vaters. Seine Liebe, dachte Katja, war auch eine einzige lange Erzählung gewesen. Und war es noch immer. An den Lippen hängen, dachte sie, nirgends sonst war ihr dieses Bild so treffend erschienen wie im Verhältnis der Mutter zum Vater. Mit ihrem ganzen Wesen hatte diese an seinen Lippen gehangen, an seiner Stimme und dem, was er sagte. Die Mutter kam aus einfachen Verhältnissen. Hans Musbach hatte sie nach dem Krieg bei seinem Vater getroffen, dem sie nach dem Tod der Tante den Haushalt führte. Ihre Familie war im Bombenkrieg verschollen, und sie wußte nicht, wohin. Sie lernte alles von ihrem Hans, mit einer unverzagten Leidenschaft wie andere Tennis oder Klavier. Sogar ein bißchen Latein und Griechisch hatte der Vater der Mutter beigebracht. Katja erinnerte sich an die langen Abende, bevor Anfang der siebziger Jahre der Fernseher angeschafft worden war, um den Hänseleien der Kollegen in der Schule ein Ende zu machen. An diesen Abenden hatte der Vater vorgelesen. Wie verärgert sie gewesen war, wenn die Mutter die klügeren Fragen stellte. Beide, Mutter und Tochter, hatten gefragt wie im Wettbewerb, wollten dem Vater gefallen, süchtig nach seinem Lob. Und der hatte nicht Ruhe gegeben, bis eine von beiden die »richtige« Frage stellte.

IX.

Im Lehrerzimmer traf Katja am nächsten Morgen auf Referendar Walter, Mathematik und Biologie, und Doktor Schöneborn, Englisch und Philosophie, beide hochrot bis in den Kragen. Mühsam beherrscht streckten sie sich die Zeigefinger entgegen, als wollten sie ihre Worte geradewegs in das Herz des anderen stechen.

»Und ich sage Ihnen, die Ausstellung ist völlig einseitig!« tobte Schöneborn. »Eine Verhöhnung unserer Väter. Verbrecher? Mörder sogar? Eine bodenlose Unverschämtheit! Ich weiß, wovon ich rede. Mein Vater ist in Stalingrad gefallen. Ein Verbrecher? Ein Mörder? Das war Hitler. Mein Vater war Soldat. Er wurde eingezogen. Er wurde nicht gefragt. Er sollte Deutschland vor den Russen bewahren. Kommen Sie mir jetzt nicht mit dem Unsinn, daß alle Soldaten Mörder seien! Verbrecher? Mörder? Dieser Unsinn von Tucholsky! Auch die Amerikaner? Auch die israelischen Soldaten? Mörder? Das waren die von der SS. Die Soldaten von der Wehrmacht waren das nicht.«

»Ach wirklich«! Walter bohrte seine Fäuste in die Hosentaschen. »Dann haben die wohl für die Fotos ihre schicken schwarzen Uniformen gegen Wehrmachtsgrau getauscht, die Kappe mit dem Totenkopf gegen ein Schiffchen oder einen Stahlhelm, wie? Fehlt nur noch, daß Sie mir etwas von Fotomontagen erzählen wollen. Das auf den Fotos sind Soldaten, Wehrmacht, ganz normale Männer!«

Katja wurde von Bitterkeit gepackt, so überwältigend, daß es ihr für Sekunden die Sprache verschlug. Zorn schoß durch ihren Körper, eine Welle nahezu physischer Übelkeit. Gewürgt von Wut, wurde sie vor der Torheit bewahrt, den Kollegen mit Sarkasmus in die Parade zu fahren.

Es klingelte zur ersten Stunde. Der Halbkreis der Zuhörer löste sich. Katja stand noch da. »Ganz normale Männer«, hallte es in ihren Ohren wider.

Was wird aus normalen Männern, dachte Katja, während sie in die Klasse hastete, wenn alles aus den Fugen gerät? Gifteten die Kollegen sich nur deshalb so an, weil sie selber nie derartiges hatten erleben müssen? Beide, der junge wie der alte, hatten diesen Ton in der Stimme gehabt, diesen gefährlichen Ton, einen Ton, der töten könnte. Schimpansen, dachte sie, aggressive Schimpansen.

In dieser ersten Stunde vertrat Katja eine erkrankte Kollegin: Bei »Mutter Courage« seien sie gerade, hatte ihr die am Telefon mitgeteilt und »Lass' sie einfach lesen; ich bin morgen oder übermorgen wieder da.«

Katja hatte sich am Abend zuvor noch einmal in das Stück vertiefen wollen, nachdem sie vom Vater gekommen war. Doch seine Worte hatten die des Dichters übertönt, seine Bilder dessen Bilder zu Scherenschnitten erflachen lassen. Wie sie nun die unbeschwerten Stimmen der Jungen und Mädchen vernahm, schien ihr, was sie hörte, doppelt harmlos in seiner besinnlichen Schwarzweißmalerei. Der Dichter neunmalklug in seinem Umgang mit den Figuren, Moral als eine Gleichung ohne Unbekannte. Gewandte Formulierungen ließen keine Frage offen, ja, Fragen wurden gar nicht erst aufgeworfen. Alles schien ihr heute wie ein Puppenspiel. Merkwürdig, dachte sie, dieser neue Blick auf das so vertraute Stück, das ihr als Anti-Kriegsstück sonst so fraglos zur Hand gewesen war.

Doch sie würde die cleveren Monologe der »Courage« nicht unterbrechen, an denen die Klasse offensichtlich

Gefallen fand, würde den Monolog des Feldpredigers – »auch der Krieg hat seine friedlichen Stellen« – nicht kommentieren. Es schien ihr heute alles so schnurrig gehalten, als erzählte er einen langen, faulen Witz.

In der Pause setzte sich Katja nicht wie sonst auf ihren Platz im Lehrerzimmer, ging lieber im Schulhof auf und ab, sah das Gewimmel der Körper und Köpfe, das Durcheinander der Arme und Beine, junge Lebewesen, ihr anvertraut, für ein paar Stunden am Tag. Was konnte sie ausrichten? Was hatte der Vater ihnen einzuprägen vermocht? Der Vater, ein so leidenschaftlicher Lehrer, wie sicher war das Urteil, das er ihr selbst hatte hinterlassen können?

Ihr fiel ein, was der Vater früher einmal erzählt hatte. Lange – so lange – bevor ihn die Begegnung mit der Ausstellung zu sprechen gezwungen, ja gezwungen, hatte. Es war zu Beginn ihres Studiums gewesen. Sie hatte mit dem Vater über seine ersten Semester reden wollen, wie er dazu gekommen war, sich für die alten Sprachen zu begeistern, sie zu seinem Beruf und Leben zu machen. Es sei am Anfang nur der große zeitliche Abstand zur Antike gewesen und die Möglichkeit, fast ohne die Einfärbungen der Naziideologie zu lernen, so der Vater. Sie hörte ihn wie damals: »Du ahnst ja gar nicht, wie gut du es hast, so frei deine Gedanken, deine Vorbilder, deine Ziele wählen zu können. Es gab für mich sonst kaum einen Meter Boden, auf dem uns nicht vorgeschrieben war, wohin wir zu treten hatten. Das war in den alten Sprachen und für die antike Geschichte besser. Die waren so fern, da war man fast frei.« Und sie hatte auch nicht vergessen, was ihr Vater nach einem längeren Zögern hinzugefügt hatte: »Es dauerte lange, bis ich zu einem eigenen Urteil finden konnte. Da war mein Vater, in seinem Denken vom Ersten Weltkrieg, von Versailles, vom Versagen Weimars geprägt. Er war kein

Nazi. Aber er hatte sich doch einiges von denen erhofft und erwartet. Dann war da Hugo und Hugos Vater. Wie sollte ich da durchfinden? All die Einflüsse von HJ und Arbeitsdienst. Es hat lange bei mir gedauert. Die Zusammenhänge begriffen habe ich erst nach dem Krieg. Kogons ›SS-Staat‹ war für mich die Offenbarung.«

Das alles ging Katja durch den Kopf, als sie die Kinder betrachtete. Und sich, in der Freiheit ihrer Gedanken, ihres Lebens. Frei, jede Frage zu stellen. Sich jeder Frage zu stellen. Wirklich jeder Frage?

In den Pappeln, die den Schulhof begrenzten, hatte sich ein Luftballon verfangen. Der Wind zerrte vergeblich, dann sah Katja, ja sie glaubte es zu hören, wie er zwischen den Zweigen zerplatzte.

Die »Courage«, die »Ästhetik des Widerstandes«, Livius, die Geschichten des Vaters ... Seit er zu erzählen begonnen hatte, war sie mißtrauischer geworden gegenüber Wörtern und Sätzen. Seine Wörter hatten ihr ins Gesicht geschrien. Aber können Wörter überhaupt Schrecken hervorrufen? fragte sie sich wieder. Rufen nur die Taten unsere Gefühle hervor oder auch die Wörter über die Taten?

Und ist nicht jedes ästhetische Heraufbeschwören von Grauen, Schrecken, Schmerz zwangsläufig auch seine Verharmlosung? Wird der Schrecken nicht um so genießbarer, je vollkommener die Wörter ihn heraufbeschwören? Schrecken in Schönheit aufgelöst. Wie bei der »Courage«? Trug nicht auch der Vater, je besser er erzählte, dazu bei, daß sie bereitwillig, ja gerne und gespannt, zuhörte? Wie hatte sie die Bücher von Levi, Kertész, Drach, Semprun, Adler, Klüger und vieler anderer gelesen? Mit Neugier? Empathie? Beidem? Trüge nicht auch einer, der von diesen Gesprächen zwischen Vater und Tochter schriebe, dazu bei, das Leiden, den Schmerz, den Krieg selbst, erträglicher zu machen? Ist nicht alles Erzählen am Ende nur dazu da, das Erlebte für das Leben, für die Zukunft erträglich zu machen?

Musbach war spät eingeschlafen und erwachte aus einem kurzen, heftigen Traum. Er sah sich – war es wie auf einem der Fotos im Buch? – am Rande einer Gruppe von Soldaten stehen, müde, abgekämpfte, verzweifelte Gestalten. Ein Mann in der Mitte, grellweißes Hemd im explodierenden Licht. Die Gewehre erhoben, auf ihn gerichtet. Aber Musbachs Ruf: »Halt, halt!« hatte ihm die Kehle gewürgt. War er mit diesem gequälten Schrei erwacht? Erst in den Geräuschen des Morgens schlief er wieder ein.

Der böse Traum ging ihm nach. Das Frühstück auf dem Zimmer und ein kurzer Morgenspaziergang, nachdem er die Meßgeräte im Arztzimmer abgegeben hatte, vermochten ihn weder zu beruhigen noch abzulenken. Er suchte das Bild seines Traums, wußte, was er im Traum gesehen hatte, und konnte es doch nicht zurückgewinnen. Gewiß war es nicht eines der Bilder im Katalog. Sein Traumbild schien ihm schrecklicher als diese mörderischen Augenblicke, diese Zehntelsekunde Belichtungszeit, weder Leben noch Tod, nur eine hauchdünne Zeitspanne, ein Klick, dazwischen.

Sein Nachtbild war Leben und Tod zugleich gewesen, Himmel und Hölle, ein Weg, ein Gang, Strecke, nicht nur Moment. Arme, noch ausgebreitet, im gleißenden Licht einer nächtlichen Szene; ein dunkles Grauen um diesen einen Mann zwischen Leben und Tod. Sekunden aufgeblendeten Lebens vor der Ewigkeit. Nicht der erste und nicht der letzte, der fallen würde. Goyas Bild war ihm aus der Tiefe der Erinnerung aufgestiegen: »Die Erschießung der Aufständischen«, der Aufständischen gegen die napoleonische Besatzung. Irgendwo mußte er noch eine Kopie der dazugehörigen Radierung aus »Los Desastres de la Guerra« haben, jenes furchtbaren Bildes »Y no hay remedio« (Da hilft kein Mittel mehr).

Nie hatte er vor einem Gemälde länger verharrt als vor der »Erschießung«, damals, vor vielen Jahren im Prado. Das und das Bild und sein Traum gingen ihm nicht aus dem Kopf.

Musbach sah auf die Uhr. Katja war noch in der Schule. Kurzentschlossen griff er zum Telefon und bat die Sekretärin, seiner Tochter auszurichten, sie möge den Besuch bei ihm auf morgen verschieben. Er war froh, das Haus ungesehen verlassen zu können. Emil sortierte die Post, und die anderen waren schon beim Essen. Nur raus. Weg. Egal wohin.

Draußen fuhr – wie im Krimi – ein Taxi vorbei, dem Musbach nur winken mußte; zur Mönckebergstraße, ihm fiel nichts Besseres ein. Beim Rathaus stieg er aus, das verdruckste Heine-Denkmal empfand er unverändert als Zumutung; er konnte sich an die schwächliche Skulptur dieses mutigen Dichters nicht gewöhnen. Der Platz war wieder mal mit Buden vollgestellt, darüber eine Wolke von Bratwurst- und Fischfett, ranzigem Öl, saurem Wein, akustisch verstärkt mit »Anton aus Tirol«. Stuttgarter Wochen.

»Hasse mappa ssent?« Vor ihm stand ein junger Mann, der Musbach seine linke Gesichtshälfte, von einer blauroten Geschwulst bedeckt, buchstäblich unter die Nase hielt. Verschreckt griff der in die Rocktasche, wo er stets Münzen parat hatte, und ließ ein paar Stücke in die hingestreckte Hand fallen, jeden Kontakt mit der schmuddligen Gestalt vermeidend.

Weiterschlendernd labte er seine Augen längst schon wieder an Alsterseglern und weißen Villen im Grünen, doch das entstellte Gesicht ging ihm nicht aus dem Sinn. Die Ränder so scharf, die Farben so kraß glänzend auf der wächsernen Haut. Natürlich! Musbach schlug sich vor die Stirn, doppelt verärgert: über das falsche Spiel und daß er drauf reingefallen war. Das Mal war künstlich! Daß er das nicht gleich erkannt hatte! Am liebsten hätte er sein Geld zurückgeholt; er gab gern und großzügig, doch nur denen, die sich etwas einfallen ließen, irgend etwas taten, und wenn sie auf dem Kamm bliesen. Dasitzen und die Hand aufhalten, galt nicht und Betrug erst recht nicht. Mißmutig trat er nach einem Steinchen. Sein Knie! Na gut, seufzte er, ironisch, fast versöhnt, besser im Gesicht ein bißchen künstliche Farbe zum Abwaschen als lebenslang ein echtes Andenken. Aber da stand ja Theodor! Langes, gelbes Gesicht, schwere Augenlider unter hochgewölbten düsteren Brauen, von einem Gummi straff nach hinten gezogenes Haar, die schlackrige Gestalt im rotverwaschenen Overall mit schwarzem, zerfranstem Seidenschal: ein heruntergekommener Mephisto. Als er Musbach erkannte, hielt er mitten in seinen eleganten Improvisationen inne und intonierte »La Paloma«, seine Melodie für Stammkunden. Theodor der Teufelsgeiger. Vor vielen Jahren hatte Musbach den damals kaum Zwanzigjährigen von der Straße holen wollen: Sie haben doch Talent! Er war gescheitert. Theodors Entscheidung billigte er nicht, aber er respektierte sie. Jedesmal schob er ihm einen Schein in die Tasche, nie ohne zu fragen, ob er etwas für ihn tun könne. Doch Theodor ließ als Antwort stets nur Papageno ein paar Takte aus der »Zauberflöte« zwitschern.

Das alte Viertel war kaum verändert. Nach dem Referendariat hatte Musbach nicht gezögert, die Lehrerstelle in

Hamburg anzunehmen. In Berlin, mit all den Uniformen der Alliierten, den Vorschriften und Beeinträchtigungen, war der Krieg für ihn nie richtig zu Ende gewesen. Hier fühlte er sich frei, und der kühle Ton der Hanseaten kam seiner Abneigung gegen jeglichen Überschwang entgegen. Hier in Hamburg war Katja geboren. Hier hatte er als Familienvater und Lehrer ein Leben nach Maßstäben geführt, die er aus seinen Antiken auf sich zugeschnitten hatte: die Stoiker, Seneca, Marc Aurel, hin und wieder ein Schuß Epikur. Ein beherrschtes Glück. Glück aus der Beherrschung des Unglücks. Gerdas Grab in Niendorf besuchte er selten; Musbach liebte Friedhöfe nicht. Hatte er am Totensonntag sein immergrünes Gebinde niedergelegt, fühlte er sich jedesmal dem eigenen Tod ein Stück näher. Hugos Stein ließ er pflegen, hatte aber die Stätte nie wieder besucht.

Scheinbar ziellos war Musbach umhergeschlendert und stand plötzlich vor seiner alten Wohnung. Im zweiten Stock zur Straße hin war das Wohnzimmer gewesen, daneben das Eßzimmer; seine Bibliothek, Schlaf- und Kinderzimmer gingen im hinteren Teil auf den Kanal hinaus. Der vordere Balkon, großzügig und nach Süden gelegen, war vor allem von Gerda genutzt worden. Musbach hatte sich auf dem kleineren, nach Norden gelegenen eine Traumwelt eingerichtet, Gegenwelt zu seinen Antiken. Aus Holz und Glas hatte er eine Art Treibhaus gezimmert und tropische Pflanzen heimisch gemacht. Keine nervösen Seltenheiten; robust mußten sie sein und wild, wuchernd, strotzend grün. Züchten oder veredeln war nicht seine Sache. Dafür fehlte ihm die Geduld. Die brauchte er, um in seinem Garten Eden, wie er die paar Quadratmeter nannte, immer neue Tierstimmen erklingen zu lassen. Besonders Vögel. Hier ließ Musbach das Chaos los. Habichtschrei und gackernde Hühner, Papageienkreischen, Rabengekrächz, Entenschnattern, der Warnruf des Hähers, Spatzenspott und Nachtigallen wurden gekreuzt, gepaart, Paradies ohne Grenzen. Sogar Raubtiere zähmte er auf seine Tonbänder, die er mit Hilfe eines Technikers vom nahe gelegenen NDR-Landesstudio zusammenschnitt. Fauchen, piepsen, jaulen, zirpen, heulen, keuchen, tirilieren. Anfangs beschwerten sich ein paar Nachbarn, andere waren entzückt, besonders Kinder, die zu Musbach gingen wie in den Zoo. Eisbären, Löwen, Affen. Onkel Musbach konnte alle heranlocken und dazu Geschichten erzählen, daß man lachen mußte oder sich gruseln und nicht wußte, was schöner war. Erst als Katja, dem Teenager, dieses Treiben des Vaters vor ihren Freunden peinlich wurde, verlor Musbach die Lust an den Exoten und beschränkte sich auf gelegentliches Abspielen der heimischen Vogelwelt. Aber das wurde ihm bald langweilig.

Musbach schüttelte lächelnd den Kopf, ließ seine Augen über die Fassade wandern. Ein Atlas rechts, einer links trugen vereint die Last des vierstöckigen Hauses auf ihren Schultern. Kaum Gardinen, man hatte nichts zu verbergen. Kronleuchter hingen von den Decken oder Halogenbirnen an dünnen Drähten, Bücherregale noch immer, Bilder. Der Vordergarten, nun ja; er war Musbach stets ein Dorn im Auge gewesen, so einfallslos, Gras, Rhododendron, ein schmächtiges Röschen; hier war niemand zuständig.

Musbach wollte schon weiter, als ein Windstoß durch die Bäume fuhr und ihm eine Kastanie vor die Füße rollte. Seine erste in diesem Jahr. Musbach bückte sich begierig – ganz Vorfreude auf die seidige Glätte der Frucht an seinen Fingerspitzen – und schob sie beiseite. Griff nach dem gelben, glänzenden Metallstück, nicht größer als eine Diskette, wie sie Katja für ihren PC brauchte. Doch die Platte war in das Pflaster eingelassen, saß fest auf einem Kopfstein. Musbach ging in die Knie. Und entzifferte:

HIER WOHNTE HELENE HERZ GEB. HEYMANN JG. 1881 DEPORTIERT 1941 MINSK ???	HIER WOHNTE SALOMON HERZ JG. 1870 DEPORTIERT 1941 MINSK ???

»Stolpersteine«. Musbach hatte davon gelesen; auch daß in einem Hamburger Vorort die konservative Partei gegen das Verlegen solcher Steine zunächst protestiert hatte. Er fand diese Aktion des Kölner Künstlers hervorragend, weit bedeutsamer als das Labyrinth von Betonstelen in Berlin. Günther Demnig gab den Opfern ihre Namen zurück, Schrift, unauslöschlich in Messing geprägt, und er machte keinen Unterschied zwischen Juden, politisch Verfolgten, Zigeunern, Homosexuellen, Zeugen Jehovas oder Euthanasieopfern.

Musbach sah diese Steine zum ersten Mal. Vor seinem alten Haus. Hier waren sie also auch abgeholt worden. Hier, die sechzigjährige Frau und ihr einundsiebzigjähriger Mann, aus ihrem gutbürgerlichen, so lange sicheren Leben – jedenfalls bis dreiunddreißig. Hatten sie Kinder gehabt? Enkel? Was war aus denen geworden? Musbach kannte die Bilder: gutgekleidete Menschen, kluge sensible Gesichter mit gepflegtem Handgepäck auf dem Weg in den Tod. Jetzt sah er sie herauskommen aus diesem Haus, aus seiner Wohnung, den dunklen, engen Korridor entlang, im Überzieher er, sie, den Pelz zusammenhaltend, mit eingenähtem Schmuck im Saum. Noch kann der Mann ihr den

Koffer abnehmen, ihren Ellbogen stützen, wenn er ihr den Vortritt läßt. Dann fällt die Wohnungstür ins Schloß. Das konnte man doch hören. Dann die Treppe hinunter, Stiefel und Poltern. Das hatten doch alle gehört. Dann kracht die Haustür. Dann die Kommandos. Das hatten doch alle gehört! Der laufende Motor, das Fallen der Ladeklappe: Einsteigen, Hopphopp! Das hatten doch alle gehört! Jetzt zerrt man den alten Mann die hohe Ladefläche hinauf. Sie hinterher. Jetzt kann er seine Gefährtin nicht mehr beschützen. Nie mehr. Dann knallt die Klappe zu. Der Motor heult auf. Abfahrt. Das hatten doch alle gehört. Und wenn dann die Möbel abgeholt wurden, die Wohnung leerstand: das hatten doch alle gesehen! Davon gewußt.

Wie viele solcher Steine Musbach an diesem Nachmittag noch entdeckte, er zählte sie nicht. Viele waren es, eine bedrückende Spur, eine Spur der Steine, Spur der Sterne Davids; die Stadt, das Land wurden neu vermessen, eine neue Landkarte, Wegweiser zu lebendigem Erinnern.

Eine Patenschaft für einen solchen Stolperstein wäre eine gute Sache, dachte Musbach; er würde das mit Katja besprechen.

X.

Neben einer gemurmelten Begrüßung und dem kurzen Austausch über den Arzt – wo blieben die Meßergebnisse? – wechselten Vater und Tochter nur wenige Worte. Katja kannte die aufstörenden Vierecke auf den Bürgersteigen, auch die Arbeitsgemeinschaft »Neuengamme« ihrer Schule plante an einer Verlegung von Stolpersteinen in Eppendorf teilzunehmen. Doch dann schienen die mahnenden Plaketten vergessen, Musbach wieder von der eigenen Vergangenheit gejagt. Katja verkroch sich in ihre Jacke, als ob sie fröre.

»Wir waren, glaube ich, bei Hugo«, begann er. »Oder?«

Mit aller Mühe mußte sie den Wunsch unterdrücken, aufzuspringen, wegzulaufen, sich die Ohren zuzuhalten oder dem Vater den Mund. Nur nicht zurück in diese kalten, toten Orte der Vergangenheit, nicht so bald, nicht jetzt.

Aber in den Zügen des Vaters hatte sich schon der Schmerz gesammelt, der dem vertrauten Gesicht wieder etwas Maskenhaftes, Unpersönliches verlieh. Eine Maske, die schützte und bloßlegte, versteckte und offenbarte zugleich.

»Danach wurde ich nachts von Gedichten und Liedern heimgesucht, die ich als Pimpf begeistert aufgesagt oder gesungen hatte.« Der Vater schloß den Mund, öffnete nur die Lippen und zischte durch die Zähne, zischte die Zeilen heraus, als stünde er unter einem Bann:

»Einer muß das Signal zum Angriff geben
Und die Fahne hoch in den Himmel heben!
Trommel und Fahne reißen mit,
keiner wird müde, jeder hält Schritt!
Keiner dabei, der den Führer verläßt!
Lacht, Kameraden, unser Tod wird ein Fest!«

Katja spürte, wie sich ihr die Haare im Nacken hoben. Selbstmordattentäter! durchzuckte es sie. Sie wagte nicht, sich zu rühren. Saß starr, als der Vater mit wütend krähender Stimme zu singen begann, einer Stimme, die einem anderen, jüngeren zu gehören schien, der nichts mit diesem alten Mann zu tun hatte:

»Deutschland, sieh uns,
Wir weihen Dir den Tod als kleinste Tat.
Grüßt er einst unsere Reihen,
Werden wir die große Saat!

Es lag schon lang ein Toter«, bellte es aus dem Vater, »vor unserem Drahtverhau.« Er brach ab. Dann tonlos »Ich bin ein deutscher Knabe und hab die Heimat lieb …«

Die nächsten Worte gingen in Keuchen unter, eine gekeuchte Melodie, Gekrächz, da erst schüttelte Katja ihre Panik ab, rief »Hör auf!«, nahm ihn bei den Schultern und brachte ihm ein Glas Wasser. Als habe er Mühe, dem Gesicht, das sich über ihn beugte, einen Namen zu geben, sah der Vater sie an. Tastete nach ihrer Hand, die das Glas umklammerte.

»Verzeih mir«, sagte er.

»Trink«, sagte die Tochter.

Der Vater ergriff das Glas. Als sie ihn zu umarmen versuchte, blieb der alte Mann steif im Sessel sitzen.

»Hab keine Angst«, bat er. »Ich muß noch ein Stück weiter. Weiter zurück. Zurück? Nach vorn? Laß mich nicht allein!«

Die Tochter umfaßte seine Schulter, aber Musbach wehrte ab, wie einer die Aufforderung zur Rast abweist, fürchtend, die Reise dann nicht mehr fortsetzen zu können; jetzt, noch so weit entfernt vom Ziel, durfte er Müdigkeit nicht zulassen.

»Nun war es umgekehrt. Die Russen griffen an. Und wir, wir wichen zurück. Mir war das einerlei. Was heißt schon kämpfen? Zwei Rudel Bestien belauern einander. Sich verteidigen vor der Vernichtung. Der Feind, das war der Tod. Ich fürchtete ihn nicht mehr. Aber die Angst vor der blutigen Verstümmelung, einem lebendigen Tod, die blieb. Der Freund, das war das Leben. Ich hatte meinen Freund verloren. Ich war allein. Wie nie in meinem Leben. Mit Hugo war ich seit meiner Kindheit zu zweit gewesen und hatte immer diese Kraft gespürt, zu zweit zu sein. Geborgen in der Gewißheit, getragen von der Kraft, zu zweit zu sein. Nun war ich allein. Und trotzdem machte ich weiter: Er oder ich. Schoß, duckte mich.

Gräben an Straßenrändern überquellend von gefallenen Russen, nur nicht hinsehen. Wenig weiter liegen im selben Graben reihenweise deutsche Soldaten unter ihren Zeltbahnen; die erstarrten Füße schauen hervor. Nur nicht hinsehen. Überall schaufelt man Gruben. Nur nicht hinsehen. Gallertartige Pfützen tauen auf, dunkelrot, ölig; wo der blaue Himmel sich in ihnen spiegelt, schimmern sie ins Violette: Blutlachen, von Menschen, von Pferden, russisches Blut, deutsches Blut. Blut. Nur nicht hinsehen. Nicht denken. Nur weiter. Weiter.

Und doch! Die Gesichter! Immer noch da. Weiß, hart, Leidfalten um den Mund, Zornfalten zwischen den Brauen. Oder das unechte Lächeln eines plötzlichen Todes.

Einer von unseren Neuen … da liegt er, entspannt, auf dem Rücken, erst als ich sein Hemd aufknöpfe, seh ich den feinen Splitterriß in der Haut über dem Herzen. Liegt da, als schliefe er mit offenen Augen, als denke er nach und begreife nicht, was mit ihm geschehen sei. Das war der Augenblick, der Anblick, der unseren Pater, unseren Pater Franz, um den Verstand brachte. »Dem hier ist auch Gott nicht gewachsen!« schrie er. Zum Teufel schrie er, schrie zu ihm um Gnade, wenn Gott kein Erbarmen mehr kenne. Schrie und fluchte zum Himmel und drosch auf alles ein, was sich ihm näherte, unser sanftmütiger Pater Franz.«

Der Vater leerte das Glas erschöpft in einem Zug.

»Dann kam der letzte Kampf. Mein letzter Kampf.«

Die Tochter hob den Kopf: »Dein letzter Kampf? Du bist doch erst im Mai fünfundvierzig zurückgekommen, hat Mutter immer erzählt. Wir sind im Frühjahr zweiundvierzig, oder?«

Der Vater nickte: »Und der Krieg ist noch längst nicht vorbei. Auch für mich nicht. Aber wie sollte ich das damals wissen?

Es war ein Nachtkampf. Das Dunkel von zitternden Magnesiumkugeln erhellt; scheinbar unendlich lange schwebten sie an winzigen Fallschirmen über uns. Der Lärm. Nachts stärker noch, bedrohlicher als tags. Lärm, der auf die Haut platzt; Gedröhn bis ans andere Ende der Welt; Getöse, das für nichts anderes Raum läßt. Explosionen, die sich auf deine Trommelfelle pressen, das Gehirn betäuben. Vögel flattern irr, ziellos, stürzen in die Gebüsche und wieder hervor, Hasen, Kaninchen rasen umher zwischen Erdfontänen und Schlammpilzen, Mäuse fliehen mit gesträubten Nackenhaaren in unsere Löcher, Bäume, noch kahl, vibrieren mit ausgestreckten Ästen und schrien. Alles schrie. Das Weinen hatte man uns Jungen austreiben wollen, ›hart wie Kruppstahl‹, aber der Schrei war stärker als wir. Alles schrie. Es schrien die Bäume, die Tiere, die Sträucher, die Farben der Morgendämmerung, die Farbe der Erde schrien zum Himmel. Nur der war stumm. Der Himmel war stumm und ist es für mich geblieben.«

Der Vater schwieg. Lange saßen sie so, Vater und Tochter. Wortlos. Das Tuten eines Dampfers wie Trost. Der grüngerippte Bezug des Sessels wie Trost. An einem einsamen Strand sitzen, dachte Katja. Auf einem Stein und über dem Meer das Gesicht des Vaters sehen wie auf dem alten, verwackelten Foto, wo er mich auf dem Arm hält. Das junge, vaterstolze Gesicht, der beinah lächelnde Mund und der klare, zuversichtliche Blick.

»Ich spürte«, begann der alte Mann stockend, »einen Schlag gegen die Schulter, einen gegen den Kopf, ein sengendes Feuer im Bein, von der Ferse bis zum Oberschenkel und erwachte erst wieder, als es schrie. Schreien erfüllte den Raum. Es kam, wie ich erst allmählich merkte, aus meinem eigenen Mund. Es schrie, und wer schrie, konnte froh sein, denn er war ja noch am Leben.«

Der Vater begann zu zittern. Ganz leicht, kaum eine Bewegung, als durchführe ihn ein schwacher elektrischer Strom. Er spürte wieder jenen Würgegriff um den Schädel, den tödlichen Druck vom Nasenbein her; wie eine Säure fraß sich die Angst noch einmal in seine Bauchhöhle und die Verzweiflung, mit der sich damals sein Leben, sein einziges, eigenes Leben zum ersten Mal als verlorenes zu erkennen gegeben hatte.

Wieder versuchte Katja, den Vater in die Arme zu nehmen, und diesmal ließ er es geschehen. Blieb sitzen und lehnte seiner Tochter, die vor ihm stand, den Kopf auf den Bauch, wie es Kinder tun, wenn sie zur Mutter gelaufen kommen. Katja beugte sich zu ihm und küßte ihn mit einer neuen, gerade entdeckten Zärtlichkeit, einer über sich selbst erstaunenden Zärtlichkeit, einer Zärtlichkeit, die sich selbst noch nicht recht traute. Vorsichtig, nur den Kragen des Jacketts, ein paar Millimeter Nackenhaut streifte sie. Lange verharrten sie so. Einmal, sie war noch klein, war sie nachts aufgewacht von einem Schrei. Verschreckt lief sie ins Schlafzimmer der Eltern. Die Mutter hielt den Vater in den Armen. Das war doch sonst immer umgekehrt! Die zarte Frau preßte den Körper des Mannes an die Brust, und sie ließ ihn auch nicht los, um ihr, Katja, zu helfen. Schweigen bedeutend, wies sie das Kind aus dem Zimmer. Nie hatte Katja nach diesem Schrei zu fragen gewagt. Die Mutter nicht und erst recht nicht den Vater. Später hatte sie sich glauben gemacht, sie habe geträumt.

Der Vater stand auf, nahm die Tochter bei der Hand und führte sie zu ihrem Platz am Fenster zurück; freundlich und sorgsam, als helfe er ihr bei Regenwetter über eine Pfütze.

»Ich hatte ja Glück«, fuhr er ruhig fort. »Ich hatte ja Glück. Der Stahlhelm hatte dem Granatsplitter standgehalten, aber das Schulterblatt war in Stücken und das rechte Bein aufgerissen bis übers Knie. Ich hatte Glück. Ich wurde rausgeholt aus dem Verhau. Ich wurde geholt. Manchmal mußten Verwundete auch einfach liegenbleiben; zu gefährlich.«

Der Vater kippte die Pupillen nach oben, bis man fast nur noch das Augenweiß sah. Aber er sprach weiter, kaum vernehmbar: »Da finde ich im Graben Unterschlupf. Da steht ein Panzer vor mir, nicht mehr als zwanzig Meter vor mir. Ich krieche in dem Graben fort von dem Panzer, und da liegt einer, ohne den einen Unterschenkel. Er fleht mich an, ihn mitzunehmen. Ich krieche weiter, über ihn hinweg.

Der Graben viel zu schmal für zwei. Zu niedrig. Nur für einen. Er oder ich. Ich oder keiner von uns.«

Katja spürte, wie ein Schrei in ihr aufquoll, ihre Kiefer sich verkrampften, den Geschmack von Metall auf der Zunge, wie riecht Blut? Menschenblut?

Schweigend füllte sie dem Vater das Glas, ungelenk, nichts mehr war selbstverständlich, nicht einmal den Hahn aufzudrehen. Der Vater trank, verschluckte sich, hustete. Katja klopfte ihm den Rücken wie einem Fremden. Das Telefon klingelte. Kopfschüttelnd sah sie der Vater an. Sie nahm den Hörer ab und legte wortlos auf. Erleichtert ließ sich der Vater zurücksinken.

»Ich hatte Glück. Man schleppte mich gleich in ein sogenanntes Verwundetennest, wo wir in Deckung lagen, notdürftig versorgt. Seit Jahrtausenden werden die Kriegswerkzeuge perfekter, aber die Art und Weise, wie sie mit Verwundeten umgehen, die ist noch immer dieselbe: Man schleppt sie raus, beiseite; wenn es geht. Entscheidend war, daß man es zum Hauptverbandsplatz schaffte, den Transport erst mal überstand. Der war oft so primitiv – in den Napoleonischen Kriegen kann es nicht primitiver gewesen sein.

Die Deutschen waren auf Sieg eingestellt. Sieg oder Heldentod. Den Heldentod sterben, den Opfertod, wie es bei Ernst Jünger heißt, ›die selbstlose Hingabe an ein Ideal bis zum Opfertod‹. Das sagt sich leicht. Und singt sich noch leichter. Warum singt man wohl nicht vom weggeschossenen Kiefer, zum Beispiel. Oder vom ›Krönleinschuß‹! Auch so ein Wort: Wenn die weiche Kopfdecke aufgerissen, der knöcherne Schädel zertrümmert wird, das Großhirn meterweit umherspritzt! Warum reimt man nicht auf Bauchschuß, Hirnschuß, Lungenschuß? Herzwandsteckschuß, Milzschuß, Hoden-, Blasen-, Mastdarmschuß? Nicht auf

Verwundungen, Verstümmelungen. Einen sah ich, der schnitt sich seinen Unterschenkel, der nur noch lose an Hautfetzen hing, mit einer Schere ab.

Wieder zu mir kam ich erst im Feldlazarett, in einer Scheune, etwa dreißig Kilometer hinter der Front. Von dort in einem Lazarettzug in die Gegend von Minsk. In Papiersäcke gepackt, in denen auch Kartoffeln transportiert wurden. Und Tote. Darüber Decken. Geschichtet lagen wir da, etwa so wie heute in den Liegewagen, nur viel enger. In den Lazaretten ging die Schlacht weiter. Ich war vor Schmerzen halbverrückt, schrie, stöhnte, bettelte um Spritzen. Noch konnte man großzügig sein mit Schmerzmitteln und Morphium, und wenn du das einmal gespürt hast, diese teuflisch göttliche Wirkung einer Morphiumspritze, dann schreist du nicht mehr nur vor Schmerzen, du schreist auch nach der Spritze.

Alles Menschenmögliche tat man, uns wiederherzustellen. So gut wie unversehrt. Für ein neues Spiel um Leben und Tod.

Un-ver-sehrt!«

Der Vater spuckte die Silben einzeln aus wie Unrat, wie Gift.

Als er aufstand und die Tochter beim Arm griff, zuckte sie kaum merklich zurück. Wie leicht es war, einen Menschen beim Arm zu greifen, aufzustehen, zu gehen, aufrecht, gelassen, ein paar Schritte zur Tür, wie selbstverständlich zu sagen: »Bis morgen.« Womöglich sogar noch: »Schlaf gut.«

Einfach im Graben liegengelassen hatte der Vater den Mann; einfach liegenlassen, kreiste es in ihrem Kopf, einfach liegenlassen, liegenlassen, als sie den Flur entlanglief, die Treppen hinunter, an dem Arzt vorbei, der sie anrief;

sie wollte nichts hören. Draußen schlug ihr ein Windstoß erste Tropfen ins Gesicht; gierig reckte sie sich dem Regen entgegen, als könne er die Worte abspülen, einfach liegenlassen, ihr Bild vom Vater fortwaschen. Vom Vater? Ein junger Mann war da durch den Graben gekrochen, ein junger Mann in Todesangst, ich oder keiner von beiden. Und der andere? Für ihn ein Fremder. War das wichtig? Ja, es war wichtig. Hätte der Vater auch Hugo liegengelassen? Hätte Antigone, die ihren Bruder begrub, wissend, daß sie mit dem Leben zahlen werde, auch einen Fremden begraben?

Katja schüttelte sich, als könnte sie so die Gedanken verscheuchen, ihr Verstehen verscheuchen. Es war nicht nur das Verständnis, das sie verscheuchen wollte, es war die Absolution. Die Vergebung. Was der Vater erzählte, war nicht nur ein Ausweichen. Er brauchte diesen Umweg auf seiner Wanderung zu ihrem, Katjas, Ziel: seiner Antwort auf die Fotos der Ausstellung. Würde sie auch das verstehen? Verstehen können? Verstehen müssen, wenn sie dem Vater weiterhin eine Tochter sein wollte?

Konnte jemand, der nicht dabeigewesen war, jemals den Vater verstehen? Begreifen? Blieb ihr nicht alles, was der Vater erzählte, nur Wissen, nur der Versuch einer Vorstellung? Selbst, wenn sie sich vorzustellen bemühte, sie kröche durch einen dreckigen eisig-schlammigen Graben, zwanzig Meter vor ihr ein Panzer – aber da stockte sie schon. Hatte sie jemals, außer auf Fotos, im Kino, im Fernsehen, Panzer gesehen? Ja, einmal, nachts auf der Autobahn, als Raupenschlepper Panzer ins Manöver transportierten.

So etwas hätte zwanzig Meter vor ihr gestanden, zwanzig Meter, kaum weiter als von der Wandtafel bis zum anderen Ende des Klassenraumes. Und da kroch sie nun, und da lag eine Kollegin, irgendeine, aus einer anderen Schule, schwerverletzt – halt: wie sah ein Schwerverletzter aus? Auch das kannte sie nur von Bildern, kurz eingeblendet in Krimis. Sicher auch von Kriegsfilmen; aber die hatten Katja nie interessiert.

Eine schwerverletzte, junge Frau also hatte sie sich vorzustellen. Katja versuchte es, sie wollte es fühlen, wollte diese verwundete Frau erleben, ihre Nähe spüren, ihr Flehen hören. Aber das Bild in ihrem Kopf blieb ein Bild, stumm, geruchlos. Unscharf.

Es regnete nun in dichten Fäden, die der Wind zusammenzwirnte, auseinandertrieb, ihr ins Gesicht; sie spürte es wie eine Erquickung. War blindlings aus dem Haus gerannt, weg von den Lagerhallen, der Haltestelle, stromabwärts, über die regenglatten Kiesel, den von Tropfen aufgestachelten, dann nässeschweren Sand, die windgepeitschten Weiden entlang, zu dem Stamm, wo sie mit dem Vater gesessen hatte. War das gestern gewesen, vorgestern, vor einer Woche, vierzig Jahren?

Sie ließ sich auf das Holz sinken und griff nach der blankgespülten Rundung.

Sie konnte, nein, sie wollte sich eine schwerverletzte junge Frau nicht vorstellen, auch nicht sich selbst in einem Graben, in Todesgefahr, sträubte sich nachzuempfinden, was der Vater hatte leben, erleben, bestehen müssen.

Der Wind trieb die Wellen ans Ufer, wo sie weit ausschwangen, in immer schwächeren Bögen, kunstvoller Verdünnung, wie alles, dachte sie, was über diese Zeit zu erzählen ist, in studierten Sätzen endet, in kunstvoller Verdünnung, in Handschrift und Druckbuchstaben. Aber unablässig wie die Wellen, der Wind, müssen wir weitererzählen, müssen wir es uns vorstellen, uns im Vorstellen üben, auch wenn Bilder und Sätze das Ereignis nie erreichen, vielleicht sogar wegdrängen. Uns, dachte Katja, bleibt nichts übrig, als Bilder und Sätze für die so lange vergangenen Erfahrungen der Väter und Mütter zu nehmen und dann doch ohne jede Ahnung dazustehen, wenn ein einziges Bild uns zwingt, das Gelesene, das nur Gehörte zu erleben, als seien wir dabei.

Einen Glücksstein werfen wie früher, dachte sie, stand auf und balancierte zwischen den schlüpfrigen Kieseln auf den Weg zurück. Drauf spucken und mit geschlossenen Augen über die linke Schulter werfen und sich etwas wünschen, das man keinem verraten darf.

Jugendliche und Kranke mit Herzfehlern, Schrittmachern und vegetativer Dystonie wurden von den Betreibern gewarnt und aufgefordert, die Internetseiten, die Katja an diesem Abend aufrief, zu meiden. Fotos von Verwundungen und ihre exakte Beschreibung, Fotos von Waffen und das Abbild ihrer Folgen. Der Vater hatte sein verletztes Bein immer verborgen gehalten. Sogar im Schwimmbad ließ er den Frotteemantel erst am Beckenrand fallen und streifte ihn, kaum aus dem Wasser, gleich wieder über. Nur selten hatte sie als Kind einen Blick auf das vernarbte Fleisch tun können, nur verschwommen erinnerte sie den Wulst überm Knie.

Die Bilder hier waren klar, die Beschreibungen nicht minder.

> »Diese Bewegung ist so gewaltig, daß die Diaphysen der großen Röhrenknochen, also ihr harter Mittelteil, ohne vom Geschoß selbst berührt zu sein, brechen können. Wenn diese mit Mark, also einer Flüssigkeit, gefüllten Knochen getroffen werden, kommt es, da der Knochen zersplittert,

> zu äußerst schweren Verletzungen. Knochensplitter fliegen als Sekundärgeschosse weiter, vergrößern die anfängliche Zerstörung weiter. Die Zertrümmerungszone kann mehr als zehn Zentimeter messen. Solche Verwundungen waren in den Weltkriegen nicht eben selten. Fünfundachtzig Prozent der deutschen Schwerverwundeten des Zweiten Weltkrieges sollen Knochen- und Gelenkschüsse aufgewiesen haben.«

Seite um Seite, Sätze, Bilder, ohne Pause, lesbare, sichtbare Spuren dieser Macht der Verstümmelung. Die Sprache der Medizin. Die Sprache der Waffentechnik. Keine Sprachkunst wie bei Peter Weiss, keine Farbenpracht eines Schlachtengemäldes, keine Armeen in Technicolor mit großem Orchester. Nur Fakten.

Und doch: Katja fühlte, wie schnell man sich daran gewöhnen kann. Wie schnell sich nach dem ersten Schock, der ersten Empörung Langeweile einstellt, egal, was man sieht; wie nach einem Glas Rotwein und noch einem Taubheit sich einstellt, als hätte man auf seiner Bestürzung zu lange gestanden wie auf einem Bein. Dennoch konnte sie von den greulichen Zeichen nicht lassen.

Die starren Bilder starrten sie an. Stilleben. Stilles totes Leben.

Bilder, kein Blut.

Aus dem Schlaf fuhr sie hoch, hörte einen Schrei, ihren Schrei, den Schrei des Vaters, den Schrei der Sterbenden. Zitternd, als habe eine heiße Wunde sie geweckt. Erst eine Schlaftablette brachte ihr Ruhe.

XI.

Nachdem Katja so erregt an ihm vorbeigerannt war, hatte der Arzt Hans Musbach gleich aufgesucht und den alten Mann, zusammengesunken, Kopf auf den Armen, vor seinem Schreibtisch gefunden. Der Blutdruck so hoch, der Puls so unregelmäßig, daß der Arzt ihm sofort eine Spritze gegeben und Betablocker verordnet hatte. »Wir müssen experimentieren«, sagte er, »das richtige Medikament finden, die richtige Dosierung.«

Morgens hatte Musbach noch einmal eine Spritze bekommen und wirkte nun seltsam entfernt, die Stimme schwach, seine müden Gesichtszüge gespannt, als lausche er angestrengt seinen eigenen Worten hinterher.

Dem Vorschlag der Tochter, ins Kino zu gehen, mochte er nicht folgen. In der Tat ein etwas abenteuerlicher Gedanke. Mitten am Tag ins Kino, nicht um einen bestimmten Film zu sehen, sondern einfach so, bunte, bewegte Bilder, Bilder mit der Tröstungskraft von Gummibärchen. Für Kinder. Zu jeder anderen Zeit hätte Musbach einen solchen Vorschlag mit ironischem Erstaunen abgelehnt, wohl auch ein passendes Zitat aus antikem Vorrat für derlei Zeitverschwendung bereit gehabt. Heute schüttelte er nur den Kopf. Er wollte weiter.

Katja spürte noch Rotwein und Schlaftablette. In der Schule hatte sie einen Aufsatz schreiben lassen und sich, Lektüre vortäuschend, hinter ein Buch zurückgezogen. Wie mochten die Schüler das Aufsatzthema anpacken: »Ist die Freiheit manchmal auch den eigenen Tod wert?«

Eine ungewöhnliche Diskussion war dieser Stunde vorausgegangen. Routine und vielleicht auch – eine willkommene Entschuldigung? – Überlastung hatten sie den »Stoff«, den »Wilhelm Tell«, fast ohne eigene Vorbereitung beginnen lassen. Die Freiheitsgeschichte der Schweiz, das Joch des Feudalismus, der Gessler-Hut des Tyrannen, der mutige Held Tell, die Lehre von der Verantwortung des einzelnen in der Tyrannei. Es war Bettina gewesen, die Jüngste, Kleinste und Unerschrockenste der Klasse, die sich nach einigen, in festen Gleisen verlaufenen Unterrichtsstunden mitten in der Debatte um den Apfelschuß – hätte Tell das tun dürfen? Hatte seine Frau Hedwig nicht recht? – gemeldet hatte: »Frau Wild, können wir nicht mal ehrlich über den Tell reden? Muß das immer so'n Heldenschmus sein?« Und ohne ihre Antwort abzuwarten, hatte die Kleine losgelegt: »Was war denn das für ein Held, dieser Wilhelm? Klar, der Mann ist hilfsbereit. Wenn einer fliehen muß oder fast ertrinkt – der Tell ist schnell. Aber wo's gegen den Tyrannen geht, da haut der doch erst mal ab! Lesen Sie doch noch mal hier, wo die anderen sich gegen Gessler verbünden wollen, was sagt der Tell? Er will nach Hause! ›Mein Haus entbehrt des Vaters. Lebet wohl.‹ Und wenn die ihn bitten, zur Verabredung zu kommen, sagt dieser mutige Herr Tell: ›Die einz'ge Tat ist jetzt Geduld und Schweigen.‹« Doch nicht etwa: »Immer dagegen, aber immer dabei!« war Katja durch den Kopf gegangen. So hatte sie diesen Freiheitskämpfer noch nie gesehen.

Die Klasse war begeistert. Besonders die Mädchen, als Bettina schließlich ihren Trumpf zog: »Die Helden im Tell, das waren doch zwei Frauen. Hedwig, Tells Frau und Mutter des kleinen Apfel-Tell, die das Leben über alles hält, und natürlich Gertrud, die Frau des zögerlichen Stauffachers. Wenn der die Gefahren und Schrecken des

Widerstands abwägt gegenüber Pein und Schande der Unterwerfung, dann« – und hier deklamierte Bettina, sie hatte sich inzwischen mit ihren rot-grünen Sneakers auf den Stuhl gestellt, mit schriller Stimme:

»Gertrud: Sieh vorwärts, Werner, und nicht hinter dich!
Stauffacher: Wir Männer können tapfer fechtend sterben.
Welch Schicksal aber wird das Eure sein?
Gertrud: Die letzte Wahl steht auch dem Schwächsten offen:
Ein Sprung von dieser Brücke macht mich frei!«

Wie genau erinnerte sie sich dieser Diskussion, und sie war, dem Vater gegenübersitzend, ganz bei ihrer Klasse. Ein feministischer Aufstand unter Teenagern! Katjas Gesicht mußte sich zu einem Lächeln erhellt haben, als sie den Vater vernahm: »Hörst du mir überhaupt zu?«

Verwirrt sah Katja auf: »Ja, natürlich, was denkst du!«

»Also in Berlin war ich. Genesungsurlaub.« Der Vater fuhr fort, seine Stimme so unbewegt, ohne Anteilnahme am Inhalt dessen, was die Worte sagten, daß Katja erst recht Mühe hatte zu folgen.

»Wie in einem falschen Stück kam ich mir vor, wie Bäumer aus Remarques ›Im Westen nichts Neues‹. Den haben die Nazis ja auch verbrannt.

Ich fand mich kaum zurecht, Berlin war eine fremde Welt. Da stand ich am Fenster zum Hinterhof; auf einem langen ausrangierten Tisch, in der Mitte von einem Seil geteilt, spielten zwei Jungen Tischtennis. Ich sah dem leichten, behenden Spiel mit dem weißen Bällchen zu, sah, wie die Kugel hin und her sprang, sogar den scheppernden gleichförmigen Klang konnte man bis herauf zu uns hören. Dann holte einer der Jungen kaum sichtbar aus und knallte den Ball auf die Seite des Gegners. Der schrie wütend auf.

Sehr hübsch das alles, dachte ich, aber was soll ich hier! Ein Radio wurde angestellt, und schon wieder, auch in Berlin: ›Auf der Heide blüht ein Blümelein, und das heißt Eeerikaaaa.‹ Ich machte das Fenster zu. Und obwohl ich doch geradewegs aus einem sauberen Bett kam, ergriff mich ein Heißhunger auf Sauberkeit. Was an mir heil geblieben und nicht von Verbänden bedeckt war, weichte ich ein; schabte, putzte und scheuerte mich wie einen jahrzehntelang verdreckten Gegenstand. Es half nichts. Ich blieb mir fremd. Mir und den anderen.

Mein Vater und die Tante waren alt geworden. Besonders die Tante. Nach einem Luftangriff hatte sie tagelang jedem Satz ›Nicht schon wieder, nicht schon wieder‹ angehängt, mechanisch. Beruhigungsmittel dämpften ihre Angst, wenn es dunkel wurde. Einmal wäre mein Vater beinah angezeigt worden, weil er einem Juden, der nach einem Herzanfall auf der Straße zusammengebrochen war, Erste Hilfe geleistet hatte. ›Haben Sie den Stern nicht gesehen!‹ hatte ihn der Polizist angeherrscht, und mein Vater hatte ›doch‹ gesagt. Und ›ich bin Arzt.‹ Da ließ man ihn laufen. Der Vater hatte nun auch die Nase voll. Dabei war er doch anfangs vor dem Radio so begeistert mit den deutschen Truppen erst in Wien, Prag, Danzig, dann in Paris einmarschiert!«

»Also hast du das mit den Juden doch gesehen?« unterbrach Katja.

»Ja sicher. Das ja. Und nicht nur in Berlin. Vier Monate nachdem wir in Rußland eingefallen waren, gab es in Berlin die ersten Massendeportationen. Das konnte ich damals in Rußland natürlich nicht sehen. Aber die Schilder, die gequälten, entwürdigten Menschen, die hatte ich in Berlin ja schon vor 1941 gesehen; das hab ich dir doch auch erzählt. Trotzdem: in meinen Träumen, draußen in den Löchern, da habe ich mir mein Berlin immer wie in den Kindertagen vorgestellt. Ohne Hakenkreuze, ohne Braunhemden, ohne diese Schilder. Aber jetzt: noch mehr Schilder! Überall Schilder: Kuchen an Juden und Polen: Verboten. Telefonieren: Für Juden verboten! Parks: Für Juden verboten. Der deutsche Wald: Für Juden verboten. Schwimmbäder: Für Juden verboten. Leihbücherei: Für Juden verboten. Zeitungen und Zeitschriften: Verboten. Bücherkaufen: Verboten. Einkaufen: nur nachmittags zwischen vier und fünf. Zigarren und Zigaretten: Verboten. Öffentliche Verkehrsmittel: Für Juden verboten: Rundfunkgeräte: Für Juden verboten. Eier und Milch: Für Juden verboten. Führerscheine: Für Juden verboten. Soll niemand sagen, er habe das nicht gesehen und nicht gewußt! Jeder konnte, ja, mußte zunächst die Ächtung, dann die Mißhandlungen und dann die Deportationen sehen! Nur was dort, wo die Züge endeten, wirklich geschah, das wußten die wenigsten. Sogar das Internationale Rote Kreuz haben die Nazis einmal mit Theresienstadt getäuscht. Und Auschwitz haben die Alliierten noch 1942 nicht geglaubt – nicht für möglich gehalten. Du weißt das ja.

Das war nicht mehr mein Berlin. Das war nicht mehr mein Zimmer. Nicht einmal mehr meine Bücher waren das. Und mein Vater? Stumpfte sich mit Arbeit ab. Floh in die Müdigkeit. Hatte sich sogar freiwillig gemeldet, fuhr nach seinen Praxisstunden ins Militärkrankenhaus Buch.

Und die, die ich von früher kannte? Die Studienkameraden: eingezogen. Die Professoren? Die alten Lehrer? Sie waren entweder verstummt, machten sich höchstens noch verstohlen durch die Blume klassischer Zitate erkennbar oder waren von mir enttäuscht. Ich war zurückgekommen ohne jedes sogenannte Ehrenzeichen. Nicht mal ein Verwundetenabzeichen konnte ich vorweisen; das mußte ich noch bekommen. Aber erst mit einem Orden warst du wer, nicht nur beim Militär. Auch an der sogenannten Heimatfront.«

»Na und«, fiel ihm die Tochter ins Wort. »Was waren denn die Orden anderes als eine Auszeichnung für Mord?«

»Du machst es dir schon wieder zu einfach«, zürnte Musbach. »Die Nazis wußten, was sie taten, wenn sie für alles und jedes einen Orden parat hielten, irgendein Abzeichen. Wer konnte nicht im Dritten Reich alles einen Orden kriegen! Bestechung bis zum Mutterkreuz.

Am ehesten fühlte ich mich bei Hugos Eltern zu Hause. Die Mutter sagte nichts, als sie mich sah. Zog mich in ihre Arme, und ich fiel auf die Knie in ihren Schoß und heulte, bis ich spürte, wie ein Beben durch ihren Körper lief und auch ihr die Tränen kamen, verzweifelt und still, und ich sie nun in meine Arme nahm.«

Musbach schloß die Augen. Das Licht fiel durch die dünne Schale der Lider auf die Netzhaut, Sonnenlicht, das von dem offenen Fenster gerahmt wurde; hinter den Lidern verwischten sich die Ränder der Dinge, flossen Schatten und Farben ineinander, ohne sie ganz auszulöschen, alles in helles Kupfer getaucht. Er schloß die Augen ein wenig fester und sah nur noch, was die Erinnerung ihn sehen ließ. Mehr und doch weniger als die Wirklichkeit. Er preßte die Augen zusammen, und das helle Kupfer der wirklichen Welt wetteiferte nicht länger mit der Welt seiner Vorstellungen. Unbewegliches Sonnenlicht erschuf eine Welt hinter seinen Lidern, die sich vor langer Zeit vor seinen Augen bewegt hatte. So hatte er auch damals gesehen und nicht gesehen zugleich, stundenlang in Hugos Zimmer, in jenem Sommer, vor einem Menschenalter.

»In Hugos Zimmer war ich nicht mehr allein. Konnte ihn mir Stunde um Stunde, Stück für Stück hinzufügen, als hätte Hugo mit seinem Tode alle Möglichkeiten seines unvollendeten Lebens auf mich übertragen.

Verließ ich das Zimmer, verließ mich auch dieses Gefühl, halten konnte ich es nicht. Aber hier, in seinem Zimmer, hörte ich wieder seine spöttische Stimme, sah in sein eigensinniges Gesicht, die Anspannung seines nervösen Körpers, spürte auf mir den Blick seiner furchtlosen Augen, die Augen eines Skeptikers, der die Wirklichkeit dreht und wendet, bis sie jede Eindeutigkeit verliert und in vielen Facetten schimmert. Wie viele Seiten hat ein Ding? So viele, wie wir Blicke dafür haben. Innen und außen. Ja, Hugo, mein Skeptiker, war im Grunde seines Herzens ein Romantiker gewesen, einer, dem der eine Blick auf die eine Wirklichkeit nie genügt hatte. Du hast es gesehen, das Reclambändchen, den ›Taugenichts‹, ich habe das bei mir getragen den Krieg hindurch, in den Frieden und den Frieden hindurch bis heute.

Hier in den Regalen standen neben den Heiligen seines Verstandes – Marc Aurel, Seneca, Sokrates, Kant – die Heiligen seines Herzens. Wilhelm Hauff, der Bergassessor Novalis, Eichendorff und Mörike, E.T.A. Hoffmann und seine Phantastereien. Sie waren für ihn die Antwort auf Isaac Newton und die Naturgesetze. Sie rückten ihm das Wunderbare wieder in sein Recht, wo die Wirklichkeit der Liebe, des Glücks und die Schönheit herrschen. Die Romantik war für ihn das große Veto gegen das Einmaleins der Vernunft. Ihr himmelblauer Klingklang hatte ihm nichts vormachen können. Die scheinbar so tröstlichen Märchen taten ihm verzweifelte Krisen kund, Nöte im Leben von Menschen, die den Gesetzen einer anderen, besseren Welt gehorchen müssen und als Tolpatsche durch unsere Welt, die wissenschaftlich gesicherte Welt, stolpern, stürzen und straucheln, bis eine gütige Wundermacht sie errettet. Hugo brachte Aufklärung und Romantik zusammen, Eichendorff war für ihn nicht denkbar ohne Kant. Wenn du ihm gesagt hättest, die Romantiker seien die Vorläufer Hitlers gewesen, ich glaube, er hätte dich verdroschen.«

Die Tochter unterbrach den Vater nicht. Sie wußte längst, daß er sich wieder flüchtete, flüchten mußte, wenn die Gefühle ihn zu überwältigen drohten. Hugo. Was hätte sie darum gegeben, Hugo kennenzulernen, dem Bild des Vaters das ihre hinzufügen zu können. Doch dann konnte sie ihren Einwand nicht zurückhalten. »Die Nazis haben aber doch romantische Gefühle mißbraucht, traditionelle romantische Bedürfnisse der Deutschen befriedigt. Oder? Fackeln, Lichtdome, Thingspiele, die gefühlige Musik – war das keine Romantik?«

»Versatzstücke, ja«, erwiderte Musbach. »Zuckerguß fürs schlichte Gemüt. Tarnung einer technokratischen Moderne ohne Ethik. Damit hatte Hugo nichts zu tun. Aber ihm hatte keine Wundermacht geholfen. Die unmenschliche Wirklichkeit der technischen Welt war stärker. Am Ende hatte sie ja sogar Hugo zu ihrem Werkzeug gemacht. Hugo ...«

Der Vater brach ab, zog die Aufschläge seines Jacketts zusammen, als hätte ihn ein kalter Luftstrom getroffen.

»Ich wußte nun auch, warum mir die Stadt so fremd geworden war. Mir fehlte Hugo. Mein Alter ego. Mein Gegengewicht. Mein Schutzschild. Mein Hüter. Mein Bruder. Ich ertrug das alles nicht, so allein, den Sonnenschatten unter den alten Kastanien des Tiergartens, die heiteren Blicke der Mädchen, leichtfüßig-pastellfarben in ihren Sommerkleidern, Kunstseide, Crêpe de Chine, Brokatesse, grün plissiert, blauer Himmel, hellrot gestreift über harmlosem Menschengedränge in den Straßen, das gelbe Licht in den Wermutgläsern beim Kranzler am Kurfürstendamm. Ich wollte nicht wahrhaben, daß einem die Liebe nicht vergehen will, die Liebe zum Leben; aber wenn ich diese Paare sah, sorglos an einer Haltestelle, auf einer Parkbank, vor einer Kinokasse, sah ich auf einem Kopfkissen auch seinen Kopf, einen blaugefrorenen Kopf mit grünen Augendeckeln.«

Vater und Tochter schwiegen. Draußen bellte ein Hund. Ein Besucher mußte ihn mitgebracht haben; das Haus erlaubte nur Fische und Vögel. Der Hund scharrte an einer Tür, wurde liebevoll schimpfend weitergezogen.

»Ich will auch nicht viel mehr von diesem Urlaub erzählen. Nur eines noch. Hugos Eltern, die wahrlich nicht im Verdacht nationalistischer Deutschtümelei oder gar einer Nähe zu den Nazis standen, liebten Wagner, Hugos Mutter sogar noch mehr als ihren verehrten Verdi. Sie sahen mit Zorn, daß Hitler diese Liebe zu teilen schien. ›Aber Schäferhunde und Vegetarier können ja auch nichts dafür‹, suchte Hugo spöttisch zu trösten.

Wie vieles andere hatten sie ihre Begeisterung auf Hugo übertragen und der auf mich. Wenn ich nun lese, daß Daniel Barenboim Wagner sogar wieder in Tel Aviv aufgeführt hat – wenn auch mit Widerspruch –, denke ich, Hugos Eltern hatten recht mit ihrer Treue zu Wagners Musik, auch wenn der wirklich widerlich antisemitische Pamphlete geschrieben hat.

Der Plattenspieler stand in der Töpferwerkstatt seiner Mutter, und wir verabredeten uns dort zu ›Tristan‹, zu den ›Meistersingern‹ oder zum ›Parsifal‹ wie zu einem Konzertbesuch. Hier konnte man laut aufdrehen. Jedenfalls lauter als in einem Berliner Mietshaus.«

Zum ersten Mal, seit der Vater erzählte, erkannte Katja in dem jungen Mann der Erinnerungen ihren Vater wieder. Seine Stimme, sonst unauffällig norddeutsch gefärbt, ließ wieder jene vollen Vokale des Berliner Dialekts aufklingen, leicht nur, aber unüberhörbar für das Ohr der Deutschlehrerin. Katja lächelte.

Der Vater suchte ihr Lächeln zu erwidern, ein schmerzliches Hochziehen der Mundwinkel. Seine Augen sahen Hugo, das verklärte Gesicht eines Skeptikers, der sich seiner Tränen nicht geschämt hatte, wenn Hans Sachs die Fliederarie sang, Gurnemanz die Karfreitagserzählung, Isolde den Liebestod, Brünnhilde Siegmund sein Ende kundtat.

»Wir sollten das Fenster schließen«, bat er und rieb die Hände gegeneinander, »es wird kühl«, und wartete, bis Katja sich wieder gesetzt hatte.

Es fiel ihr leicht, zu begreifen, wovon der Vater jetzt sprach. Auch sie liebte Wagner. Sie hatte erst spät zu ihm gefunden. Sein Antisemitismus und die Nazis hatten ihr den Weg lange verstellt.

»Weißt du noch?« fragte der Vater, und die Tochter wußte gleich, woran er dachte. Mit ihr war der Vater nach Bayreuth gefahren, als er endlich nach jahrelangem Warten zwei Karten bekommen hatte. Mit ihr. Nicht mit der Mutter. Wie war sie eingetaucht in die »Walküre«! Beinah auswendig konnte sie das Wotans-Gespräch mit Brünnhilde, so innig, so nah. »In eig'ner Fessel fing ich mich, ich Unfreiester aller«, bekennt Wotan, »der Traurigste bin ich von allen!« Sieht in der Tochter ein Teil seiner selbst, die Erlöserin. Und Brünnhilde: »Zu Wotans Willen sprichst du, sagst du mir, was du willst; wer bin ich, wär ich dein Wille nicht.« Soviel zärtliche Einheit.

Früher hatte der Vater, wenn sie wieder einmal gar zu ungebärdig störend um ihn herumsprang, gelegentlich eine

Platte gespielt. Dann war sie auf seinen Schoß geklettert, die Beine rechts und links um ihn herum, Füße hinterm Rücken zusammen. Bauch an Bauch, ihr Gesicht an seiner Brust. Meist schlief sie ein, dann trug der Vater sie ins Bett, wo sie sich am nächsten Morgen beschämt die Augen rieb, weil es ihr wieder nicht gelungen war, bis zum Schluß mit den Großen wach zu bleiben.

Dem Vater ging der »Parsifal« über alles. Wolfram von Eschenbachs Epos stand neben der »Odyssee«. Dieser Tor, schuldig aus selbstgenügsamer Unwissenheit, der umherstreifen muß, bis er reif ist für die wichtigste Frage, die Menschen einander stellen können: »Woran leidest du?« Erst da kann er Amfortas erlösen – und sich.

»Erlösung dem Erlöser.«

Hatte sie diese Worte gesprochen? Der Vater? Hatten ihrer beider Gedanken sie zu dem gleichen Satz geführt?

Die ersten Takte erklangen, der Vater hatte eine seiner Platten, immer noch die alten LPs, aufgelegt. Solti mit den Wienern, sie erkannte es gleich. Wie immer nahmen die weichen, gleitenden Töne der Oboen und Flöten, der Klarinetten und des Englisch Horn, die einander umspielten, auseinanderklangen und sich wieder fanden, Katja den Atem, lösten die Angst. Wotan und Brünnhilde: Liebe, Nähe, Vertrautheit. Wotan, der seine Schwäche, seine Verfehlung, seine Schmach gesteht. Und Brünnhilde nimmt mit der Liebe und dem Vertrauen auch die Bürde des Vaters an.

Laut mußte die Musik nicht sein, die Töne nur Andeutungen, Wegweiser für das Gedächtnis der Lauschenden. An den nahezu mystischen Klang im Festspielhaus, aber auch an andere Aufführungen, in München, Berlin, Hamburg. An die Werkstatt von Hugos Eltern.

Draußen klapperte Geschirr. Der Vater sah die Tochter fragend an. Die schüttelte den Kopf. Auch sie wollte weiter.

Musbach hob die Nadel von der Platte und goß sich ein Glas Wasser ein. »Viel trinken, hat mir der Arzt befohlen«, sagte er mit einem Anflug von Belustigung, zog die Schublade seines Schreibtischs auf, holte ein Kästchen hervor. Den zerlesenen Zettel von Hugo, erkannte Katja gleich. Der andere trug eine fremde Handschrift.

»Das möchte ich dir anvertrauen«, sagte der Vater. »Es ist ihr letzter Brief, Weras Brief, ich habe dir ja schon von ihr erzählt.«

»Wera?« staunte Katja »Ich denke, deine Schulfreundin hieß Barbara.«

»Barbara, natürlich.« Der Vater griff sich an die Stirn. »Barbara, aber ja.« Und dann geschah etwas, was die Tochter noch niemals bei ihrem Vater erlebt hatte: Der Vater wurde rot.

Staunend verfolgte sie dieses Erröten und schaute weg, als hätte sie den Vater bei einer intimen Verrichtung überrascht; auch fürchtete sie sich vor noch mehr fremdem Leben, das hinter diesem Erröten verborgen sein mochte.

Musbach beugte sich unter den Tisch, tastete nach dem Splitter in seinem Knie, rieb mit gewohnten Bewegungen um die Verknorpelung herum, wartete, bis der Blutwelle im Kopf ein Gefühl der Kühle folgte, dann erst richtete er sich wieder auf.

Ja, er würde von ihr erzählen, von Wera. Alles, was er in diesen Tagen erinnerte, führte auch hin zu ihr.

»Barbara, natürlich«, sagte er wieder auftauchend. »Mein Knie.

Also: der Brief. Sie hatte ihn zu Hause in Berlin der Tante für mich abgegeben.«

Zögernd streckte die Tochter die Hand aus, zog sie zurück, ließ sie sinken. Schüttelte den Kopf.

Doch der Vater schob ihr den Brief noch ein Stück weiter

entgegen. »Lies – ich bitte dich. Auch das gehört dazu. Ich wäre nämlich am liebsten einfach abgehauen, so wie Freßfriese, als ich das gelesen hatte. Aber wohin?«

Widerstrebend nahm die Tochter den Brief an sich.

Es war ein dicker Brief. Und der Kühlschrank wieder fast leer. Erleichtert sah Katja, daß sie die zweite Flasche Rotwein kaum angerührt hatte. Sie zog die Füße unter die Wolldecke, versuchte es sich gemütlich zu machen wie vor einer langen Kriminacht. Nach dem zweiten Schluck gestand sie sich ein: Angst. Vor zuviel Nähe. Zuviel Einblick. Vor zuviel Einsicht.

Der Brief begann ohne Anrede, als brächte die Schreiberin nur den Teil eines langen Monologes zu Papier. Die Handschrift rund und deutlich. Das weiße Papier kaum vergilbt, die Tinte kräftig blau wie eben erst geflossen.

»Seit du an der Front bist, sehe ich auf einmal nur noch Todesanzeigen in den Zeitungen. Auf dem Felde der Ehre gefallen … Felde der Ehre, der Erde hatte ich mich verschrieben. Fremde Erde. Kann das ehrenvoll sein? Und gefallen? Wer von den Hunderttausenden wäre je wieder aufgestanden? Gefällt müßte es wohl heißen. Es war furchtbar, dich in Uniform zu sehen. Du kamst mir vor wie ein Sträfling. Die halbe Stunde, die wir noch hatten, bevor der Zug ging. Ich hatte damals schon alles auf der Zunge, was ich dir heute schreibe; wie scheußlich ich das alles finde, unsagbar gräßlich und verbrecherisch. Aber da warst du schon so weit von mir, obwohl du, nur durch deine Uniform getrennt, bei mir standest. Ich konnte dich kaum ansehen. Was hätte ich tun sollen, als du, gebückt unter deinem ungeheuren Gepäck, mit schweren Schritten, steif in der neuen Uniform, dem Mantel, neben mir auf dem Bahnsteig gingst. Da warst du ja schon nicht mehr bei mir.

Da warst du schon bei diesen Männern mit ihren aufgekratzten Witzchen. Hätte ich mich an dich klammern sollen, schluchzen, betteln, schreien sollen: Bleib! Mich an dich hängen, wie die eine junge Frau, als eine Art weiteres Gepäckstück oder so; und er, der Beheulte, klopfte ihr den Rücken, sah über sie hinweg die anderen Männer an mit einem Ausdruck höchsten Stolzes: Seht her, so sehr werde ich geliebt. Ja, wenn wir alle, alle hunderttausend geschrien hätten: Nein. Bleib hier. Es muß doch gar nicht sein! Ja, was dann ...«

Die nächsten Seiten überflog Katja nur noch. Dieser Tonfall! Betroffenheitsstil, dachte sie, und schon wieder diese Hilflosigkeit. Ein Aufstand auf Papier. Wo blieb denn die Konsequenz all dieser Buchstabenweisheit? Oder? Katja war vorsichtig geworden mit ihren Urteilen über eine Zeit, die sie nur aus Worten kannte – und von Bildern, natürlich.

Tagelang hatte sie nicht mehr nach ihrer e-mail geschaut. Sie mochte diese stille Post, unauffällig, beiläufig, die es so einfach machte, ohne großen Aufwand Lebenszeichen zu geben und zu erhalten.

Neben Werbung von Supermärkten und Drogerien, den ungebetenen Angeboten von »Hasis«, »Mausis« und »Gabis«, die Katja ungeöffnet wegklickte, war diesmal ein richtiger Brief* dabei, von Jan, ihrem Freund aus New York.

»Dear Katja,

it was so good to hear from you in this dreadful time when my country's leaders have made me so desperately

* Übersetzungen im Anhang

angry and sad and frightened that I hardly dare think about the misery they are spreading on earth. None the less, as you can imagine, Sarah and I and all our friends are out on every protest march here. New York is basically very much against this sick adventure.

Mary at the University of Michigan has been transformed from a teenage shopper into an anti-war organizer and activist. She was even briefly arrested during a protest here in NY. We are of course terribly proud of her, as we are horrified by this president and his corrupt war-mongering cronies. And it is no consolation at all to see every warning we made about the dangers of this conflict come true. No, it makes the grim mess even more disgusting and appalling.

My response has been to devote myself as best I can do to my work. I am writing a light-hearted play about Offenbach, as far removed from killing and hating as can be imagined. I think it is beginning to console me somewhat. Who knows? It may even prove to be quite funny. Judith continues to make her customary magic at the bakery.

We are both thrilled for Joan, who has just won a Fulbright grant to study in Berlin for the next year. She will take violin at the Hochschule there, where Dad studied almost eighty years ago, and do research at the Akademie der Kuenste into his music and that of his contemporaries who were exiled or silenced by Hitler.

So, there is more to life than the madness of this war, thank God. We must cling to that. While resisting of course, always resisting …

Love to you and your father

Jan«

Jan hatte recht. Da ist mehr im Leben als der Irrsinn von Kriegen. Sie schrieb ihm ein langes mail zurück, schilderte die letzten Tage mit dem Vater, ihren Zorn, ihr Mitleid, ihr Zurückweichen und ihr Hingezogensein, Hineingezogensein – und drückte die Löschtaste.

XII.

Die Bibliothek war an diesem Nachmittag für die Schachspieler reserviert. Musbach nutzte die vierzehntägige Chance gern, heute aber erwartete er die anregende Abwechslung mit besonderer Erleichterung. Wie wohl hatten ihm die Regelmäßigkeiten der letzten Jahre getan! Man sollte keine Welt um sich haben, in der die Vergangenheit aufregender wird als die Gegenwart, kommentierte er seine Gefühle, während er den etwas plüschigen Raum betrat.

Einige Tischchen standen bereit, die Stühle schon in friedlicher Gegnerschaft zueinander gestellt. Sie waren immer weniger geworden; die Schachspieler starben hier wohl aus. Frauen kamen ohnehin nie. Er dachte an Katja. In ihrer Generation war das schon anders. Fortschritte.

Musbach war ein wenig früh. Noch allein, schlenderte er an der für ihn recht fremdartigen Ansammlung von Büchern entlang. Alphabetisch – offenbar immer wieder vergeblich – geordnet, konnte man hier alles mögliche aufstöbern. Von Ambler bis Wallace, von Adenauer bis Zeppelin, von Anouilh bis Zuckmayer, von Vicky Baum bis Ina Seidel. Ein Sammelsurium. Keine Verwandtschaften, ein zufälliges Nebeneinander gebundener Drucksachen, volle Regale, aber keine Bibliothek. Es war gute Sitte, dem Haus seine Bücher zu vermachen, Legate einstiger Lesefreuden. Seine, Musbachs Bücher, das wußte er längst, würden hier keine Nachbarn finden. Also Katja? Oder die Schule? Oder doch der Antiquar?

Er bemerkte erst, wo sein Kopf nun ständig war, als er Buchheims Roman »Das Boot« in der Hand hielt. Abgegriffen, hier oder früher häufig gelesen. Musbach hatte sich für diesen Erfolg der siebziger Jahre nie interessiert; nicht als Roman und noch weniger in der späteren Verfilmung. Kriegsgeschichten. Und diese hier dazu noch als exhibitionistische Heldensaga. Die Rezensionen hatten ihm genügt. Nicht seine Erfahrung, nicht sein Fall.

Er blätterte noch, als Barndorff eintrat, wie immer im Sporthemd, Pullover darüber, Cordhosen. Ehe er den Band in die Bücherlücke zurückstellen konnte, erkannte dieser den Titel und bemerkte trocken: «Doch nicht auch Sie, Herr Musbach.«

»Ich habe nur auf einen Partner gewartet«, antwortete dieser überrascht. »Gut, daß Sie es sind, Herr Barndorff. Sie haben mir übrigens neulich nach dem Gödde-Vortrag sehr wohlgetan. Das wollte ich doch noch mal sagen. Fangen wir gleich an?«

Barndorff war ohne Zweifel der beste Schachspieler im Haus an der Elbe, und Musbach konnte zufrieden sein, wenn es ihm gelang, ein Remis zu erzwingen. Beide Fäuste hinter seinem Rücken, wollte Musbach ihn schon Farbe und Zugfolge wählen lassen, als sein Partner noch einmal auf Buchheims Roman wies: »Lesen Sie wirklich so was? Da wäre ich erstaunt, muß ich sagen! Kennen Sie den Semmler bei uns am Tisch?«

Musbach nickte. Er kannte Semmler wohl. Ein Mann etwa seines Alters, stolz auf seine noch immer dichte und stets lockig gefönte, weiße Mähne und Augenbrauen, die dem Schnurrbart der »Antje« bei Hagenbeck Ehre gemacht hätten. Ein altgewordener Angeber! Aber für die Frauen hier noch immer ein »Kerl«.

»Der Semmler wollte beim Essen schon wieder mit einer

seiner Kriegsgeschichten aufwarten. Der Mann ist in den letzten sechzig Jahren nicht erwachsen geworden. Wenn man dem ein Wort abschneidet, wachsen ihm wie einer Hydra gleich zwei Worte nach. Mein Tisch gefällt mir, aber wegen dieses Semmler könnte ich mich umsetzen lassen.«

Musbach imponierte der präzise Bezug auf die Lernäische Schlange, obwohl ihm Semmler eines Herkules, um die Hydra zu erschlagen, nicht wert gewesen wäre.

»Kommen Sie doch zu uns; an unserem Tisch ist für einen sechsten noch Platz.« Er meinte es ernst. Eine Bereicherung, ohne Zweifel.

»Wissen Sie«, fuhr der solcherart Ausgezeichnete fort, »gerade wenn Sie den Buchheim hier lesen: Das ist doch alles ›männliches Abenteuer‹ statt Krieg. Eine Art Ernst Jünger mit Nachkriegsbremse. Ich kannte mal jemanden, in den sechziger Jahren, der lebte davon, daß er in ganz Deutschland, dem Westen natürlich, Vorträge über seine Erlebnisse als Jagdflieger hielt. Nichts als Abenteuer! Im Fliegerhorst jung und ›schnieke‹, mutig, kein Zweifel, und bei den Mädchen immer obenauf.« Barndorff kicherte verhalten über seine unbeabsichtigte Anzüglichkeit. »Na und entweder sie kamen zurück, dann fast immer unverletzt. Oder sie kamen nicht zurück – aber ihre toten Kameraden sahen die Flieger fast nie. Das war doch bei den U-Boot-Matrosen genauso. Angst hatten die sicher wie wir. Und viel Mut, klar. Da hab ich auch Respekt. Jung, heldenhaft im Selbstgefühl und entweder mehr oder weniger gesund zurück – oder eben tot, ein paar tausend Meter tiefer, im Atlantik. So war der Krieg aber nicht! Mit Verstümmelungen leben müssen, Sterbende im Arm zu halten – das kannten die alle nicht. Deswegen stoßen mich diese Heldengeschichten ab. Auch bei Buchheim.«

Barndorff deutete auf Musbachs Linke, der öffnete seine

Faust: Weiß! Auch das noch, dachte Musbach; natürlich macht der Kerl seine Sizilianische. Also wieder keine Chance.

Das Spiel verlief zunächst zügig. Sie waren allein geblieben, in gespannter Stille. Barndorff spürte, daß Musbach mit der Eröffnung heute besser zurechtkam. Aber es gab da schließlich noch Varianten.

Nun wurden die Stellungen komplizierter, Musbach erkannte plötzlich nichts mehr wieder, mit wenigen Zügen hatte Barndorff die Lage auf dem Brett völlig verändert, Musbachs Erwartungen enttäuscht, seine Strategie durchkreuzt. Die Vorteile, die Musbach bis zur Mitte des Spiels so beflügelt hatten, waren dahin. Im Endspiel schien sich ein zäher Stellungskampf anzubahnen.

Barndorff zog achtlos einen Bauern.

»Sie haben Ihrem Springer die Deckung genommen.« Regelgerecht ein stummes Spiel, keine Rücknahmen, keine unangemessenen Denkpausen – allerdings niemals nach der Uhr – waren höfliche Ankündigungen eines Handstreichs gestattet, Warnungen eines Gentleman.

Barndorff blieb regungslos, den Oberkörper weit zurückgelehnt, die Augen auf das Spielbrett gesenkt, von den Lidern verdeckt. Abwartend.

Musbach ergriff seine Chance und nahm den Springer mit seinem Läufer auf Weiß. Es dauerte dann nur einige wenige Züge. Der Turm, noch immer auf der Grundlinie, machte der Sache ein Ende.

»Matt«, fügte Barndorff trocken diesem letzten Zug hinzu. Die Chance war eine Falle gewesen.

Sie waren beide zu alt, um Sieg oder Niederlage wirklich zu empfinden. Ist das nun ein Fortschritt, dachte Musbach, wenn einem das Spiel wichtiger wird als das Ergebnis – oder Resignation? Oder einfach das Alter?

Sie bedankten sich höflich beieinander. Immerhin, fast zwei Stunden hatten sie zusammengesessen.

Die Figuren waren abgeräumt, und Musbach stellte »Das Boot« zurück, als Barndorff mit einer Kopfbewegung zu dem Buch hinüber noch einmal begann: «Wissen Sie, ich wollte Arzt werden. Da hat man mich kurzerhand zum Sanitäter ausgebildet, und dann vierundvierzig ab nach Rußland.«

Also doch etwas jünger als ich, dachte Musbach. Er hatte sich daran gewöhnt, daß hier Altersunterschiede wieder in Monaten zu rechnen waren.

»Und wissen Sie, wie das war, darüber kann man keine Heldenepen schreiben, nicht mal reden kann man darüber. Wie soll man das erzählen? Na ja, Sie kennen das ja auch, bei der Infanterie. Diese Leute wie Buchheim, die niemals neben den Verwundeten, Sterbenden, Toten einfach weiterleben mußten, diese Star-Krieger in den Jagdflugzeugen und U-Booten, die wissen doch gar nichts von dem wirklichen Krieg. Kein Wunder, daß es über Leute wie mich keine Bestseller gibt. Sagen Sie das Ihrer Tochter.«

Barndorff maß den perfekt gekleideten Partner von Kopf bis Fuß und verabschiedete sich mit einem Schmunzeln: »Ich muß mich ja erst umziehen.«

Musbach ging direkt zum Abendessen. Am Schachtag gab es kaltes Buffet, wegen der unberechenbaren Spielzeiten. Es war noch früh und das Angebot sicher noch nicht geplündert. Wie recht Barndorff doch hatte. Er ärgerte sich über Katja.

Die hatte den ganzen Tag lang den Abend herbeigesehnt. Morgens in den Klassen das Übliche, Routine, dann die Konferenz: War es richtig, noch einmal als Schule an der zweiten Anti-Kriegsdemonstration teilzunehmen? Auch wieder »Routine«? Darüber hatte man mit wachsendem Unmut gestritten, wie auf einer Tonbandschleife wiederholten sich die Argumente, immer bissiger und persönlicher, und schließlich war auch noch der Streit zwischen Schöneborn und Walter in eine neue, schärfere Runde gegangen. Man stellte den Schülern die Teilnahme frei, kein Zweifel, wie die sich entschieden.

Müde, erschöpft warf sich Katja auf die Couch. Doch die Entspannung – der linke Arm ist schwer, schwer, ganz, ganz schwer; schwer, schwer – wollte auch heute, wie an den Tagen vorher, nicht gelingen. Also duschen. Ihr kurzes Haar brauchte nur ein paar Striche mit Bürste und Fön; Katja schnitt ihrem Spiegelbild eine Grimasse, musterte den Kleiderschrank und fuhr dann doch wieder in Jeans und Pullover, tupfte ein bißchen Puder auf die Nase und machte sich auf den Weg ins »Lütte Hus«, wo sich allmonatlich einige Frauen ihres Alters trafen, eine lockere Verabredung, kein Stammtisch, kein Terminzwang. Der Kreis wechselte, man brachte Bekannte mit, und irgend jemand hatte immer was Interessantes zu erzählen.

Im »Hus«, einer kleinen, gemütlichen Kneipe für Nichtraucher und Weinkenner, saßen sie schon zusammen, hinten am Ecktisch, und Margrit Hütter winkte ihr mit weit ausholenden Bewegungen zu. Mittelpunkt heute: Friedel Ganten. Anfangs war sie häufig dabeigewesen, eher scheu und höflich, eine unaufdringliche Zuhörerin, in den letzten Monaten jedoch ein seltener Gast. Katja freute sich, sie gerade heute wiederzusehen. Auch Friedel hatte sich vor einiger Zeit von ihrem Mann getrennt, sogar scheiden lassen, offenbar ohne die geringste Spur von Zorn oder tieferem Bedauern. Als Katja, die selbst ihr Scheitern mit Albert sorgsam für sich behielt, einmal vorsichtig nach Friedels »Bruch« gefragt hatte, war deren Reaktion für sie völlig unverständlich geblieben. »Ach, wissen Sie«, hatte Friedel erwidert, »ein Bruch war das eigentlich nicht. Eher, wie wenn aus einer Leitung kein Wasser mehr fließt. Es war eines Tages einfach irgendwie zu Ende. Bei mir, nicht so sehr bei ihm. Mir war, als ob alle Wegweiser nur noch zurückzeigten: ›Ich erinnere mich noch gut‹, ›Das magst du doch so gern‹, ›Fahren wir Weihnachten zu meinen Eltern oder zu deinen‹. Unsere Zukunft ein einziges ›Weißt du noch‹. Ich war aber erst Mitte Vierzig, und irgendwie hatte ich das Gefühl: das kann's doch nicht gewesen sein. Aber er war nicht schuld. Sicher nicht. Ich weiß nicht, was es war. Es war einfach so. Also hab ich gesagt: Lass' uns doch aus der Mitte des Lebens nicht schon ein Ende machen. Und bin eben gegangen.« Katja hatte ihr damals nicht geglaubt und Friedel bei jedem Treffen mißtrauisch beobachtet. Was machte die schon aus ihrem Leben. Keine Kinder, kein Beruf; das bißchen Verkaufen halbtags in der Boutique, um den Unterhalt aufzubessern. Doch in Friedels Mundwinkel hatte sich kein Vergangenheitskummer eingenistet, im Gegenteil. Ein bißchen runder war sie geworden, gerade soviel, daß man sich einfach an ihrem Anblick freuen mußte, wenn sie durch die Tür kam. Oder dasaß, wie hier zwischen den Frauen, die ihr begierig zuhörten. Australien, hörte Katja Friedels vergnügte Stimme, die ihre Hamburger Herkunft nicht verleugnete, und immer wieder den Namen: Jerry Malone. Friedel hatte ihn erst vor einigen Monaten kennengelernt. Aus der Nähe von Brisbane komme er, ja, in Australien liege das, Eigentümer einer kleinen Kupfermine, vor Jahren einmal in Hamburg bei der Norddeutschen Affi Station gemacht und nun wieder geschäftlich hier. Einfach gefunkt habe es, schwärmte sie munter und unbeirrt wie ein Teenager. Und nun wollte sie mit ihm nach Australien.

Margrit Hütter blieb der Mund offen, als Friedel auf die Frage, wie gut sie den Mann denn kenne und was sie über ihn so in Erfahrung gebracht habe, mit lautem Lachen antwortete: «Na wie gut kann man einen Mann schon nach ein paar Monaten kennen? Aber er ist phantastisch. Ihr werdet ja sehen. Er kommt nämlich nachher.«

Noch nie hatte eine von ihnen die stille Vereinbarung gebrochen: keine Männer in dieser Runde. Jede von ihnen war lange genug als Frau auf der Welt, um zu wissen, daß ein einziger Mann am Tisch genügt, um aus Frauen Evas zu machen. Doch Friedel saß zum letzten Mal mit ihnen im »Hus«, und natürlich war man neugierig. Und wie! Ihr Ex war irgend etwas im höheren Dienst bei der Post, ein netter, eher in sich gekehrter Freund, keiner, der dem Leben einer Frau etwas Wesentliches hinzufügen könnte, nichts Aufregendes, aber auch nichts Übles. Friedel war das eben nicht genug gewesen. Ausgerechnet Friedel! Das dachten alle. Und jede hatte ihr Bild von dem Neuen im Kopf, Jerry Malone: ein Bild von einem Mann. »Wahrscheinlich so ein Beach-Adonis mit Waschbrettbauch, Muskeln wie stramme Taue und sonst noch was …«, gluckste Reni in Katjas Ohr. Doch die hatte nur Augen und Ohren für Friedel. Deren Antwort von damals fiel ihr wieder ein: einfach kein Wasser mehr, keine Liebe mehr in der Leitung. Diese mollige Friedel: was für ein Feuerwerk in dieser eher unscheinbaren Person. Wer hätte das gedacht! Und warum fiel ihr Albert ein, wenn sie von Jerry Malone hörte?

Friedel redete ohne Unterlaß: »… und eine Villa in Brisbane, und wir wollen uns bald ein beach-house an der Küste auf Kap Sandy kaufen. Wir haben ein kleines Flugzeug, das braucht man da wie hier ein Auto, und die Vorschau der Oper in Sydney für diesen Winter kenne ich auch schon; ab und zu mal ein Wochenende da – Mensch, bin ich glücklich, hier rauszukommen!«

Mal rauskommen! Friedels Zukunftsbesessenheit riß mit. Nichts mehr vom vergangenen Sommerurlaub oder letzten Schnäppchen im Schlußverkauf, alles längst vorbei. Ein runder Geburtstsag wurde geplant; die Wohnung würde man renovieren; ein Umzug stand an, wenn auch nur von der Leo- in die Gustavstraße, bitte beim Packen helfen; ein neues Auto könnte man sich leisten; den Wohnwagen verkaufen.

Katja saß still dabei. Ihre Gedanken waren bei Albert. Bei seinem Brief mit den Fotos vom vorletzten Jahr, nein, es mußte das Jahr davor gewesen sein, vor den Briefen unterm doppelten Boden. Danach hatte sie in ihren Ferien Albert bei seinen Ausgrabungen nie mehr besucht. Zum ersten Mal nach seinem Umzug lud er sie nun wieder zu einer seiner Exkursionen ein; die alten Fotos eine Werbung, ein lockendes Weißt du noch?, Erinnerst du dich? Nein, dachte Katja, nicht schon wieder dabeistehen und warten, bis er eine Scherbe ausgebuddelt hat, die ich dann sauberpinseln darf. Wenn schon, dann Malediven oder Seychellen, mal richtig raus, weg, mal was ganz anderes, das wär's.

Katja lächelte, spürte Renis Rippenstoß kaum, die schon eine Weile von ihrem Besuch bei einem Liverpooler »action artist« erzählte und die gewohnte Aufmerksamkeit der Freundin vermißte. Einen »future man« für die nächste documenta plane er, sammle dafür jede Menge »männliche Gegenstände«.

»Auf die Kunst!« Reni hob ihr Glas, doch Katja, als sie ihr zuprostete, sah in die sachten Räume Hammershøis.

Der angekündigte Gast schien vergessen. Doch verbarg sich in der Heiterkeit der Frauen erwartungsvolle Spannung, auch wenn es keine zugegeben hätte, wohl nicht einmal wahrnahm. Das Lachen echt und ungespielt, aber mit dieser Spur von Übertreibung, die einer Generalprobe eigen ist, bevor der Vorhang aufgeht, die Kneipentür aufgeht und der hereinkommt, für den die Frauen etwas ausprobierten, das Friedels Lachen, ihren Mienen und Gesten nahekam. So bemerkte ihn niemand, den Mann, der auf den Tresen zuging und vom Wirt an den Tisch in der Ecke gewiesen wurde. Niemand sah auf, als der rundliche, fuchshaarige Mittfünfziger auf die Gruppe zusteuerte, bis er, ohne rechts und links zu schauen, an zwei Frauenrücken vorbei, sich quer über den Tisch drängte, und, die Arme aufstützend, Friedels Mund zum Kuß suchte, mitten in sein rotgeädertes, braunfleckiges Gesicht. Kein Adonis, kein Waschbrettbauch. Aber strotzend vor Selbstvertrauen.

»Eine Runde für alle, auf meinen Deckel!« winkte Jerry Malone den Ober heran. Er sprach leidlich deutsch, durchsetzt von englischen Brocken, jedes Wort, egal in welcher Sprache, fest bei dem, was er sagen wollte. Dieser Mann konnte sich überall verständlich machen, um zu kriegen, was er brauchte. Friedel saß da, stolz wie eine Mutter, die gerade ihren Erstling eingeschult hat.

Durfte man sie wirklich mit einem solchen Mann losziehen lassen? dachte Katja, aber es war Reni, die es wagte, ihren leisen Zweifel in die Frage zu kleiden, ob sie, Friedel, denn überhaupt jemand kenne, da in Australien. Die Antwort war ein schallendes Gelächter von Malone: »Komische Frage! Bei uns, da mußt du keinen kennen. Da lernst du einen kennen. Typisch europäische Frage. Immer darüber nachdenken, ob schon etwas da ist. Immer darüber nachdenken, was war. Nach-Denken. Das Leben, schöne Frau, fängt jeden Morgen wieder an. Wenn du morgens aufstehst, ist die Welt dir neu.« Jerry Malone hatte die letzten Sätze mit einer Stimme, die an borkige Bäume erinnerte, fast gesungen, und nun nahm er Friedels Hand in die seine mit einer Zartheit, die ihm keine der Frauen zugetraut hätte, und legte sie auf seine grobkarierte Hemdbrust. »Das lassen wir beide jetzt hinter uns, das ganze Gerede von gestern.«

Friedel nickte beseligt. Der Wein kam. Die Frauen prosteten sich schwesterlich zu. Dann auch dem Spender. Ihre Friedel war schon in Australien.

Der Abend wurde noch lang. Jerry Malone führte das Wort, erzählte von der Wildnis in der Zivilisation, von Geld und Erfolg, in dieser Reihenfolge. Wenn auch keine sich selbst neben Jerry vorstellen konnte, ahnten sie, was Friedel bei ihm gefunden hatte. Zum Schluß lud er alle nach Brisbane ein. »Wir sind froh über jeden, der kommt. Nicht nur zu Besuch. Wir haben Platz für alle. Die Neuen sind die Zukunft! Wir Australier kommen ja faktisch alle aus good old Europe. Ursprünglich«, flüsterte er, »meistens aus den Kittchen von England. Die stärksten vermutlich aus dem Londoner Tower.«

Malone war ein guter Erzähler, doch als Katja spät nach Hause kam, hatte sie wieder den Vater und die letzten Tage mit ihm im Kopf.

XIII.

Der Vater mußte ihr die Tür öffnen, als Katja dumpf mit dem Ellenbogen anklopfte. In einer Hand die schwere Aktentasche, in der anderen ein hoch aufgestülptes Paket. Musbach beugte sich schnuppernd über das grüngelbe Papier mit dem goldenen Aufdruck. »Sweat Dreams«, buchstabierte er. »Du bist gut! Was ist denn das – Kuchen?«

»Der beste in Hamburg«, antwortete Katja, »englische Konditoren aus Paris in Eppendorf – du siehst, wir machen Fortschritte.«

Musbach verschwand in der Kochnische, hantierte mit Kaffeebüchse und Meßbecher. Katja beobachtete ihn liebevoll und blätterte im Hammershøi-Katalog. Immer wieder die Frau, seine Frau, mit ihrem weichen, etwas traurigen Gesicht, von hinten, von der Seite, lesend, bei Handarbeiten oder nur als stummer Umriß gegen ein verschwiegenes Licht. Treue, dachte sie, Treue machen diese Bilder aus: zu einem Menschen, zu Räumen, Gegenständen, zu sich selbst, Hammershøi.

Die Espressomaschine fauchte. Katja legte das Buch beiseite, spielte mit dem Vater das Tassenspiel, packte den Kuchen aus. Musbach konnte die Einzigartigkeit der Zitronentorte kaum fassen, und Vater und Tochter redeten wieder einmal unbefangen miteinander. Katja so gelöst. Wie lange war es her, daß er diese Ruhe bei ihr empfunden hatte? Jahre schienen diese letzten Tage zu umspannen.

»Ich denke, wir sollten fortfahren«, sagte Musbach unvermittelt.

Katja zögerte. Wollte sie wirklich wieder zurück in diese Kriegswelt? Viel lieber hätte sie weitergeplaudert, von der Schule, den Nachbarn, von Jan und seiner Familie und natürlich von Friedel und ihrem Australier. Doch nicht einmal ihr ungewöhnliches Interesse am Schach mit Barndorff vermochte den Vater abzulenken. Jetzt war er es, der beharrte.

»Wir waren, glaube ich, noch in Berlin. Der Urlaub ging zu Ende. Das Schlüsselbein hielt wieder zusammen, das Knie war verheilt; was noch drin war, die Splitter, würden sich mit der Zeit verkapseln, sagte der Arzt. Ich kam zu einer Einheit weit hinter der Front in einem Dorf nahe Minsk. ›Rückwärtige Gebiete‹ nannte man das. Minsk war eine zerstörte Stadt. ›Smert‹ las ich auf der Durchfahrt überall auf Plakaten. Tod für die Beherbergung geflohener Kriegsgefangener, Tod für das Verstecken von Waffen, Munition, Radios; Tod für jede Schmähung der deutschen Armee.

Auf dem Vormarsch manchmal Blumen, und jetzt begrüßten uns die Sprengkommandos der Partisanen. Die deutschen Truppen waren zwar weit eingedrungen, wirklich besetzen und kontrollieren konnten sie das riesige Land nie.«

»Vater«, Katja knüllte das Kuchenpapier, das sie sauber glattgestrichen, gefaltet und beiseite gelegt hatte, erregt zusammen: »Wilna, Grodno, Witebsk, Minsk, Smolensk! Hier, vor dir liegen die Bilder! Das sind doch die Orte, wo diese Fotos aufgenommen wurden! Über diese Fotos wollte ich die ganze Zeit mit dir sprechen. Hast du von den Ghettos und Massenerschießungen der Juden denn nichts gewußt?«

Musbach schob den Bildband von sich:

»Gewußt? Ja und nein. Gemunkelt wurde viel. Von Erschießungsaktionen der Einsatzgruppen und der SS. Aber das Zuschauen und Fotografieren bei den Maßnahmen der Sonderkommandos war den Angehörigen der Wehrmacht strengstens untersagt.«

»Hör mal«, unterbrach ihn die Tochter erneut, »merkst du eigentlich nicht, was du sagst? Ausgerechnet du! Maßnahmen! Was heißt das: Maßnahmen? Und das mit dem Fotografieren kann ja gar nicht stimmen. Wo kommen denn die Fotos hier her?«

Nichts mehr von süßem Kuchen, Katjas Gesicht dem des Vaters ganz nah: blaß, klar, entschlossen.

Verständnislos schaute Musbach sie an und nahm den Faden störrisch wieder auf.

»Ich war noch in Berlin, als Partisanengebiete in Weißrußland von Deutschen umstellt, die Kessel ›ausgeräumt‹ und dann ›durchgekämmt‹ wurden, wie man das nannte. Nicht nur die Lager im Wald, auch die nahe gelegenen Dörfer. Je wirkungsvoller die Partisanen, desto öfter gab es diese sogenannten ›Vergeltungsoperationen‹. Konnte man keine Partisanen stellen, ging es gegen die Dörfler. Die haßten jetzt die Deutschen und sehnten die Sowjets zurück. Und wir? Was sollten wir machen? Uns von hinten abschießen lassen?«

»Erzähl von dir«, unterbrach Katja vorsichtiger. »Wo warst du dabei, wo genau, und was hattest du für Aufgaben in diesen ›rückwärtigen Gebieten‹?«

Umständlich nestelte der Vater ein Taschentuch aus der Hosentasche, betrachtete es, strich es glatt, steckte es wieder ein.

»Es hatte sich wohl herumgesprochen, daß etwas mit meinen Nerven nicht stimmte; schon nach Hugos Tod waren mir, anscheinend aus heiterem Himmel, immer wieder Tränen gekommen. Man teilte mich als Verwundeten zum Küchendienst ein. Im großen und ganzen führten wir da ein ruhiges Leben und spürten den Kampf kaum. Hin und wieder Angriffe aus der Luft, in der Dämmerung; sie flogen aber meist über uns hinweg und warfen Waffen und Munition für die Partisanen in die Wälder. Ich dachte nicht mehr so oft an die Gefahr. Aber ich wußte: sie war immer nur um die Ecke.«

Der Vater tastete mit unsicheren Fingern über die Knöpfe seiner Weste.

»Wir hatten Angst, wenn wir nur einen Schritt aus der Tür taten. Angst macht das Auge unsicher und narrt das Ohr. Ein gespenstisches Leben; so alltäglich und zugleich in ständiger Gefahr.

Viel zum Kochen gab's nicht. Zentnerweise Rüben, Kartoffeln, Kohl, Essigzwiebeln, und wenn eine Gans, ein Karnickel oder ein Schwein in unserem Kessel landete, fragte niemand, woher das kam. Neben der Feldküche lag der kleine armselige Friedhof; auf den Wacholdern über den Gräbern hockten Krähen, die nachts über unsere Abfälle herfielen.

›Östliche Speisen nach deutscher Art‹ hieß ein Kochbuch, Rezepte und Anleitungen, vom Oberkommando des Heeres erprobt und zusammengestellt, ›eigens‹, wie es hieß, ›für den Osten geschaffen‹. Wenn es einmal galt, das ewige Einerlei von Kartenspiel und Gezänk zu unterbrechen, las der Koch daraus vor wie aus einem Witzblatt.

Nie wieder einen Freund, hatte ich mir nach Hugos Tod geschworen. Ich hielt mich abseits. Auch von Karl, der mit mir in der Küche arbeitete. Zurückgezogen wie ich. Doch er konnte Akkordeon spielen. Das tat er auch dann und wann, um seine Ruhe zu haben; das Übliche, ›Erika‹, ›Hörst du mein heimliches Rufen‹, ›Es geht alles vorüber, es geht alles vorbei‹ und ähnliches. Zum Schluß jedesmal die unvermeidliche ›Lili Marleen‹. Einmal – die letzte ›Marleen‹ war gerade verklungen – sah er mich an und knöpfte die Riemen der Harmonika noch einmal auf. Hörte ich richtig? Ja, er spielte ›Die Wut über den verlorenen Groschen‹, als wollte er das Instrument sprengen. Hier wütete keiner über einen ›verlorenen Groschen‹, hier raste einer in seiner ohnmächtigen Wut über alles, was verloren war. Schon verloren war. Und noch verlorengehen würde. Die anderen johlten: ›Hör auf!‹ Aber ich begriff, er wollte mir etwas zu verstehen geben. Wir sahen uns an, und ich wußte, er suchte einen Freund, einen, mit dem er reden konnte. Nicht nur über Beethoven. Ich tat, als verstünde ich nicht. Ich hatte Angst. Ich wollte den Panzer um mein Herz nicht aufsprengen lassen. Auch als wir miteinander kübelweise Rüben schnitzelten und Karl von den undurchdringlichen Wäldern schwärmte, Wäldern zum Untertauchen, mit Pilzen und Beeren, und daß auch die Partisanen Menschen seien, stellte ich mich taub. Ich sehe ihn noch, wie er daraufhin mit der gleichen Wut, mit der er sein Akkordeon traktiert hatte, in die Rüben hackte, daß die Stücke flogen.

Er machte es wie Hugo. Nein, nicht ganz. Er wollte leben. Er machte sich einfach davon. Ohne Gewehr. Aber mit seinem Akkordeon. Er verschwand in die Nacht.

Am Morgen trieb man mir ein Schwein zu. Ich stach es ab. Steckte es auf einen Spieß und drehte den Braten über offenem Feuer.«

Der Vater biß die Zähne zusammen, Katja glaubte es knirschen zu hören.

»Sie brachten ihn zurück. Und einen jungen, kahlgeschorenen Russen. Überm ganzen Dorf lag diese Wolke aus rußigem Schweinefett. Man hatte ihnen die Hände auf dem Rücken zusammengebunden. Mit einem Strick wie ich die Pfoten vom Schwein. Die Hände auf dem Rücken, dahinter zwei mit vorgehaltenem Gewehr. Karl … Blut im Gesicht, ein zugeschwollenes Auge. Zerschunden. Der Befehl: ›Bringt ihn lebendig!‹ Einer trug sein Akkordeon unterm Arm. Vorsichtig. Sie führten die beiden an mir vorbei. Ich umklammerte den Spieß, sah weg, sah auf die braungeschmorten fetttriefenden Rippen. Da machte der miese Unteroffizier, der den Greiftrupp angeführt hatte, halt: ›Musbach, Hockauf und Zabel – zu der Pappel da. Fällen! Bis heute abend will ich etwas sehen, woran dieses Schwein hier‹ – er versetzte dem Russen mit dem Gewehrkolben einen Stoß in den Rücken, daß der in die Knie ging –, ›woran dieses Schwein hier hängt! Man versteckt nicht ungestraft einen deutschen Deserteur!‹

Mein handwerkliches Geschick! Ja, ich hätte sagen können: Nein. Hätte den Spieß fallen lassen können und gehen. Ja, ich weiß, du sagst: Alle hätten dem Unteroffizier den Rücken kehren können und gehen. Und wohin? Wie weit wären wir gekommen? Du hast ja recht, das ganze Heer hätte seinen Befehlshabern den Rücken kehren sollen und gehen. Nach Hause. Ja, ja. Aber ›alle‹ gibt es eben nie. Wir hatten das ja schon.

Also fällte ich mit Hockauf und Zabel die Pappel, sägte die Stümpfe zurecht, nagelte den Quer- an den Längsbalken und dazwischen die Stütze als verstärkenden Halt. So hab ich dir dein Hochbett gezimmert und den Dachboden in meiner Studentenbude ausgebaut. Das war nicht einfach mit den vielen Schrägen. Die Statik …«

»Bitte!«

»Karl und der Russe standen die ganze Zeit nicht weit entfernt. Sie zwangen ihre Blicke in unsere Richtung. Ich klammerte mich fest an Holz und Nägeln und sah nicht von dem Hammer auf. Nicht einmal. Der Truppführer trieb uns zur Eile an. Das Loch für den Stamm war längst ausgehoben, und es wurde rasch dunkel. Die ganze Kompanie versammelt. Sie brachten den jungen Mann. Der Truppführer begann: ›Im Namen unseres Führers.‹ Da schrie Karl: ›Nein!‹, daß es mir kalt den Rücken runterlief. Und nicht nur mir. Der Truppführer hielt den Mund. ›Erledigen!‹, war alles, was er zu den Soldaten sagte, die den armen Kerl zu packen hatten.

Der hing noch da, als wir das Dorf verließen. Es war lang nach der Ernte, und die Krähen fanden in den Feldern wenig Nahrung. Karl wurde am nächsten Tag zu einem Militärgericht abtransportiert.

Ich lebte. Kochte. Was man mir brachte. Wir zogen uns noch weiter zurück. Die Front war wieder einmal »begradigt« worden. Wie sich die Dörfer glichen; wohin wir kamen: nur noch Frauen und Kinder und ein paar alte Männer. Wir froren und hungerten zusammen durch den Winter. Mit den Frauen holten wir Holz aus den Wäldern und gaben auch mal den Kindern von unserem Brot. Doch die Befehle, sie als Feinde zu behandeln, wurden immer härter. Schließlich übernahm Himmler, was man dann die ›grundsätzliche Bereinigung‹ der besetzten Gebiete nannte. Seine Einsatzkommandos regierten in den rückwärtigen Gebieten. Sie machten alle größeren Unternehmen.«

»Größere Unternehmen?« unterbrach die Tochter. »Was heißt das schon wieder? Laß bitte diese Sprache! Diese Kulissen! Bleib doch genau und bei dir! Das waren keine ›Unternehmen‹, das waren ja die Massenmorde! Erzähl von dir. Du bist mir wichtig. Ich will keine Geschichtsschreibung.«

»Das tu ich doch, das will ich doch auch. Aber was hing

denn schon von mir ab? Was konnte ich noch selbst bestimmen? Im Frühjahr kam der Befehl, wieder ein Dorf zu räumen. Wenig später dann die Nachricht, ein Kommando des SD habe es niedergebrannt. Mit allen Einwohnern. Und ich? Ich trottete mit den anderen durch die Sümpfe, ins nächste Dorf, dem gerade verlassenen zum Verwechseln ähnlich. ›Banditen‹ mußten her. Partisanen. Die Kameraden schwärmten in die Wälder. Ich kochte. Ich war dagegen, aber eben auch dabei. Immer.«

»Du kannst doch nicht von morgens bis abends am Herd gestanden haben?«

»Doch. Schäl du mal jeden Tag für fast hundert Mann Kartoffeln, hack Rüben oder Kohl«, wich Musbach aus. »Back Brot. Und dazu mußten wir uns immer öfter darum kümmern, daß wir überhaupt etwas zu essen hatten. Der Nachschub funktionierte nun fast gar nicht mehr. Immer häufiger nahmen wir den Bauern die Lebensmittel einfach weg. Nie alles. Dafür sorgte sogar unser Feldwebel, Parteimitglied und gläubiger Fanatiker. Dennoch hatte er so etwas wie Mitleid mit diesen armseligen Menschen in den Dörfern. Mich machte er gleich nach meiner Ankunft zum Trottel und verschaffte mir dadurch ein Stück Narrenfreiheit. Beim Lesen von Hölderlin-Gedichten erwischte er mich, riß mir das Heft aus der Hand und begann vor den anderen mit ironischem Pathos lauthals zu deklamieren. Bis zu dem Vers vom Vaterland, dem zuliebe keiner zuviel gestorben sei. Fassungslos drehte und wendete er das Heft in seinen Klempnerhänden, als prüfe er die Zeilen auf ein Leck, und gab es mir wortlos zurück. So wurde ich sein ›Hölderlinchen‹, und er behandelte mich dann mit einer Mischung aus Herablassung und Respekt, letzteres wohl eher, weil ich ganz geschickt mit den Händen war. Jedenfalls sorgte er dafür, daß ich kaum aus meiner Küche mußte und dort meine Ruhe hatte. Gut, daß er mich nicht mit ›Hyperion‹ erwischt hat.«

»Du kamst ja nicht ›unter die Deutschen‹«, schnappte Katja, »du warst ja mitten unter ihnen.«

»Naja, ich weiß nicht: ›Barbaren von alters her, durch Fleiß und Wissenschaft und selbst durch Religion noch barbarischer geworden …‹«

»Aber warum hat er denn nicht wenigstens etwas für Karl getan?«

»Er war nicht da, als das passierte. Er war auf einem Lehrgang zur Partisanenbekämpfung. Ausgerechnet. Und wenn er dagewesen wäre? Viel hätte er nicht tun können. Karl hätten sie trotzdem einem Kriegsgericht übergeben. Und das hätte ihn dann genauso zum Tode verurteilt oder Minenräumen an vorderster Front.

Gemeinsam mit einem Kameraden fand ich den Feldwebel übrigens wenig später unweit des Dorfes, im Gebüsch, mit heruntergelassenen Hosen und einem Steckschuß im Herzen. Für ihn rückte der Unteroffizier nach, der Schuft, der den Russen hatte hängen lassen. Ein ganz übler Bursche, muß ich nicht betonen.«

Katja war den Weg nach Hause wieder zu Fuß gegangen. Diese ausgedehnten Märsche taten ihr wohl. »Ein übler Bursche« hatte der Vater gesagt. »Mörder« wäre genauer gewesen. Und ehrlicher.

In der Küche stand noch das Geschirr vom Morgen. Zustände rissen bei ihr ein! Angeekelt hielt sie Teller und Tasse unter den heißen Strahl, trocknete flüchtig, warf sie klappernd auf die Stapel im Schrank. Im Waschbecken fand sie eine Spinne, faßte sie behutsam mit Daumen und Zeigefinger und streifte sie aus dem Fenster. Sah über die Dächer, die vertrauten Lichter und Farben, von fern Geräusche, das Klappern der Mülltonnendeckel, ein aufheulendes Moped, die Haustür fiel ins Schloß. Ihr Herz schlug zu fest, setzte aus, raste, die Haut wie mit vielen feinen Nadeln gespickt. Katja wählte Renis Nummer und legte auf, bevor sich jemand melden konnte.

Diese Beschwichtigungen! Wie hatte der Vater gesagt: Immer dagegen und immer dabei! Nicht mitgesungen, aber mitgesummt. Hatte er denn gar nicht bemerkt, wen er da beschrieb? Morgen würde sie ihn stellen.

XIV.

Musbach verbrachte den Morgen lesend. Das Wetter schien ihm zu wechselhaft für den gewohnten kurzen Spaziergang. So frühstückte er spät und erbat sich das Mittagessen auf sein Zimmer. Die langen Stunden mit der Tochter hatten ihn erschöpft, und in dieser Stimmung wäre ihm das Geplänkel am Tisch »Freesie« unerträglich gewesen. Unzumutbar und überflüssig. Er zog seinen Sulla heran, den er – eine ihm früher unvorstellbare Angewohnheit – neben sich auf das Eßtischchen gelegt hatte, um abwechselnd satzweise Sulla und einige Gabeln Karottengratin mit Kalbsragout zu sich zu nehmen. Eine stille, einsame, verführerische Gourmetstunde.

Das Tablett stellte er vor die Tür, öffnete die Fenster und kam auf diesem bequemen Weg auch zu seiner frischen Luft. Keine Zeit für ein Mittagsschläfchen. Sulla hielt ihn wach. Die dramatische Belagerung und Niederwerfung Athens im Jahre 86 v. Chr. Als Ariston für die hungernde Stadt bei Sulla vorspricht, um das historische Athen zu retten, soll dieser, nach Plutarch, geantwortet haben: »Geht nach Hause, ihr Toren und nehmt eure klugen Reden gleich mit! Ich bin ... von den Römern nicht nach Athen geschickt worden, um Geschichte zu studieren, sondern um Rebellen wieder zur Räson zu bringen.« Der Apollontempel von Delphi, der Zeustempel von Olympia und der Asklepiostempel von Epidauros waren bereits ihrer Schätze und Heiligtümer beraubt. Und wer dagegen protestierte, den hatte Sulla zynisch beschieden, bei ihm sei das alles sehr viel sicherer aufbewahrt; er werde es später zurückgeben. Die Haine der Akademie und des Apollon Lykeios ließ er fällen, Holz für die Kriegsmaschinerie. Mal Holz, mal Erdöl. Weltmächte! dachte Musbach. Und: Armes, altes Athen.

Lieber wäre ihm gewesen, Katja hätte sich heute verspätet. Er mochte die Lektüre nicht unterbrechen. Wieder suchte er Zuflucht in dieser versunkenen Welt, so wie in seiner Studienzeit, als die alte Geschichte ein sicherer Raum zu sein schien, zunächst gegen die Allgegenwärtigkeit der Nazis, später gegen die Lawinen des Untergangs und des Chaos der ersten Nachkriegsjahre. Seither allerdings drängten sich ihm historische Ähnlichkeiten immer unverblümter auf, bis in diese Tage kriegerischer Unruhe in der Welt. Er hatte Jans Brief, den Katja ihm gebracht hatte – das Wort e-mail gab es nur in Musbachs passivem Sprachschatz –, schon beantwortet und mit altphilologischer Akkuratesse und abgeklärter Ironie auf gewisse Verwandtschaften, aber auch auf Unterschiede zwischen den beiden Weltreichen hingewiesen, dem versunkenen des »alten Europa« und dem der »brave new world«. Mit roter Tinte hatte er Jan aus einem Lexikon des antiken Griechenlands und Roms ein paar Sätze abgeschrieben. Dort schildert William Smith die römische Sitte, das Haupt des siegreichen Feldherrn mit einem Kranz zu schmücken. Die höchste Ehre ist ein Lorbeerkranz. Doch dann geht es weiter: »But only a crown of myrtle was given to those who merely deserved an ovation, which happened when the war was not duly declared, or was carried on against a very inferior force ... or when the victory was obtained without danger or difficulty.« Und Musbach hatte hinzugefügt: »Today's Capitol even lacks this sense of style.«*

Dann stand Katja im Zimmer. Nein, keinen Kaffee.

Weitererzählen solle er, hatte er wirklich nichts zu tun mit den Erschießungen? Katja schüttelte den Katalog gegen den Vater: »Hier sind die Bilder. Die Galgen. Die Gräben. Die Leichen. Und du? Wo bist du?«

»Ich?« Der Vater stockte.

»Ja?«

»Ich mußte dann ja auch weg.«

»Wie weg?«

»Ja, weg. Ich mußte weg. Nichts wie weg. Es gab da so was. Mit einem Nazi. Da mußte ich weg.«

»Wieso weg? Ich denke, das ging nicht? Wohin denn?«

»Ich mußte türmen. Weg.«

»Du? Türmen? Was heißt das? Du sagst doch immer, da kam man vors Kriegsgericht! Wie Freßfriese, wie Karl und wie sie alle heißen. Ich dachte, ihr hattet immer soviel Angst, auch vor den eigenen Leuten?«

»Sicher, aber laß mich doch mal anfangen, um Himmels willen. Du mußt dir doch die ganze Geschichte anhören. Hab doch Geduld!«

Geduld hatte Katja nicht mehr. Nicht nach der Geschichte von Karl und dem Vater wieder dabei. Dabei und dagegen wie immer. »Bitte komm zu meinen Fragen«, sagte sie kühl.

»Ich hatte, ja so war das wohl, in einer Streiterei einen niedergeschlagen, einen von der SS, und dann fand ich mich plötzlich an der Seite einer Frau, wir rannten durch die Nacht.«

»Einer Frau? Im Krieg? Du bist mit einer Frau durchgebrannt? Du hast dich im Streit um eine Frau mit einem SS-Mann geschlagen?«

Unmut und Zweifel in Katjas Stimme. Wo wollte der Vater denn noch mit ihr hin?

»Nein, nicht um eine Frau. Laß mich ausreden und hör

zu! Wie lange wir liefen, was weiß ich, wohin wir liefen, ich hatte keine Ahnung. Trotz der Dunkelheit mußte die Frau nicht einen Augenblick überlegen, wohin sie ihren Fuß setzte. Wir schlichen, versteckten uns beim geringsten Geräusch, dann liefen wir wieder, unglaublich, wie sicher sie den Fuß setzte, als berühre sie den Boden nicht, kein Knacken, kein Knistern, kein Zusammenschlagen der Zweige. Selbst mit den Tieren schien sie im Bunde, sie rührten sich nicht. Ich mußte mich nur dicht an sie halten, folgen wie ein Blinder. Wirr vor Angst und doch in ihrem Schutz. Mein Bein machte mir Beschwerden. Angst. Und trotzdem: Ich sehe noch, wie die Sonne aufging. Groß und herrlich ging die Sonne auf, Wälder, Sümpfe, wohin das Auge reichte. Endlich liefen wir direkt auf einen Hügel zu, da streckte die Frau plötzlich ihren Stiefel zwischen die meinen. Ich schlug hin, sie riß mir das Gewehr aus der Hand und versetzte mir einen Schlag gegen den Knöchel. Hier, der linke war's. Ein stechender Schmerz, eine harte Hand, die sich auf meinen Mund drückte. Den Zeigefinger ihrer Rechten, die das Gewehr hielt, führte sie mit beschwörender Geste an die Lippen: ticho, ticho. Sie beugte sich zu mir hinunter, nahm die Hand von meinem Mund und richtete mit beiden Händen das Gewehr auf mich. Ich schaute in die metallene Mündung. Ich schloß die Augen und wartete. Endlos, wie mir schien. Ich war ja so müde, und alles, einfach alles, war mir einerlei. Hier in dem sommerwarmen Schlamm, da wollte ich nur noch schlafen. Aufwachen? Auch das war mir egal.

Etwas stach in meine Rippen, mein Gewehr. Ich hörte die Stimme der Frau, sie murmelte in einem fort, und als ich mich stöhnend aufsetzte, stupste sie mich mit dem Gewehrlauf in die Seiten, bis ich nicht mehr an mich halten konnte und unter Schmerzen ein kitzliges Lachen rausplatzte. Gleich hielt sie mir wieder den Mund zu, schüttelte den Kopf und legte die Finger auf die Lippen. »Hier bleiben«, hörte ich, in schwerem Deutsch. Allmählich begriff ich. Sie wußte, ich war bei den Deutschen verloren, und wollte mich retten, mitnehmen, wohin auch immer. Unfähig, wegzulaufen. Dann zog sie mich hoch, und schleppend und hinkend legten wir eine kurze Wegstrecke zurück. Bei einem Dornengebüsch ließ sie mich zu Boden gleiten und bedeutete mir zu warten. Sie ging weiter, etwa zwanzig, dreißig Meter, einer Anhöhe entgegen; ich ließ den Blick nicht von ihr, und doch, zwischen zwei Lidschlägen war sie verschwunden, hatte sie sich in schwarzer, nasser Erde und Gestrüpp aufgelöst. Dann war sie plötzlich wieder da, zusammen mit einer älteren Person, und zeigte auf mich.

Was sie der erzählt haben mag, habe ich nie erfahren. Jedenfalls schlurfte die Frau auf mich zu, während die Junge stehenblieb, mein Gewehr locker über der Schulter. Die Alte trat mir ein paarmal in die Rippen wie einem lahmen Tier, dann gegen den Knöchel und preßte mir, ich hätte sonst laut aufgeschrien, die Faust zwischen die Zähne. Die Junge lief wieder heran, beide packten mich unter den Achseln und halfen mir die wenigen Meter zur Anhöhe, und erst als sich die Büsche teilten, erkannte ich den Eingang zu einer Höhle.

Sie hatten sich in den Abhang eingegraben wie Mauersegler in harte Lehmwände, Kuhlen, wie sie dich als Kind auf Sylt immer so begeistert haben – weißt du noch?«

Katja schwieg. Was sollte das alles? Er sollte zur Sache kommen. Warum? Wohin? Und was?

Der Kopf des alten Mannes lehnte am blanken Leder des hohen Stuhls, sein Profil hob sich gegen die Nachmittagssonne ab, gelbes Licht, das durch die spiegelnden Scheiben wie durch eine Linse fiel. Der Vater wirkte zuversichtlich, als wisse er den unwegsamsten Teil seiner Strecke hinter sich. Die Falten straff, kaum noch Alter, vielmehr Kraft bedeutend.

»Die Frauen führten mich in einen Raum, der in den Wall gegraben war. Pritschen mit Heusäcken und buntgewebten Decken. In einer Ecke sogar ein Öfchen. Gegenüber ein winziges Fenster, Autoglas. Aus einer Blechtonne roch es nach saurem Kohl.

Sie ließen mich auf eine der Pritschen gleiten. Die Alte ging. Die Junge setzte sich mir gegenüber. Jetzt fand ich auch die Kraft, sie anzusehen. Keines der Mädchen aus dem Dorf, denen wir tagtäglich begegneten. Und doch kam mir ihr Gesicht sonderbar bekannt vor.«

Der Vater schloß die Augen und beugte sich vornüber, wie Menschen sich vornüberbeugen, um besser sehen zu können. «Groß war sie, ja, und mager, so dünn. Ihr Gesicht blaß und knochig, das Gesicht eines spatzenfrechen Straßenjungen. Ihre Hände lagen auf der Hose, starke, große sehnige Hände, die sehr wohl den Freund vom Feind zu unterscheiden vermochten. Da endlich dämmerte es mir: ich war vor meinen eignen Leuten mit einer Partisanin geflohen! Die Frau ein ›Flintenweib‹! So wurden die Partisaninnen genannt. Ein Wort voller Haß und Verachtung.«

»Eine Partisanin?« rief Katja. «Du bei den Partisanen? Im Widerstand?«

Der Vater sah an Katja vorbei. »Ich sagte doch: ich mußte weg. Angst. Nichts wie weg. Nichts wie Angst. Widerstand? Bestimmt nicht. Ich dachte ja auch, es sei eine aus dem Dorf. Es war ja dunkel, als wir flohen.«

So wie deine Geschichte, dachte Katja. Aber sie wollte erst noch mehr hören.

»Später kam das Mädchen mit einem Mann zurück. Über

seiner Brust kreuzten sich Patronengurte; eine Handgranate steckte im Koppel; die Flinte hielt er in der Hand. Er herrschte mich auf russisch an, und das Mädchen übersetzte, er könne mich in der Küche brauchen. Sie werde mir auch helfen. Ich verstand nun, daß sie Wera hieß. Wera. Hast du schon mal bemerkt, wie ein Mensch sich für dich verändert, wenn er einen Namen bekommt? Wenn er nicht mehr nur ein Mann, eine Frau, ein Kind, ein Junger oder Alter ist?

Hier lag ich die ersten Tage, bis ich wieder laufen konnte und man sicher war, daß ich nicht fliehen würde. Dafür stand die junge Frau ihnen offenbar gerade. Ich hatte ja auch hier weniger zu verlieren als da draußen. Bestimmt suchten sie längst nach mir.«

Katja konnte ihren Unglauben nicht länger verbergen. »Du sitzt hier vor Bildern, die den tausendfachen Mord an russischen Zivilisten belegen. Und dort, wo das geschah, warst du mit den Truppen der Wehrmacht. Wie du selbst gesagt hast: im berüchtigten Hinterland. Und nun bist du plötzlich auf der anderen Seite. Bei den Opfern. Bei den Partisanen. Der besonnene Hans Musbach Hals über Kopf wegen einer Frau. Ich kann dir wirklich nicht weiter zuhören, wenn du mir das nicht besser erklärst.«

Musbach schwieg, stand auf, tat ein paar Schritte zur Tür, ging wieder zu einem Stuhl, setzte zum Sprechen an, schloß die Lippen wieder. Als er endlich sprach, war seine Stimme unsicher, fast bittend, aber er sah Katja fest in die Augen. »Ich hatte ihr das Leben gerettet. Das war der Streit mit dem Nazi. Jetzt bitte glaub mir, was ich sage. Ich will dir ja alles erklären.«

»Wenn's sein muß, gut. Aber am Ende will ich alles wissen, wenn ich dir glauben soll«, gab Katja nach, der drohende Unterton war unüberhörbar.

»Die Rote Armee«, fuhr der Vater fort, und in seiner Stimme klang Erleichterung, »galt uns als hinterhältig, gefühllos, heimtückisch. Partisanen aber waren in der deutschen Propaganda das Schlimmste. Bestien.

Doch diese Leute hier, in Joppen, Jacken, Mänteln, Stiefeln, Filzlatschen, was weiß ich, sie waren wie Bauern. Viele von ihnen kamen wohl von kleinen Höfen in der Nachbarschaft. Aber auch Angestellte, Arbeiter, Handwerker, Studenten: sie alle brauchten keine Uniformen, um zu wissen, wofür sie kämpften. Keine Koppel: »Gott mit uns«. Wichtig war nur, was gerade anlag. Wie beim Bauern, der tut, was Felder und Tiere verlangen. Ob diese Leute an Moskau glaubten, an Stalin, an den Kommunismus, was weiß ich. Sicher ist: Sie brauchten keine fremden Ideen. Sie wollten ihre Erde, ihre Dörfer und Städte wieder für sich haben, wieder bei sich zu Hause sein, das hieß für sie: das Vaterland befreien. Ihr Glaube an den Sinn ihres Kampfes war unerschütterlich, und darum waren sie uns auch so unendlich überlegen.

Ihre Disziplin war enorm, ebenso ihre entschlossene, mitunter hochgemute Stimmung, die im krassen Gegensatz zu all dem stand, was ich gerade bei uns selbst in diesem ›Hinterland‹ kennengelernt hatte: Mißmut, Verzweiflung, Zynismus, wo Schlendrian jederzeit in Härte und Brutalität umschlagen konnte.

Was Wunder: Wir waren die Invasoren, Okkupanten, die Patrioten waren die Partisanen. Was nicht heißt, daß sie nicht genauso brutal sein konnten wie die unsrigen. Einmal, als ich später mit ihnen auf der Flucht war vor dem ebenfalls fliehenden deutschen Heer, lag da ein verwundeter Deutscher und krallte sich vor Schmerz in die Erde. Einer der Partisanen drosch auf ihn ein: ›Loslassen! Das ist meine Erde! Deine ist dort, wo du hergekommen bist!‹

Wenn sie von der Heimat sangen, packten mich Einsamkeit, Verzweiflung, Neid. Wie ein Schlafwandler saß ich da, und ich hörte das Krachen meines Gewehrs, hörte die beiden russischen Gefangenen brummen: ›O weh, im Schnee, in Rußlands tiefem Schnee‹ und sah dann nur noch, wie sie um mich herum ihre Lippen bewegten: ›Schiroka strana moja rodnaja / Mnogo w njej ljiessow polej i rjek! / Ja drugoj takoj strany nje snaju / Gdje tak wolno dyschit tschelowjek.‹ (Vaterland, kein Feind soll dich gefährden / Teures Land, das unsere Liebe trägt / Denn es gibt kein anderes Land auf Erden / wo das Herz so treu dem Menschen schlägt.)«

Der Vater hatte den Refrain mehr gesungen als gesprochen, eine kämpferische Melodie, gebrochen durch seine fast versagende Stimme. Dabei schaute er unverwandt aus dem Fenster, den Blick verloren in ihm selbst, wie es geht, wenn man zu lange auf stilles Gewässer schaut oder in den undurchdringlichen Himmel.

Unwillig, die Erschütterung des Vaters zu teilen, drängte Katja weiter.

»Die Partisanen sollten den deutschen Nachschub unterbrechen. Eisenbahngleise und Brücken sprengen, Stützpunkte überfallen, dünne Stellen in den Verbindungslinien aufspüren. Schon als wir an Minsk vorbeigefahren waren, hatten wir überall die Schilder gesehen: Achtung! Bandengebiet! Autos nur in Kolonnen zu fünfzehn!«

Wieder unterbrach ihn die Tochter. »Erzähl bitte endlich mehr von dir.«

»Das tu ich doch. Aber du mußt dir auch ein Bild machen können, wie es da zuging, wo ich nun war. Anfangs mußten die Partisanen noch alles erbeuten: Waffen, Munition, Sprengstoff, aber auch Lebens- und Futtermittel, Kleidung. Später half dann auch die Rote Armee. Einmal, in der Vorweihnachtszeit, kamen sie sogar mit Säcken voller deutscher Päckchen. Auch ich bekam eines. Weihnachtsgebäck, zwei Dauerwürste, Fäustlinge, Mütze, Schal. ›Hoffentlich paßt die Mütze unter den Helm‹, stand in dem Brief.

Eine Zeitlang hatte die Gruppe Verbindung zu einem Deutschen, Soldat aus den umliegenden Dörfern, Bert. Er versorgte sie und die Dörfler mit nützlichen Dingen. Von ihm bekam die Gruppe auch Informationen über die ›Strafaktionen‹. Dafür verrieten ihm die Partisanen, wo Minen lagen. Als seine Truppe in diese Minen fuhr, blieb er zurück. Viele Tote. War Bert ein Mörder? Ein Wohltäter? Ein Held? Wie mag ihm zumute gewesen sein, als er die Schreie seiner Kameraden hörte? Ich habe ihn nur einmal gesehen. Ein unscheinbarer Mann, fast schmächtig, aber mit klaren Augen.«

Draußen auf dem Gang bellte ein Hund. Eine Stimme befahl Ruhe.

»Ich hatte die Truppe verlassen, war für die Deutschen fahnenflüchtig und konnte doch die Kameraden nicht vergessen. Die Partisanen brauchten mich, gebrauchten mich, wenn du so willst. Aber ohne sie wäre ich verloren gewesen. Dort, wo ich jetzt war, spürte ich eine neue Wärme, aber alles wechselte stets zwischen der Angst, wenn Deutsche in die Nähe kamen; dem Mißtrauen, wenn die Partisanen mich nicht richtig verstanden; und meiner Einsamkeit, die mich nie verließ in diesen Wochen und Monaten.«

»Und diese Frau? Wera? Einmal hast du Barbara mit einem anderen Namen genannt. Wera. Wie ging es weiter?«

Der Vater zögerte. Er hatte geglaubt, das Schwierigste hinter sich gebracht zu haben. Und nun sollte er von der Liebe erzählen. Und auch noch einmal vom Tod.

»Wera, ja. Die beiden Frauen pflegten meinen Knöchel. Sie sprachen kaum miteinander und schon gar nicht zu mir. Die alte war klein, ihre Hände so schwarz, als hätte sie in Kohle gewühlt. Die junge aber ...«

Katja räusperte sich.

»Wera hatte gerade Schultern und sichere, mühelose Bewegungen. Mit geschlossenen Augen spürte ich sofort, ob sich die Alte oder sie an meinem Fuß zu schaffen machte. Wenn sie in ihren Hosen, Schaftstiefeln, dem gegürteten Kittel und ihrer Mütze im Freien hantierte, sah sie eher aus wie ein junger Mann. Wenn sie sich niederbeugte, fiel ihr krauses, kurzes Haar über die Stirn, und wenn sie wieder aufblickte, sah man in braune Augen, immer ein wenig erschrocken und scheu. Ihr Mund wie im Schmerz zusammengepreßt, so wie alte Frauen manchmal den Mund zusammenpressen. Sie war dafür viel zu jung.

Später erfuhr ich, was sie verloren hatte. Die Eltern, die Schwester, Brüder.

Wera war eine perfekte Kundschafterin. Was sie auch tat, es machte kein Geräusch. Kilometerweit laufen konnte sie, wie wir in jener Nacht, ohne einen Zweig zu berühren. Plötzlich stand sie hinter dir und tippte auf deine Schulter. Man konnte sie in die Dörfer schicken, ohne daß ihr Kommen und Gehen bemerkt worden wäre. Man brauchte sie für viele knifflige Sachen. Und trotzdem: Sie wurde rot, bei jeder Gelegenheit, als wäre sie zu schnell gerannt.«

Die Tochter lächelte. Ihr Vater schwärmte, wie einer mit Anfang Zwanzig eben schwärmt.

»Und ich?« unterbrach sich der Vater: »Ich landete wieder in der Küchenarbeit. Bei der Alten. Schälte wieder Kartoffeln, hackte Rüben klein, lernte, wie man Sauerkohl macht und Salzgurken, Speck. Wera, wenn sie uns half, lehrte mich Roggenmehlsuppe kochen. Alles vollzog sich fast wortlos. Ich war ihr Gefangener und wagte es nicht, sie anzureden. ›Sakroi rot! Halt den Mund!‹ hatte sie meine Frage nach ihrem erstaunlichen Deutsch beantwortet. Dabei wollte ich so vieles von ihr wissen. Nicht nur, wo sie Deutsch gelernt hatte, auch, wie sie hierhergekommen war, was sie vorher getan hatte, alles wollte ich wissen. Es war ungläubiges Erstaunen, mit dem ich meine Herzschläge registrierte, eine vorsichtige Dankbarkeit, daß etwas in meinem Innern wieder erlaubte, mich lebendig zu fühlen. Mißtrauisch beobachtete ich diese Empfindungen, wie einer, in dessen tauben, abgestorbenen Fingern oder Füßen es wieder zu kribbeln beginnt. Zuerst tat das weh. Und trieb mich um. In meiner Einsamkeit.

Pjotr, der Anführer, faßte nach und nach Vertrauen. Ich sollte als Dolmetscher nützlich sein. Dazu mußte ich verstehen, was die Partisanen wollten. Wera mußte also mit mir reden.

Wie viele Panzer, Geschütze, Maschinengewehre. Wo und wann war der nächste Angriff? Brückenkopf, Stützpunkt, wie weit entfernt? Das war es, was Pjotr und seine Leute wissen wollten. Ein seltsamer Wörterhaufen, nicht weniger absurd als der aus unserem sogenannten deutschrussischen ›Sprachführer für den Frontsoldaten‹. Hab dir ja erzählt.

Aber ich lernte auch: ›Ja pamjatnik sebe wosdwig nerukotworny …‹ oder so ähnlich, von Puschkin, ›Ein Denkmal, nicht von Hand geschaffen, hab ich mir errichtet …‹ Und wie sie mir zuhörte, wenn ich meine Zeilen stammelte: mit eingezogener Unterlippe und schmalen Augen, konzentriert, mich bei einem Fehler zu ertappen.

Das meiste von meinem Russisch habe ich vergessen. Eines nicht. Weil es mir damals so bedeutsam schien. ›Drugoj‹, lernte ich, heißt ›der andere‹, seine Wurzel ›drug‹,

›der Freund‹. Während doch in unserem ›anderen‹ etwas Abgesondertes, manchmal sogar Feindseliges, zumindest aber Gleichgültiges mitschwingt. Ich war vom ›wrag‹, vom ›Feind‹, zum ›drugoj‹ geworden. Das war viel. Und für Wera war ich irgendwann sogar ›drug druga‹, was wörtlich heißt ›der Freund des Freundes‹. Wir sagen dazu: ›einander‹. Miteinander.

Auch was Wera heißt, lernte ich. Wera: der Glaube. Mir klang das damals wie eine Offenbarung. Welch ein Glück war es, wenn Wera mich mit ›Guten Tag, mein Lieber‹ – weiß Gott, in welchem Lehrbuch sie das aufgeschnappt hatte – begrüßte, und die Alte unwillig in den Kragen ihrer schmuddeligen Joppe knurrte. Nach und nach – ich durfte sie nicht drängen, und manchmal brach sie mitten im Satz ab und lief nach draußen – erzählte sie mir auch von sich.

Ihre Eltern gehörten zur ›alten Intelligenz‹, wie die Partisanen das nannten. Sie kannten deutsche Literatur, deutsche Musik. Der Vater, früher Kunsthändler, in einem Museum angestellt. Viele hatten die Deutschen begrüßt. Gemeinsam mit anderen auch der Bäcker, der in derselben Straße wohnte wie sie. Er war es, der dem Sicherheitsdienst alle Juden seines Viertels verraten hatte. Die Eltern Weras und die Schwestern wurden abgeholt. Wera war zufällig nicht zu Hause. Als die Nachricht von dem Massaker sie erreichte, floh sie in die Wälder. ›Alle haben es gewußt‹, stieß sie bitter hervor. ›Zugesehen. Nachbarn auch. Die durften dann die Kleider haben.‹

›Als ich ein kleines Mädchen war‹, sagte sie versonnen, ›gab es viele herrliche Augenblicke in meinem Leben: Ferien, Feste, Sonntage, Spiele. Ich vermißte nichts. Als ich älter wurde, als ich gerade begann, etwas zu vermissen, kam der Krieg. Der Tod. Smert. Und ich stellte mich auch tot.‹

Wenn sie so sprach, lockerte sich ihr Mund, und wenn sie lächelte, krauste sich ihre Nase. Sie sprach ein schweres, altmodisches Deutsch, das ihr etwas Drolliges, Altkluges gab. Sie hatte ihr Studium deutscher und russischer Literatur gerade begonnen, als die Deutschen kamen. Mit Wera merkte ich, daß ich ein guter Lehrer sein könnte. Sie lernte mühelos, lächelnd, wie andere tanzen oder singen. Lernen machte ihr Freude. Ganz so wie deiner Mutter.«

Der Vater trat ans Fenster und stieß es auf. Wandte Katja den Rücken zu und sprach in den Wind:

»Anfangs konnte ich es kaum glauben. Ich wollte sie in den Armen halten. Ich wollte sie küssen, da, wo ihr Haar sich teilte. Ich wollte ihre Lippen mit meinen Fingerspitzen berühren. Ich wollte ihr auf deutsch ins Ohr flüstern. Ich hatte noch nie zu jemandem ›Ich liebe dich‹ gesagt. Nicht einmal auf Zettelchen, wie man sie als Bengel den Mädchen vom Lyzeum in der Straßenbahn zusteckt, hatte ich diese drei Worte geschrieben. Jetzt lagen sie mir auf der Zunge, wann immer ich Wera sah. Tauchte sie überraschend auf, mußte ich die Zähne zusammenbeißen, was bei den anderen den Eindruck erweckte, ich könne sie nicht besonders leiden.

Allein zu sein hatten wir kaum Gelegenheit. Da war die Alte, und Leonid, der Student, hatte wohl ein Auge auf Wera geworfen. Aber wir mochten uns auch. Manchmal war er beim Deutschlernen dabei. ›Ich weiß nicht, was soll es bedeuten‹ wurde zu einem geflügelten Wort zwischen uns beiden.

Wera gefielen Männer mit Fliege. Nach dem Krieg, versprach ich ihr. Einmal zog sie mich beiseite und wühlte aus dem Bündel ihrer Habseligkeiten ein paar Stöckelschuhe hervor, die hatte sie die ganze Zeit mitgeschleppt, wenig rotes Lackleder mit Knöpfchen und Spangen. Für den Frieden.

Der Winter war wieder klirrend kalt, und aus den Sümpfen heulten die Wölfe. Und nachts hörten wir sie mitunter über die Dächer unserer Erdhütten laufen. Manchmal beschossen wir sie, selten, da jeder Schuß uns verraten konnte, und es half ja auch nicht viel. Im Krieg wurde so viel geknallt, daß die Tiere kaum noch reagierten.

Am liebsten aber hielten wir uns in unserem Garten auf. Wir schälten in der rauchigen Hütte Kartoffeln und legten derweil Rosenbeete an. Eine Schaukel! Ein Brunnen! Ein Garten für alles und alle. Nur kein Kohl! Und keine Mücken! Jedem, der den Sommer in den Sümpfen kennt, ist das fast das Wichtigste. In unserem Garten aber brauchten wir diese Verbündeten gegen die Deutschen nicht.«

»Das klingt jetzt aber gewaltig wie ein Ausflug in die Romantik!« unterbrach Katja. »Männer mit Fliegen! Rosenbeete!«

»Si fingat, peccat in historiam; si non fingat, peccat in poesin«*, gab Musbach leichthin zurück. »Oder, frei nach Goethe: ›Dichtung und Wahrheit‹. Du mußt mir schon glauben!

Die Alte rief nach den Zwiebeln. Ihr verkohlte das Fett in der Pfanne. Dabei …«

Der Vater stockte. »Du«, sagte er zögernd. »Ich möchte jetzt allein sein. Versteh mich bitte. Bis morgen?«

Katja legte dem Vater die Hand auf die Schulter: »Bis morgen, Vater. Ruh dich aus«.

Der Vater sah nicht auf.

Lautlos machte sie die Tür hinter sich zu. Auf dem Gang begegnete ihr der Zivi mit einem Tablett auf dem Weg zum Vater.

»Warten Sie noch ein bißchen«, bat sie den jungen Mann.

»Er braucht Ruhe.« Sein verständnisvoller Blick machte ihr klar: sie auch.

Aus einigen Türen drang eine erregte männliche Stimme, ein Fußballspiel kommentierend, vom Gebrüll der Fans übertönt. Aus der Küche im Untergeschoß roch es nach gebratenen Zwiebeln. Katja hörte ihren Magen knurren.

Draußen reckte und dehnte sie sich mächtig. Im Steakhouse nahe ihrer Wohnung bestellte sie ein handfestes Stück Fleisch und Rotwein, als gäbe es etwas zu feiern.

Der Vater aber lag angekleidet, nur die Fliege gelöst, auf dem Bett und träumte. Von einem einfachen Schlafzimmer träumte der Vater, vielleicht von einem Bett mit Eisenstäben und glatten Laken. Und seine Hand, langsam und schlaftrunken, fährt Weras Rücken hinauf und hinunter. Stundenlang nur seine Hand ihren Rücken entlang. Auf dem Nachttisch ihre Kämme, Ohrringe. Unterm Bett die roten Schuhe. Und sie würde aufstehen, um die Vorhänge aufzuziehen oder zu schließen, barfuß oder in kleinen Pantoffeln; einen endlos lächelnden Traum träumte der Vater, ihren Rock über einen Stuhl geworfen, die Haare gelöst, würde er vor ihr niederknien und sie küssen, seine Lippen wandern lassen, seine Lippen würden sie erforschen, ihre Häute schmecken. In der Morgendämmerung würden sie sich lieben und so den neuen Tag feiern. Nackt würde sie ans Fenster treten, es weit öffnen und einatmen, tief, mit ausgestreckten Armen.

Keuchend und nach Luft ringend, beide Hände aufs Herz gepreßt: so fand ihn die Krankenschwester.

Der Zivi hatte sie, sein Klopfen war ohne Antwort geblieben, alarmiert. Mit Spritze und Nitroglyzerinkapsel leistete der Arzt Erste Hilfe, bestand aber darauf, Musbach in der Krankenabteilung unterzubringen, obwohl dieser keinerlei Beschwerden mehr verspürte. »Nur für eine Nacht. Zur Beobachtung«, beruhigte er den Vater, der, als die Schwester Anstalten machte, die Tochter anzurufen, bat, damit bis morgen zu warten. Die Tochter brauche ihre Ruhe. »So wie Sie, Herr Musbach, so wie Sie«, mahnte die Krankenschwester und zupfte noch einmal die Bettdecke zurecht, ehe sie »Gute Nacht« wünschte.

XV.

Katja konnte es kaum erwarten, den Vater wiederzusehen. Alles, was er nun erzählte, war so gut zu hören. Kaum zu glauben, daß es so etwas gegeben hatte: Dennoch. Und es war so viel leichter zu verstehen, dieses trotzige Glück, diese winzige Zuflucht, schwankender noch als ein Floß, das die beiden Menschen getragen hatte, Planke in einem Ozean von Tod und Vernichtung. So viel leichter als all die Geschichten vom Sterben.

Sie sah Wera vor sich in Stiefeln und Männerjoppe. Was war aus ihr geworden? Katja beschleunigte ihre Schritte.

Am Eingang hielt der Pförtner sie zurück: Die Heimleiterin wolle sie sprechen.

Frau Mewes war eine resolute, gepflegte Dame, die ihre besten Jahre mit den Wundern moderner Kosmetik zu verlängern verstand. Daß ihr das Wohl ihrer Gäste, wie sie die Heimbewohner nannte, am Herzen lag, daran ließ sie keinen Zweifel.

Nachdem sie Katja mit knappen Gesten einen Stuhl, jedoch, entgegen ihrer sonstigen Aufmerksamkeit, nicht einmal ein Glas Wasser oder gar einen Kaffee angeboten hatte, erklärte sie ohne Umschweife, daß sie sich Sorgen um den Vater mache. Seit Tagen. Er erscheine unregelmäßig zu den Mahlzeiten. Seine Gesundheit leide sichtlich. Und gestern abend habe er einen Herzanfall gehabt. »Nein nein, nichts Ernstes«, beruhigte sie, als Katja aufsprang: weshalb habe man sie nicht benachrichtigt? Es sei bekannt, daß Katja den Vater fast täglich sehe, sie habe jedoch den

Eindruck, daß ihm diese Besuche – Katja möge ihr die Direktheit verzeihen – in letzter Zeit nicht bekämen. Übrigens sage das auch der Zivi. »Ich weiß«, fuhr Frau Mewes fort, »was Sie mit Ihrem Vater bereden, geht mich nichts an. Aber vergessen Sie nicht, er ist ein alter Mann. Reden Sie etwa über alte Zeiten? Die Toten sollte man ruhen lassen. Sie könnten sonst die Lebenden rufen. Seine Erinnerungen muß man sich aussuchen wie Freunde. Entschuldigen Sie, wenn ich poetisch werde. Ich sage das auch immer meinen Gästen. Sie glauben ja gar nicht, was ich manchmal zu hören kriege. Wie manche von ihren Erinnerungen gejagt werden. Von Albträumen.«

Die Leiterin erhob sich: »Nichts für ungut. Gehen Sie vorsichtig mit ihm um. Wenn Sie meinen Rat wollen: Alte Leute brauchen schöne Erinnerungen. Dabei könnten Sie Ihrem Vater doch helfen. Er ist doch ein so freundlicher Mann. Und war doch auch sicher immer ein guter Vater.«

Katja bedankte sich. Höflich. Nein, dachte sie, Erinnerungen sind doch keine Konfektschachtel.

Von dem gestrigen Anfall ließ sich der Vater nichts anmerken, und die Tochter verschwieg ihm das vorangegangene Gespräch. Er saß wie immer, den Kopf an den hohen Stuhl gelehnt, nickte ihr flüchtig zu, als hätte sie das Zimmer nur für ein paar Minuten verlassen, und so fuhr er auch fort, als hätte er seine Erzählung nicht für eine Nacht und einen Tag unterbrochen. Und wie immer, wenn es ihm schwer wurde, etwas auszusprechen, machte er erst noch einmal einen Schritt zur Seite.

»Im Januar vierundvierzig wurden wir von der Bevölkerung gewarnt, daß die Wehrmacht, oder war es die SS, in den Verstecken konnten wir das nie genau unterscheiden, jedenfalls daß eine Großaktion gegen die Partisanen geplant sei. Bislang hatten wir in unseren Erdhütten recht und schlecht gehaust, aber nun mußten wir fliehen. ›Marafonski beg‹ (Marathonlauf) nannten wir das. Wir nahmen kaum etwas mit, ein paar Töpfe, unsere Bündel. Immer spürte ich Wera an meiner Seite, auch wenn sie weit voraus lief. Ich wollte sie retten, behüten. Dabei war sie es, die mich beschützte. Trotz des starken Frosts war das Eis auf den Sümpfen dünn, bei jedem Fehltritt konnten wir einbrechen oder von den schlingernden Baumstümpfen abrutschen. Wera kam immer wieder zurückgelaufen: Wir seien gleich da. Wie man müden Kindern Kuchen verspricht.

Wir hatten kein Dach mehr über dem Kopf. Kochten nur noch auf offenem Feuer. Wenn es denn etwas zu kochen gab. Mit dem Stiefelabsatz drehten wir Löcher in das morastige Eis und schöpften das braune Moorwasser in die Töpfe.

Dann aßen wir alle aus einer Schüssel. Krautsuppe. Rund um die Schüssel standen wir und tauchten unsere Holzlöffel ein. Gab es Fleisch, gleich von welchem Tier, langte sich jeder mit der Hand ein Stück aus der heißen Brühe. An der Glut trockneten wir Schuhe und Kleider. Bald aber waren wir so tief in den Sümpfen, so weit von den Dörfern entfernt, daß es immer schwieriger wurde, uns zu versorgen. Wir zimmerten ein paar primitive Buden zusammen. Die Männer verließen den Stützpunkt und versprachen, nicht ohne Nahrung zurückzukehren. Wera ging mit ihnen. Du weißt ja, sie war für so was unentbehrlich. Ich blieb zurück mit ein paar Alten.«

Der Vater machte eine Pause. Katja wußte, der Anlauf war zu Ende. Langsam hob Musbach die Arme von der Sessellehne und umschlang sich selbst, als ob er friere. Seine Augen irrten über die vertrauten Gegenstände, nur die Tochter sah er nicht an.

»Und Kolja!« brach es schließlich aus ihm heraus, und er

löste die Arme wieder von seiner Brust, als habe er mit dem Namen auch die Bilder gefunden, die Geschichte.

Katja war bei dem Ausruf zusammengezuckt; der Vater merkte es nicht. Sein strenges Lehrergesicht entrückt, mit sich eins und allein. Er sprach nicht mehr zu ihr, sondern zu seiner Erinnerung.

»Kolja hatten sie nicht mitgenommen. Kolja fieberte schon. Ein schmächtiger Junge mit dünnen, aschefarbenen Haaren. Deutsche hatten seine Eltern umgebracht, seine Schwester, die beiden Brüder. Nie wieder habe ich einen solchen Haß auf die Deutschen angetroffen, so rein und echt, daß er fast einer Freude gleichkam, einer haßerfüllten Freude, die er auskostete und genoß, wann immer er den Deutschen etwas antun konnte, am besten einen von ihnen töten. Er kämpfte wie einer von den Erwachsenen, vielleicht sogar noch fanatischer.«

Katja schossen Bilder aus dem Fernsehen durch den Kopf, und als hätte der Vater ihre Gedanken erraten, fuhr er fort:

»Schau in die Augen dieser Kriegskinder heute, in Palästina, in Afrika: diese Augen unschuldiger, gnadenloser Mörder. Die Kalaschnikows hantieren sie wie ein Holzschwert, und ihren Hinterhalt basteln sie wie eine Burg im Dünensand. Räuber und Gendarm mit scharfer Munition. Kolja war vielleicht zehn mit seinen haßblanken Kinderaugen. Und wir? Viele von uns Deutschen waren doch auch noch halbe Kinder gewesen. Kann man mit Erwachsenen überhaupt Eroberungskriege führen? Was hatte uns damals marschieren lassen, zu Beginn? Da war doch auch noch so etwas wie Abenteuer, Neugier, ja Eroberungslust bei vielen. Und ich? Habe ich diese auch gespürt? Heute denke ich: nein. Nie. Aber weiß ich heute noch, wer ich damals war?

Mir begegnete Kolja anfangs wie einem wilden Tier im Zoo; man weiß es zwar hinter Gittern, aber: halten die Stäbe auch? Doch Kolja war ein Kind, und Kinder sind käuflich. Oder, wenn dir das lieber ist, leicht zu gewinnen. Besonders wenn sie Hunger haben. Wir waren alle sterbenshungrig in diesem Frühjahr. Und Kolja, ohnehin viel zu mager, riß seine Augen noch weiter auf und spähte jedem ins Gesicht, ob nicht doch noch irgendwo Eßbares verborgen wäre. Auch mich schaute er schließlich so an, der Hunger war größer als Mißtrauen und Furcht. Barbara hatte mir zum Abitur ein Herz aus Marzipan geschenkt; ich trug es noch mit mir wie einen Talisman. Ich brach ein Stück aus diesem steinharten Ding, zerkrümelte es und löste es in heißem Wasser auf. ›Pei medlenno‹, sagte ich, langsam trinken. Andächtig hob Kolja den Becher an den Mund, nahm winzige Schlückchen, die er lange im Mund behielt, während er seine Lider ein wenig über die müden Augen fallen ließ, als blicke er der köstlichen Flüssigkeit hinterher. Ich zeigte ihm das restliche Herz und versprach ihm mehr, jeden Tag. So wurden wir Freunde. Kolja schien sich ein wenig zu erholen, doch dann war das Süße aufgezehrt, und Wera mit den anderen noch immer nicht zurück. Ich nahm ihn zu mir in die Küchenbude, wo ich ein wenig Glut entfachte, machte Wasser heiß, und wir tranken in kleinen Schlucken. Ich kochte Birkenrinde aus und tauchte einen Kiefernspan hinein, und wir kauten darauf herum, während ich in unbeholfenem Russisch vom Überfluß stotterte, von dicken Suppen und fetten Braten, nur Sonntagsessen, nichts war uns gut genug. Am Ende schlief Kolja ein vor Erschöpfung, aber doch wie ein Kind, das an Märchen glaubt.«

Der Vater hielt inne, die Tochter regte sich nicht.

»Ich würde die Geschichte gerne anders weitererzählen.

Aber Wera und die anderen waren noch immer nicht zurück. Kolja sprach nicht mehr. Sein Fieber stieg. Der Regen kam zu spät. Ich kratzte die ersten Knospen von den Zweigen, zerstampfte sie zu Mus. Er konnte nicht mehr schlucken. Als die Sonne herauskam, machte er eine Bewegung zur Tür hin.

Ich trug ihn mitsamt der Pritsche ins Freie. Ein feuchter Wind wehte uns den Geruch von abgestandenem Wasser entgegen, schwarze Vögel flogen aus dem Röhricht über die endlose Fläche glucksenden Wassers, kaum eine Handbreit tief. Nur noch ein paar Tage, und aus diesem Gemisch aus Fäulnis und Fruchtbarkeit würde der Frühling brechen, würde die Sonne den frischen Saft aus der Erde ziehen, die Knospen öffnen und den guten, weichen Duft der ersten Blätter und Blumen verströmen.

Aber was erzähle ich so lange von der Sonne, von den Blumen und den Vögeln? Alles kam zu spät.

Koljas Augen mit den wie im Staunen hochgezogenen Lidern zu bedecken – ich brachte es kaum über mich. Ihm die Felldecke übers Gesicht zu ziehen – ich konnte es nicht. Reglos blieb ich neben ihm unter der mächtigen Sonne, die überall eindrang in Pflanzen, Tiere und Menschen. Sie erreichte meine Augen, meine Haut. Mein Herz erreichte sie nicht.

So saß ich, als sie zurückkamen, beladen mit Brotlaiben, Fett und Kohl.

Zuerst begriffen sie nicht. Ebensowenig wie die Alten, die aus ihren Verschlägen herbeigekrochen kamen, als sie Stimmen hörten. Kolja lag da wie im Schlaf. Die Männer und die Alten machten sich gleich mit Brot davon. Jetzt genügte Wera ein Blick in mein Gesicht und auf das des Jungen. Sie brach in die Knie, vergrub ihr Gesicht in dem Fell, von Schluchzen geschüttelt. Ich kniete mich neben sie, meinen Arm um ihre Schultern zu legen wagte ich nicht, und begann zu stammeln, alles, was mir in den Sinn kam, Bruchstücke, Strophen, Zeilen, und Wera fiel ein, in ihrer Sprache, nichts paßte zusammen, wie konnte auch etwas zusammenpassen, angesichts dieses ganz und gar Unpassenden, dieses ganz und gar Unzusammenhängenden, dieses toten Jungen. Wir kauerten vor Koljas Pritsche und weinten. Ich weinte. Ja. Aber mir war, als ich das Brot gerochen hatte, das Wasser im Mund zusammengelaufen.«

Der Vater preßte die Hände gegen den Magen, krümmte sich, preßte die Hände gegen die Schläfen, das weiße, einst dunkle Haar und beugte sich vornüber, seinem Spiegelbild entgegen, verzerrt im grünen Glas der Schreibtischlampe, das Gesicht eines sehr alten Mannes.

Katja sah den Vater durch einen Schleier von Tränen. Tote Soldaten, das war grausam, aber unter dem Gesetz des »er oder ich«. Kinder gehörten nicht in eine solche Welt, diesen Irrwitz. Sie erhob sich und legte dem Vater wieder die Hand auf die Schulter. Er sah nicht auf, als die Tochter die Tür leise hinter sich schloß.

Draußen auf dem Gang sprang ein Hund auf sie zu, bellte, beroch ihre Füße, die Hände. Ein Mann, etwa in ihrem Alter, packte das Tier lächelnd beim Halsband, schob ihm einen zerkauten Gummiknochen ins Maul und sagte etwas Entschuldigendes, das Katja nicht verstand. Mit langsamen exakten Bewegungen, wie ein Kind, das erst lernt, damit fertig zu werden, knöpfte Katja sich die Jacke zu, strich die Falten glatt und schnürte den Gürtel fest, als trüge sie eine Uniform. Sie fror, obwohl es draußen noch warm war. Altweibersommer.

Im Café am Hafen bestellte Katja einen Milchkaffee, süßte, rührte um, umfaßte die Schale mit beiden Händen, trank in kleinen Schlucken, als hätte sie noch nie zuvor süßen Milchkaffee getrunken; und so hatte sie ihn auch noch nie getrunken. So, als gäbe es nichts als sie und den Milchkaffee auf der Welt, niemals vorher und niemals wieder danach. So, als wäre dies ihr erster und letzter, der einzige Milchkaffee ihres Lebens, in dieser gewöhnlichen, weißen Porzellanschale, die hellbraune, dünne Flüssigkeit, die geschäumte, mit Zimt gesprenkelte Milch, die ihr über der Oberlippe klebte. Zungenspitze, dachte sie, leckte nach dem Schaum, ich habe eine Zungenspitze, eine Oberlippe, einen Milchkaffee. Welch ein Leben!

Morgen würde sie eine Thermoskanne mit Tee in den Unterricht nehmen, Plastikbecher; jedem einen Schluck einschenken und dazu die Geschichte von Kolja erzählen. Dann sollten sich die Jungen und Mädchen vorstellen, dies sei ihr erster Tee. Oder ihr letzter. Nichts, dachte sie, war so gering, daß man sich daran gewöhnen durfte.

Katja trank in kleinen Schlucken, spürte dem milchweichen Geschmack des Kaffees nach, nahm ein paar lange Züge, daß es ihr heiß, beinah schmerzhaft die Kehle hinabschoß. Am Nebentisch beschwerte sich eine junge, blasse Frau, Clipse in den Ohren, rund, weiß mit blauen Ankern, auf ihrem Sandwich sei zu wenig Gurke und zu viel Mayonnaise. Ein Amerikaner in großkarierter Jacke und Krawatte, weiße Boote segelten auf roter Seide vom Hals zum Hosenbund, bestellte radebrechend ein Alsterwasser, und ein forsches Cabrio hupte einen Hund von der Straße zwischen die Stühle. Da sitz ich, dachte Katja. Bein über Bein, heile Knochen. Lange Schatten. Geschirrgeklapper. Die Stadt roch nach Abend und Herbst. Von weither segelte ein welkes Blatt auf den Tisch. Katja zahlte und gab ein Trinkgeld wie noch nie.

Der Vater hatte sich aufs Bett gelegt; angekleidet lag er da, die Wolldecke bis ans Kinn gezogen, lag da mit geschlossenen Augen und wollte nichts als sehen, nichts als wünschen, das Gewünschte sehen, das Erinnerte noch einmal sein eigen. Ich würde gern dorthin zurückkehren, murmelte der Vater, aber wo war das? Jener ferne Ort, den er niemals wiederfinden könnte? Nur seine Bilder.

Hand in Hand verließen sie das Camp und gingen hinaus in die Nacht. Der Mond warf sein Flutlicht über verwüstete Felder, geborstene Bäume, die aus den Sümpfen ragten wie verrenkte Glieder. Wera nahm seine Hand, und Hans nahm Weras Hand, sie nahmen einander bei der Hand, drug druga, gingen einfach los und weiter, an den Freunden vorbei, an den Feinden vorbei – wer war Freund, wer war Feind – mühelos, von den Feldern, den Wäldern ernährt und bewacht, gingen sie, bis sie sicher Berlin erreichten, Potsdam, das Haus am See, wo sie leben würden, glücklich und für immer.

Ach, wie gerne würde ich dorthin zurückkehren, träumte der alte Mann. Tief im Unterholz waren sie verborgen, selbst das Mondlicht drang hierher nicht. Sie beugen sich vor, er bindet ihr die Stiefel auf, löst sie ihr von den Beinen, streift ihr die Socken ab und nimmt ihre Füße, einen nach dem anderen in die Hände. Streichelt und knetet sie, so wie er es mit seinen macht, wann immer er die Zeit findet, nach einem langen Marsch. Lange verweilt er bei diesem Traum. Seine Finger schlüpfen in die Vertiefungen zwischen ihren Rippenbögen, die zarten Höhlungen, vom Hunger gegraben. Ihre Haut, die Nacht, das harte Gras. Wera. Mein Glaube. Mehr will er nicht, nie mehr. Er zieht sie näher zu sich heran, in seine Armbeuge bettet er sie, und sie atmet gegen seine Schulter. Nie wieder aufwachen … Drug druga. Wann war das? Gestern war das.

Gestern. Wann war gestern? Als wir einander bei der Hand nahmen, drug druga und das Camp verließen und losgingen und drug druga und das Camp verließen und losgingen und drug druga und

XVI.

Katja hatte, wie an jedem ersten Sonntag im Monat, einen Tisch im Vier Jahreszeiten bestellt. Ihren Tisch am Fenster mit Blick auf die Fontäne in der Binnenalster, den Ballindamm.

Der Vater wartete schon in der Wohnhalle. Katja teilte seine Liebe zu diesem Raum, der Holztäfelung, den antikisierten Gemälden, Sesseln und Tischen aus der Gründerzeit. Mit Behagen sah sie das Feuer im Kamin, obwohl die Sonne schien. Neben der Säule, wo der Buffetwagen schon mit Nachmittagskuchen wartete, glühten Chrysanthemen. Gut sah der Vater aus in seinem grauen Zweireiher, dem weißen Hemd. Während sie den Vater umarmte, was ihr hier, vor aller Welt, so viel leichter fiel als in der Abgeschiedenheit seines Zimmers, empfand sie den Anflug jenes Gefühls, das sie hatte, als sie die Briefe entdeckte, die Briefe in Alberts Werkzeugkasten. Katja, noch in der Umarmung, schüttelte ungläubig den Kopf. Da stand Wera, jung, viel jünger als sie heute, Wera in Filzstiefeln und Männerjoppe. Wirklich, gut sah der Vater heute aus. Mühelos erkannte sie in diesem alten den jungen Mann, der eine Frau in den Armen gehalten hatte, die nicht Mutter oder Tochter war. Hans und Wera Musbach. Es gefiel ihr nicht.

Scheinbar unversehrt vom Krieg die Häuser am Ballindamm, Handelshäuser, Reedereien, Banken. Damals, als der Vater mit den Partisanen in den Sümpfen gehungert hatte, war das Bombenfeuer auf Hamburg niedergegangen, ganze Viertel, meist Arbeiterviertel, wie Hamm und die Veddel, ausgebrannt, zerstört, über dreißigtausend Tote. Auch das konnte sie sich nicht vorstellen, nicht besser vorstellen als das Sterben an der Front, in den Lazaretten. Unvollkommene Annäherungen. Feuersturm, Hungertod, Granathagel, Kopfschuß. Das waren Worte und Fotos. Und blieben es, auch wenn sie vor den Bildern, die der Vater heraufbeschworen hatte, in Panik geraten war.

»Große oder kleine Karte«, riß sie der Kellner aus ihrem Sinnen. Es war ihr Kellner, der sie bei jedem Besuch mit so aufrichtiger Freude umsorgte, als empfinge er Verwandte unter dem eigenen Dach.

»Die ganz große«, entschied der Vater ohne Zögern und griff nach Katjas Hand, »komm, ins Restaurant.«

»Gibt es denn etwas zu feiern«? fragte sie verblüfft, beinah unwillig, während sie am Flügel vorbei durch die Halle gingen. Zu lebhaft noch hatte sie das Bild des toten Kolja vor Augen. Und das von Wera.

»Ich möchte dich mal wieder verjüngt sehen«, gab Musbach zurück. Er wußte, wie sehr die Tochter den ersten Schluck Champagner in diesem Saal genoß, wo es noch immer aussah wie in den goldenen zwanziger Jahren, das Besteck schwer in den Händen, der Damast weich und glatt an den Lippen, geschliffenes Kristall, Teller mit rauchgelbem Rand. Heute aber konnte selbst diese Umgebung, deren Luxus sie sonst dem Alltag verläßlich entrückte, Katja nicht von ihrem Wunsch befreien, mehr zu erfahren, weiter vorzudringen in die Geschichte des Vaters.

»Warum sind sie denn so spät erst zurückgekommen?« fragte sie unvermittelt, nachdem sie, ohne in die Karte zu sehen, bestellt hatte, was sie hier immer aß: Tafelspitz mit Spinat.

Der Vater seufzte. Er hatte für heute vergessen wollen. Umständlich gab er seine Bestellung auf, wählte bedächtig den Wein, eine Soße für den Salat, dann gab er kurz angebunden der Tochter nach.

»Die Dörfer, die sie aufsuchten, waren gesprengt. Abgebrannt. Und alles voller Deutscher. Die Vorräte, die sie mitbrachten, hatten sie von anderen Partisanen, auf die sie zufällig gestoßen waren.«

Der heitere, beinah jugendliche Gesichtsausdruck des Vaters verschwand mit jedem Wort und machte einer unmutigen Verdrossenheit Platz.

»Ich will doch nur wissen, verstehen«, begütigte Katja. Mehr als zwanzig Jahre Schule hatten sie gelehrt, in Gesichtern zu lesen.

»Ich weiß, aber was ich damals erlebt habe, ist kein Stoff für Tischgespräche. Und in der Schule?« suchte der Vater abzulenken. »Du hast mir schon lange nichts mehr erzählt.«

Katja schüttelte den Kopf. So wenig wie dem Vater nach seiner Geschichte war ihr nach Berichten aus der Schule zumute. Sollte sie ihm sagen, daß, seit er begonnen hatte zu erzählen, sie nichts mehr so sah, so las, so erlebte wie zuvor? Daß sich vor alles dieses Gitter der zwölf Jahre schob? Daß sie die Stäbe dieses Gitters immer erst aufbiegen mußte, um wieder unverstellt auf die Gegenwart blicken zu können? Ihm von ihrem Gespräch, nein, das war schon eher ein Streit gewesen, mit Schöneborn erzählen, den sie zur Rede gestellt hatte, als er das Plakat der Kriegsausstellung vom Schwarzen Brett entfernen wollte? Wie sie aber auch den allzu leichtfertigen Zustimmungen meist jüngerer Kollegen zu dieser Ausstellung widersprochen hatte, oft, wie sie erstaunt bemerkte, fast mit den Worten des Vaters?

Daß sie berührt war von seinen Erzählungen, seiner Offenheit, seinem Vertrauen und gleichzeitig verwirrt, enttäuscht? Weil sie immer noch wartete, auf die Wahrheit der Bilder im Katalog?

»Und Schöneborn?« fragte der Vater gespielt leichthin und entgegen seiner sonstigen Angewohnheit, sich nicht ungefragt in das Privatleben der Tochter zu mischen.

»Ach der«, erwiderte Katja verstimmt. Ausgerechnet ihm gegenüber hatte sie sich zu der Bemerkung hinreißen lassen, er zähle wohl auch zu denen von gestern, den Schlußstrichmatadoren. Schöneborn, der sie immer wieder einlud, zum Essen, ins Theater, die Oper und dann mit demütiger Begierde nach Albert fragte, um endlich zu hören, daß die Scheidung auf dem Weg sei. Er wußte, daß für sie ein ›Gehen wir zu mir oder zu dir‹ nicht in Frage kam. Jedenfalls nicht mit ihm. Kein Australien für ein neues Leben! Ihre Zurückhaltung allerdings bestärkte ihn eher in seiner Wertschätzung für die Frau Kollegin, und Katja mochte ihn auch. Er war intelligent, witzig, langweilte sie nie. Man hatte sich immer etwas zu erzählen, konnte über dieselben Sachen spötteln. Im Unterschied zu vielen Kollegen wußte er nicht von vornherein alles besser, konnte zuhören, ließ auch andere Meinungen gelten. Aber den Anker kappen – seinetwegen? Kaum. Und dann dieser Streit. Wieder wegen der Bilder. Davon würde sie dem Vater gewiß nichts erzählen.

Katja trank ihr Glas in einem Zug aus. Dieser Tag sollte ein schöner Tag werden!

»Der Schöneborn«, riß Musbach die Tochter aus ihren Gedanken. »Der Schöneborn ist doch politisch ein vernünftiger Mann, oder?«

»Ja, im ganzen schon. Warum?«

»Sieh dir das mal an. Der muß sich maßlos über irgendwas geärgert haben. Ohne Anlaß gibt man heutzutage nicht eine solche Gedenkanzeige auf. Schließlich wissen wir doch heute einiges mehr. Schau her.«

Musbach zog ein auf die Größe einer Zigarettenschachtel

sauber gefaltetes Zeitungsblatt aus der Hosentasche, strich es auf dem Tisch glatt und las, bevor Katja mehr als das große, schwarze Eiserne Kreuz inmitten einer umfänglichen Anzeige erkennen konnte:

»›Vor achtundfünfzig Jahren starb mein Vater in Stalingrad. Nichts von ihm kann ich erinnern. Nichts über sein Leiden. Nichts über seinen Tod. Niemand kennt sein Grab.
Er war fünfundzwanzig Jahre alt, eingezogen und nicht freiwillig in Rußland. Seine Familie liebte ihn, seine Kameraden ehrten ihn.
Achim Schöneborn war ein tapferer, ehrenhafter, deutscher Soldat.

Und kein Mörder!

Mit ihm gedenke ich der Millionen unschuldiger deutscher Soldaten, deren Leben ein Krieg verschlang, den sie nie gewollt hatten.

Dr. Christian Schöneborn. Oberstudienrat.
Hamburg.«

Katja nahm das Blatt in die Hand, und Musbach mußte lange warten, ehe sie murmelte: »Es muß schlimm sein, einen Vater zu haben, den man nie gehabt hat. Ich mag mir das gar nicht ausmalen.« Sie langte über den Tisch an die Schulter des Vaters und genoß sein scheues Lächeln.

Doch das Essen schleppte sich hin. Ob es denn nicht schmecke, fragte der Kellner betrübt. Einen Nachtisch wollten sie nicht.

»An die Elbe? Was meinst du?« fragte Katja. »Oder nach Hause? Ich meine, zu dir«, verbesserte sie sich.

Die Stadt war betörend schön, hoher Nachmittagsglanz

über der Alster, den grünspanigen Kupferdächern, Licht floß die weißen Fassaden herab wie Wasser.

»Hast du Zeit?« In seiner Frage lag eine Bitte, und Katja wußte Bescheid. Aber auf den Firsten sammelten sich die Tauben, zu zweit, zu dritt, in langen Reihen saßen sie nebeneinander. Es würde Regen geben, meinte Musbach.

»Ach was! Heute bestimmt noch nicht. Wohin soll es gehen?«

»Wir waren lange nicht mehr in der Haseldorfer Marsch. Was meinst du?«

»Gern. Laß uns fahren.«

Viele Hamburger hatten die Stadt schon am Morgen verlassen, waren aufgebrochen an Ost- und Nordsee, die Autobahn leer. Fast gewaltsam mußte Katja Bilder von Panzern zurückdrängen, endlosen Kolonnen, Lastwagen mit Soldaten in Felduniformen. Sie stellte das Radio an. Mozart. Die Bilder verflogen.

Die Bank stand noch unter der Weide, als wären nicht Jahre dahingegangen seit ihrem letzten Besuch. Musbach hatte den Weg hierher mühelos zurückgelegt, das Knie nur wenig Beschwerden gemacht, und nun ließen sie ihre Augen ausruhen über dem weiten Grün, diesseits und jenseits des Stroms, der unter großen schwerelosen Rosenwolken ins Meer floß, Wolken, die sich überm Horizont türmten; und fern im Westen, wo das Meer war, begegnete der Himmel der Erde mit einem Streifen von strengem dunklen Blau.

»Der grüne sieht wie eine Wiese aus«, brach der Vater das Schweigen. »Der Sumpf, meine ich. Bei den Partisanen lernte ich den Sumpf kennen. Den Sumpf als sichersten Zufluchtsort. Den grünen und den schwarzen Sumpf. Der grüne sieht wie eine Wiese aus. An manchen Stellen sinkt man knöcheltief ein, und die Mulden füllen sich sofort mit Wasser. Wie in den Elbauen, wenn es im Frühjahr taut. An klaren Tagen durften wir den Sumpf nicht überqueren, denn vom Flugzeug aus konnten Beobachter unsere Fußspuren sehen. Erinnerst du dich, wie du als Kind diese blitzenden blinkenden Spuren liebtest?

Besser schützte uns der schwarze Sumpf, faulig und stinkend. So ein Sumpf hat Wasseradern mit großen Inseln und dichtem Wald. Erreichten wir bei einem Fliegerangriff solch eine Zuflucht nicht rechtzeitig, mußten wir stundenlang im Morast stehen in einem zähen, klebrigen Gebräu, immer in Gefahr, im Bodenlosen zu versinken. Du erinnerst dich an den üblen Landserwitz. Fremde wären hier nie durchgekommen.«

»Und Wera«? unterbrach die Tochter zaghaft.

»Einmal tanzte ich sogar mit ihr. Wir feierten den 1. Mai. Tanzten Bulka, so eine Art Polka, aber auch langsamen Walzer und so was wie einen Foxtrott. Mitten im Krieg. Einer spielte Balalaika, ein anderer Akkordeon. Ein paar Dörfler hatten sich zu uns getraut, Brot, Milch, Eier und Speck mitgebracht, sogar geschmückt hatten sie sich, ihre Nationaltracht. Die Frauen Röcke aus buntgestreifter Baumwolle und selbstbestickte breite Gürtel, Schürzen und Westen. Die Männer Hemden mit Ornamenten. Mitten im Krieg. Wir tranken Samogonka, Schnaps aus erfrorenen Kartoffeln. Ringsum war Krieg, aber sie sangen ihre Lieder, und ich sang mit: teures Land, das unsere Liebe trägt, aber als sie am Ende brüllten ›Germanija rasruschena! Deutschland kaputt!‹, war ich wieder allein.«

Ein Containerschiff, von zwei Lotsenbooten begleitet, unterbrach den ruhigen Fluß des Stromes, schwang die Wellen weitaus bis in die Auen hinein.

Musbach hielt inne.

»Aber wie ging es weiter?« drängte Katja. Merkwürdig, woran sich der Vater erinnerte. Bei der Wehrmacht nur Not und Tod, und beim Feind wurde getanzt und gesungen. War es Wera, die ihm diese Zeit so verklärte? Hatte es das wirklich gegeben, diese Räume der Freude, der Liebe, sicher wie ein Traum?

Dem Vater paßte die Frage nicht. »Nun?« parodierte er den gestrengen Lehrer. »Woher kommt das Schiff? Flagge? Ladung? Bestimmungsort?«

Katja hatte diese Fragerei schon als Kind nicht gemocht. »Rußland?« zweifelte sie. »Ladung: Keine Ahnung. Hafen: Hamburg natürlich.«

»Eins. Sitzen bleiben!« versuchte der Vater zu scherzen, wurde aber gleich wieder ernst: »Ja, ich sang mit an diesem ersten Mai, und ich griff nach Weras Hand, die sie mir mit einem verschreckten Blick entzog. Ich, dem man einen Kochlöffel anvertraute, aber kein Gewehr, gehörte eben nicht dazu. Nicht so, wie man es in Heldengeschichten kommunistischer Überläufer lesen kann. Da konnte ich noch so laut singen. Aber ein Gefangener war ich auch nicht mehr. Und sie gehörte ganz zu den anderen.«

Der Vater schwieg.

Ein großes Segelboot hatte sich weit herausgewagt, wieder das mit rostfarbenen Segeln, ein fremder Fleck zwischen den strengen Linien von Himmel, Wasser und Wiesen. Es kämpfte gegen die Wellen, die der Ausflugsdampfer aufgeworfen hatte.

Katja schloß die Augen. Sie hatte Angst vor dem Ende der Erzählung. Solange der Vater erzählte, war alles möglich. Solange der Vater erzählte, war die Zeit kein Fluß. Die Zeit war ein Meer, in das der Vater eintauchte, sich vorwärts bewegte, vorwärts zurück; in alle Richtungen konnte man sich bewegen, im Meer, Zeitmeer, unerschöpflich – solange der Vater erzählte.

Eine Schafherde kam blökend näher und schreckte sie aus ihren Gedanken. Der Vater griff nach Katjas Hand.

»Ich bemerkte nichts. Nachträglich fielen mir die höhnischen Blicke der Alten, die mitleidigen Augen der anderen wieder ein.

Ich bemerkte nichts. Im Juni hatte eine Offensive der Roten Armee zur Befreiung Belorußlands begonnen. Wir waren in dauernder Bewegung, in Verteidigung und Angriff, die Russen jagten die Deutschen zurück, von ›Frontbegradigung‹ war längst nicht mehr die Rede, die deutsche Front in Auflösung, aber noch immer kämpften einzelne Verbände mit einer Verbissenheit, die sich trotz drohender Niederlage sogar noch steigerte.

Ich bemerkte nichts. Warum bemerkte ich nichts? Weil ich, drug druga, vergaß, wer ich war und wo ich war: ein deutscher Soldat bei russischen Partisanen. Im warmen Moos unter der Sonne, dem Mond, die da gleichmütig schienen über Freund und Feind: Ich bemerkte nichts. Mittags hatte ich Wera noch gesehen, dann war sie mit zwei Männern fort, eine Bahnstation sollte erkundet werden. Sie nickte nur, ehe sie verschwand.

Abends war sie noch nicht zurück; aber das war nichts Ungewöhnliches. Ich legte noch ein paar Kartoffeln an die Glut; nachts würden sie hungrig sein. Und dann wickelte ich mich in meine Decke und schob mein Bündel unter den Kopf. Ich war todmüde. Ich …«

Dem Vater versagte fast die Stimme.

»Ich schlief wie immer, traumlos, fest. Ich wachte auf. Und dann …«

»Weiter«, bat Katja.

Der Vater sackte zusammen. »Ich war allein! Allein! Sie

waren weg! Alle! Hatten mich zurückgelassen ohne ein Wort. Kein gutes Wort und kein böses Wort …«

Die Tochter legte den Arm um ihn und zog seinen Kopf an ihre Brust. Küßte seinen Hals hinterm Ohr, da wo das dünne Haar sich ein wenig fettig teilte. So hielt sie ihn lange.

So saßen sie lange. Bis das Bild des Mannes am Horizont, der sich in seiner Verzweiflung krümmte, verblich und sie allein war mit diesem wirklichen Mann: dem alten Mann, dem Witwer, dem Mann in den besten Jahren, dem Lehrer, dem Vater, dem Ehemann, dem Soldaten, dem Studenten, dem Schüler, dem Jungen, dem kleinen Kind. Hilfsbedürftig alle.

»Freiwillig? Gezwungen?« Die Stimme des Vaters kam von weither. »Ich habe es nie erfahren. Sie hatten sich davongemacht. Sogar den Verwundeten mit der Hirnverletzung schleppten sie mit. Keine Spuren. Wir hinterließen niemals Spuren. Sie zu suchen war aussichtslos. Und was hätten sie mit mir gemacht? Ihre Botschaft war eindeutig. Sie hatten mir ein Messer, etwas Brot, sogar Speck neben mein Bündel gelegt. Vernichten wollten sie mich nicht. Ich sollte hingehen, wo ich hergekommen war.

Das versuchte ich dann auch. Es war merkwürdig zu denken: zu den ›Unseren‹. Einmal war ich mit Wera unterwegs in einem Dorf gewesen, Kartoffeln holen. Während sie mit den Bewohnern verhandelte, blieb ich versteckt in einem Schuppen. Plötzlich hörte ich Stimmen, Deutsch. Landser, die über miese Verpflegung fluchten. Nur einen Herzschlag lang freute ich mich über den vertrauten Klang. Dann packte mich Panik vor der eigenen Muttersprache. Ich hatte Todesangst vor diesen Männern. Haßte ich inzwischen dieses Hitlervolk? Ich wußte es nicht.

Lange Zeit sah ich Wera überall. In jedes Gewehrfeuer

wäre ich gelaufen, um ihr diese eine Frage zu stellen: Freiwillig oder gezwungen? Ach was, egal. Nur noch einmal an mich drücken wollte ich sie.

Tagelang irrte ich durch die Wälder. Aß, was ich fand. Das hatte ich bei den Partisanen gelernt. Ich suchte die Deutschen und floh sie auch. Weras Land, teures Land, das unsere Liebe trägt, wieder ganz und gar das fremde, das bedrohliche. Wrag.

Dann schloß ich mich vorsichtig verstreuten Deutschen an. Kein Zweifel: Dieser Rückzug war eine Flucht. Rette sich, wer kann. Landser hatten ihre militärische Ausrüstung verloren, so war es nichts Besonderes, daß ich keine Waffen hatte. Nur das Messer, mit dem ich mir von Zeit zu Zeit auch die Stoppeln aus dem Gesicht kratzen konnte, dieses Messer hätte mich einmal beinah verraten mit seinem roten Stern. Ich hätte es einem im Zweikampf entrissen, sagte ich, das trug mir Bewunderung ein. Außerdem konnte ich Unkraut in Gemüse verwandeln, und so schlug ich mich mit dem Haufen Männer durch den Winter. Sie waren genauso kriegsmüde wie ich. Doch die Lage wurde immer bedrohlicher. In dem Maße, wie die Disziplin sich auflöste, wuchs der Terror. Am Ende hatte jeder nur noch ein Ziel: jeden Kampf zu überleben und der Feldgendarmerie und ihren fliegenden Standgerichten zu entgehen. Lebend nach Hause zu kommen. Rette sich, wer kann.

Flüchtlingstrecks und Truppenverbände, übermächtige Angriffe der Russen. Jeder war sich selbst der nächste. Organisieren, also klauen, Marschpapiere und Ausweise fälschen war gang und gäbe. Im Januar irgendwann stieß ich mit zwei Kameraden auf eine verlassene Schreibstube der Wehrmacht, wo uns ein Schatz in die Hände fiel: Dienstausweise, Urlaubsscheine, Fahrausweise, Krankenpapiere, Verwundetenpapiere. Blanko gestempelt. Ich nahm von allem etwas, nur keinen Totenschein, faltete die Papiere sauber und trug sie tief versteckt bei mir. Jetzt konnte ich mich für alles ausweisen. Zumindest vor den eigenen Leuten war ich sicherer. Mußte auch nicht mehr nur marschieren, konnte sogar Eisenbahnen, soweit die noch fuhren, und Truppen-PKWs benutzen. Die Macht von Ausweis und Stempel funktionierte. Bis zur Kapitulation. Und danach nicht minder.

Durch die Wälder südlich von Potsdam erreichte ich schließlich mit einem Fahrrad Berlin. Hin und wieder beschossen, aber es ging gut. Nie vergesse ich diese Lastwagen, auf denen Hitlerjugend dahin gefahren wurde, wo wir gerade abhauten. Mit Panzerfäusten!

Himmler soll ja damals im Januar in einer Radiorede den Frauen empfohlen haben, ›hartnäckige Feiglinge mit Scheuerlappen an die Front zu hauen‹. Und im Notfall gab es ja die Standgerichte!«

Der Vater lachte bitter auf. Katja fröstelte. Sie erinnerte diese Jungengesichter von alten Filmbildern. Unverständlich. Unerklärlich.Wer konnte denn damals noch jemanden zwingen? Nur die Angst?

Der dunkle Streifen am Horizont war breiter geworden, die rosa Wolken längst violett. Über den Farben des Abendrots hing blaß und scharf die Klinge des neuen Monds. Ungelenk stand die Tochter auf, trat von einem Fuß auf den anderen und half dem Vater hoch. Langsam gingen sie zum Auto zurück. Von weitem konnte man sie für ein altvertrautes Ehepaar halten.

Im Seniorenheim war es still; der Tanztee im Café, das sonntags auch Besuchern aus der Stadt offenstand, schon vorüber. Wenn sonst in diesen Stunden die ersten Takte eines langsamen Foxtrotts zu ihm heraufdrangen, nahm Musbach regelmäßig Reißaus. Heute hätte er gegen ein bißchen Trubel nichts einzuwenden gehabt.

Auf Katja warteten die Tell-Aufsätze. Sie hatte der Klasse die Korrekturen seit Tagen versprochen. Ein paar Schüler barsch angefahren, als die drängten. Man begann zu murren. Was war mit der Wild los? Die war doch sonst so zuverlässig.

»Du solltest schlafen, Vater«, bat sie und zog die Vorhänge zu. »Ruh dich aus. Es war ein langer Tag und ein weiter Weg.« Sie trat zu ihm und drückte ihre Wange an seine. Fühlte, nach wie langer Zeit, Bartstoppeln auf ihrer Haut und schreckte zurück wie vor einer unerlaubten Liebkosung. Der Vater ließ die Arme herabhängen, rührte sich nicht.

»Bis morgen«, sagte er schließlich mit weicher Stimme, leise, so wie sie zu ihm gesprochen hatte.

Kaum war sie fort, zog Musbach die Vorhänge auf, suchte das letzte Abendlicht, das sich hoch in den schmalen Fenstern der Flugzeughallen brach. So wie die Reste des Lichts nach oben stiegen, waren seine Erinnerungen noch einmal aufgestiegen, ehe sie mit ihm verlöschen würden. Lange ließ er seine Augen auf der Elbe ruhen. Gerade unterjochte die Flut, dieser tiefe Atem der Nordsee, den Strom, drängte das Wasser zur Quelle zurück, zwang stromaufwärts die Wellen. Musbach liebte diesen energischen Augenblick der Natur, wenn sie ihre Gesetze ins Gegenteil zu verkehren schien. Als gelänge es ihr, selbst noch dem Tod einen Strich durch die Rechnung zu machen.

Wind war aufgekommen, ein weicher, salzig duftender Westwind strich vom Strom durch die Straßen. Der Vater hatte wohl recht mit seinem Taubenorakel, es wurde kühl, es würde Regen geben. Katja beschleunigte ihre Schritte. Ein schöner Tag, aber der Vater war ihr wieder entglitten.

Immer dagegen und immer dabei. War das wirklich seine ganze Geschichte? Hatte er am Ende alles nur so ausführlich erzählt, damit er mit seinen Erinnerungen selbst auch auf der Seite der Opfer erschien? Hatte er sich in ihre Reihe erzählen wollen? Ein guter Vater. Ein guter Lehrer. Ein guter Ehemann. Aber auch Hans Musbach im Krieg in Rußland. Was war es, das zählte?

Warum hatte der Vater nie vom Krieg, von seiner Zeit bei den Partisanen erzählt? Daß erst der Katalog einer Ausstellung ihn dazu gebracht hatte! Nun war ihr klar: sie mußte die Rollen umkehren. Sie war eine erwachsene Frau. Durfte sich nicht mit Ausflüchten abspeisen lassen. Von seinen Geschichten einwickeln oder wortlos umarmen lassen. Warum ließ sie sich immer wieder auf Nebenwege führen? Warum hatte sie nicht schon damals in ihrer Studentenzeit auf klaren Antworten bestanden? Und auch danach nie wieder? Sie hatte geschwiegen. Genau wie der Vater.

Und die anderen? Die gefragt hatten? Hatten die ihre Väter nicht zu erbarmungslos, voller Vorurteile gefragt? Ihnen keine Chance gegeben, offen zu reden? Hatten sie nicht allzu schnell die eigene Unschuld sichern wollen, indem sie ohne Unterschied eine ganze Generation zu Tätern, Mitläufern, Zuschauern machten, um ja nichts mit ihnen zu tun zu haben? Für die Väter galt dann: schuldig; für sie selbst: gewissenhaft. Sogar als Opfer konnte man sich sehen, als Opfer der Täter-Väter. Deren damalige Sorgen, Ängste und Hoffnungen ließen sie beiseite. Hatten sie jemals Nachsicht und Mitgefühl empfunden, zu verstehen versucht?

Jetzt, nach so langer Zeit, brachte der Vater ihr nahe, wie

es für ihn gewesen war. Doch wie hatte Frau Mewes gesagt: Die Toten dürfen nicht die Lebenden begraben! Bevor aber der Vater mit seiner Geschichte zum Ende kommen konnte, mußten die Toten noch einmal die Oberhand gewinnen; forderten die Toten noch einmal das Recht auf den festen Blick der Lebenden. Der Vater mußte antworten.

Danach würde sie Albert anrufen. Oder besser noch: ihm endlich zurückschreiben. Er sollte erklären, wie es zu den Briefen gekommen war. Sie hatte auch ihn nicht gefragt, nicht verstehen wollen. Nur vergessen, auslöschen, was sie gesehen hatte. Sie würde mit ihm reden.

Und dem Vater die Frage stellen. Ihn stellen. Morgen.

XVII.

Wie an den Tagen zuvor fand Katja den Vater schon in seinem Sessel hinter dem Schreibtisch. Nachmittagssonne schien durch die Fenster, vergoldete die Bücher in den Regalen und ließ eine Hälfte seines Gesichts, das gestärkte weiße Hemd und die silbrige Fliege aufleuchten. Darüber trug er heute seinen samtblauen Hausrock.

»Ich hätte es nie für möglich gehalten«, begann er mit einer Stimme, in der Zweifel mitschwang und Dankbarkeit.

»Was denn?« gab Katja unwirsch zurück. Der Vater sollte ihr nicht wieder zuvorkommen.

»Ich war überzeugt, niemand könne verstehen, was ich erlebt habe, weil sich das niemand vorstellen kann. Es hat gut getan, daß du mir so geduldig zugehört hast. Kennst du übrigens die Geschichte vom Floß der Medusa?«

Katja biß sich auf die Lippen. Sie wollte sich nicht wieder überrumpeln, gefangennehmen lassen und fühlte sich doch alsbald in seinem Bann, von seiner Gegenwart überwältigt, seiner Stimme bestrickt, genötigt, ihm zu folgen. »So ungefähr«, antwortete sie widerwillig. »Medusa war eine von den drei Gorgonen. Die mit dem Schlangenhaupt. Aber …«

»Richtig«, lobte der Vater lehrerhaft unbeirrt. »Aber mit dem Floß der Medusa hat das nichts zu tun. Es gibt da ein Gemälde von Gericault, hängt im Louvre. Er malte das ›Floß der Medusa‹, angeregt durch das Schicksal der ›Medusa‹, des Flaggschiffs eines französischen Geschwaders, das Anfang des 19. Jahrhunderts nach Afrika aufbrach. Man wollte die englische Kolonie Senegal am westlichen Zipfel

Nordafrikas wieder in französischen Besitz bringen. Gegen Ende der Fahrt setzte der Kommandant der ›Medusa‹ alle Segel und fuhr den übrigen Schiffen davon – ehrgeizig, als erster an Land zu gehen. Aber seine ›Medusa‹ lief kurz vor ihrem Ziel auf ein Riff. Tagelang versuchte man das Schiff flottzukriegen; dann wußte man, die leckgeschlagene Fregatte müßte kentern. Die wenigen Rettungsboote wurden von ranghohen Militärs und Beamten besetzt. Für die Mehrzahl der Seeleute und Passagiere, darunter Frauen und Kinder, blieb nur ein Floß. Ein Floß für mehr als einhundertfünfzig Menschen: das ›Floß der Medusa‹. Anfangs versuchte man, es im Schlepptau der Rettungsboote an Land zu ziehen. Aber das Floß ließ sich nicht manövrieren, und so kappten die Offiziere kurzerhand die Taue und überließen die Schiffbrüchigen der offenen See. Mit etwas Wein, Wasser und Zwieback. Die Rettungsboote erreichten schon nach einem Tag das Ufer; eine Suche nach dem Floß veranlaßte man nicht. Das war abgetrieben, und als es viele Tage später zufällig gesichtet wurde, waren nur noch fünfzehn Menschen am Leben. Die anderen umgekommen: vor Durst, in der sengenden Sonne oder erschlagen im Handgemenge um einen Schluck Wasser, einen Schluck Wein. Man sagte später, Überlebende seien während dieser Tage auf See sogar über die Kadaver toter Passagiere hergefallen. Ganz normale Männer. Und Frauen. Aber sie blieben am Leben.

Warum ich dir das erzähle? Weil ich mir das auch nicht vorstellen kann. Ich habe es nicht erlebt. Ich kann mich in diese Leute nicht hineinversetzen. Verstehe diese Leute nicht. Wie soll ich urteilen über das, was auf dem Floß geschah? Hätte ich vielleicht auch andere von den Planken gestoßen, das Fleisch der Toten gegessen, ihr rohes Fleisch, um mein Leben zu retten?

Nur wenn wir uns eingestehen, daß wir so was nicht wissen, können wir beginnen zu verstehen. Jeder, der nicht dabeigewesen ist, muß sich diese Frage stellen: Und ich?«

»Mir reicht's! Jetzt reicht's!« Mit steigender Ungeduld glaubte Katja ein Referat des Vaters über sich ergehen zu lassen. Sie sprang auf, hob fast die Hand gegen Musbach.

»Was schreist du mich an? Was soll das? Was für ein Ton?«

Ihre Hand fiel herab: »Mein Ton? Mein Ton gefällt dir nicht? Mir gefällt auch vieles nicht. Seit ich dir dieses Buch mitgebracht habe, gefällt mir gar nichts mehr. Mein Ton! Besser als diese Schöngeisterei. Deine Ausflüchte! Jeder Täter sein eigenes Opfer! Ausflüchte! Darin bist du groß. Schöne Bilder. Das Allgemeine. Das Objektive. Kollektive Verantwortung. Nur nicht persönlich werden. Distanz wahren.«

»Katja, ich hab doch nur zu erklären versucht …«

»Erklären ja! Erklären, bis der andere sagen muß: Entschuldigung. Entschuldigung, daß ich gefragt habe. Erklären, mit Bildern und Vergleichen. Und du? Erklär dich dir doch erst mal selber!«

Katja bebte. Der Vater entfärbt bis in die Lippen.

»Ich hab nicht angefangen«, sagte er tonlos. »Ich nicht.«

»Nein«, höhnte Katja. »Du nicht. Immer dagegen, aber immer dabei. Deine Worte!«

Sie schlug die Tür hinter sich zu.

XVIII.

Professor Dr. Sebastian Sehhaupt
Facharzt für Neurologie und Psychiatrie
Psychoanalyse
Hamburg

An
Dr. Thorsten Ecklund
Blanke Twiete 14
Hamburg

Betrifft: Patientin Dr. Katja Wild

Sehr geehrter Herr Kollege,
die oben genannte Patientin, die bereits vor zwei Jahren Rat bei mir gesucht hatte, sprach erneut bei mir vor. Damals klagte Frau W. über zunehmende Schlaflosigkeit, verbunden mit einer hyperthyreoten Stoffwechsellage. Symptome, die ihr in der täglichen Arbeit zunehmend Schwierigkeiten bereiteten (Lehrerin für Deutsch und Englisch der Oberstufe). Die körperlichen Befunde waren jedoch unauffällig. Bezüglich der Blutdruckwerte kann ich nach mehrfachen Messungen lediglich vom Vorliegen eines labilen Hypertonus ausgehen.

Die damalige Unruhe und Apathie-Stimmungen führte die Patientin selbst auf ein (ihre Worte) »Trennungstrauma« zurück, das sie durch die faktische Auflösung ihrer kinderlosen Ehe verursacht sah. Nach den oben genannten Beratungsgesprächen fand die Patientin ohne jede medikamentöse Behandlung zu ihrem seelischen Gleichgewicht zurück, so daß sie die Beratung mit meiner Zustimmung beenden konnte. Sie nahm ihre berufliche Tätigkeit, wie sie mir in einer telefonischen Rücksprache berichtete, ohne jedes zuvor beklagte Passivitätssyndrom erfolgreich wieder auf.

Nun suchte mich Frau Dr. W. erneut auf, weil die Beschwerden in letzter Zeit wieder aufgetreten sind, und zwar erheblich verstärkt. Die Anamnese ergab eine Schockerfahrung, die sie beim Besuch der gegenwärtig in der Stadt befindlichen Ausstellung »Verbrechen im Osten« gemacht haben will. Dort hätten sie nicht allein die zum Teil unvorstellbaren Brutalitäten auf den ausgestellten Fotos des Rußlandkrieges zutiefst verstört; solche Fotos hätte sie auch an anderer Stelle schon öfter gesehen. Vielmehr sei sie sicher, auf einem der Bilder ihren Vater erkannt zu haben als Soldaten und Schützen einer »gnadenlosen« (so ihr Wort) Erschießung.

Der Vater von Frau Dr. W., Herr Dr. Hans Musbach (82), ist Oberstudienrat a. D., ebenfalls eines Hamburger Gymnasiums, für alte Geschichte, Griechisch und Latein. Herr Dr. Musbach lebt heute in einem Hamburger Seniorenheim.

Frau Dr. W. berichtete mir unter erkennbarer tiefer Erregung, sie habe versucht, ihren Vater, zu dem sie immer, besonders aber nach der Trennung von ihrem Ehemann, eine sehr herzliche Beziehung unterhielt, in einer Reihe von Gesprächen zu einer freiwilligen Stellungnahme zu bewegen. Zu diesem Zweck habe sie dem Vater den Ausstellungskatalog gebracht, in dem allerdings das kritische

Bild nicht enthalten sei. Dies habe sie dem Vater dann vorsichtig mit den Worten »Dein Bild wirst du hier nicht finden« angedeutet. Einen direkteren Hinweis habe sie nicht für zweckmäßig gehalten, da sie meine, Beteiligte an derartigen Verbrechen müßten von sich aus ihre »Verdrängung« (sie benutzte diese Terminologie) »durchbrechen« und sich zu ihrem Tun bekennen. Der Vater habe aber auf die Fotos des Katalogs und trotz ihrer »Schrecken« (wieder ihre Wortwahl) gänzlich unverständlich reagiert und statt über die Opfer des Rußlandkriegs nur über seine, die andere, die »Täter-Seite« (so Frau W.) gesprochen. Die Leiden der deutschen Soldaten, seine eigene Angst, der Verlust seiner Kameraden und besonders eines engen Freundes dominierten die Gespräche, die an einem toten Punkt angekommen seien. Ihr selbst sei wohl diese unaufgelöste Frage gegenüber ihrem Vater so unerträglich geworden, daß ihre alten Symptome zurückgekehrt seien.

Wiederum sind die organischen Befunde unauffällig oder im Normbereich. Frau Dr. W. ist eine berufstätige und ebenso selbstbewußte wie erfolgreiche Frau; ihre psychologische Struktur muß allerdings als überreagibel bezeichnet werden. Die Beziehung zum Vater könnte psychogenetisch durch eine ödipale Fixierung an den Vater bestimmt sein. Ihr bisher nahezu blindes Vertrauen in diese dominante Vaterfigur macht die Entdeckung des Fotos angesichts der geschilderten physiologischen Instabilität zu einer psychosomatischen Krise.

Ich habe – wie mir scheint, vergeblich – versucht, der Patientin zu erklären, daß Vergessen und Verdrängen, wie sie es bei Dr. Musbach meint konstatieren zu müssen, ein äußerst natürlicher Vorgang sei. Auch meine ausführlichen Berichte über wissenschaftliche Untersuchungen bei Tätern und Opfern (bei letzteren zeigte sie nahezu trotzigen Unglauben) hätten häufig gezeigt, daß traumatische Erfahrungen – und zu solchen müsse die Wissenschaft auch eine solche Tat zählen – nicht in Ausnahmefällen, sondern in der Regel zunächst zu jahrelangem Schweigen, Verdrängen und Über-Arbeiten, statt Ver-Arbeiten führen. Eine Reihe der wissenschaftlichen Titel zu diesem Problem hat sich die Patientin notiert.

Ich bin zu der Überzeugung gekommen, daß Frau Dr. W. wegen ihrer Willensstärke und wegen des Schocks, in den die Foto-Entdeckung sie zweifellos versetzt hat, mit der eingetretenen Situation nicht durch Gesprächsberatung geholfen werden kann. Eine psychoanalytische Behandlung ist ebenfalls nicht indiziert. Ich habe Frau Dr. W. deswegen angeraten, trotz der zunehmend schwächlichen Gesundheit ihres Vaters die Gespräche mit diesem fortzuführen, ihre Fragen schonungsloser zu stellen, kurz, den Vorgang aufzuklären. Vermutlich sogar im Interesse beider, Vater und Tochter.

Während dieser Tage und der damit verbundenen Gefahr heftiger Angstreaktionen rate ich jedoch zu ärztlicher Begleitung und vermutlich auch medikamentöser Hilfe. Da die Patientin mir berichtete, sie sei wegen anderer, gelegentlicher Störungen bei Ihnen in Behandlung gewesen, habe ich sie heute an Sie verwiesen. Ich gehe davon aus, sie wird Sie aufsuchen.

Mit freundlichen Grüßen,

Dr. Sebastian Sehhaupt

XIX.

Sie hatte die Frage gestellt. Der elfenbeinerne Tod schon zweimal die Viertelstunde geschlagen. Der Vater blieb verstummt. Seine Wangen eingefallen, die Augenlider dunkel verfärbt, sein Blick der eines Menschen, der nicht begreift, was ihm geschehen ist. Er atmete schwer mit offenem Mund. Preßte den Arm vor die Augen und stöhnte. Endlich legte Katja den Löffel, den sie unablässig gegen die Wände der Tasse hatte klingeln lassen, beiseite. Jetzt war es still. Im Zimmer warm und hell, und es roch gut nach starkem Kaffee. Der Vater versuchte aufzustehen, stützte sich sekundenlang auf die Tischplatte, ließ sich zurücksinken. Eine dritte Viertelstunde verging.

Tochter und Vater schauten aus dem Fenster, beide den Kopf ein wenig geneigt, beide aufrecht, die Hände auf den Lehnen, die Beine nebeneinander gestellt, einer des anderen Spiegelbild. Dann hob der Vater den Kopf, für Katja das Zeichen, den ihren zu senken. Sie schaute auf ihre Knie, und als der Vater zu reden begann, schloß sie die Augen. Musbachs Stimme tastend bei den ersten Worten, als müsse er die Sätze der Erinnerung abtrotzen, dann aber unbeirrt, fest:

»Ich erkannte ihn auf den ersten Blick und er mich auch: Rolf Katsch. Ein SS-Trupp quartierte sich im größten Haus am Ort ein, einem Kaufladen, auch Schänke. Damals, nach Karls Festnahme. Wahrscheinlich waren wir mit unseren ›Säuberungsaktionen‹, wie man das nannte, nicht erfolgreich genug, was weiß ich.

Rolf Katsch war eine Klasse unter mir auf dem Gymnasium und hatte nur mit meiner Nachhilfe das Abitur geschafft, gerade noch. Sein Vater machte Geld mit Kiesgruben, der Sohn sollte den Betrieb übernehmen. Nun stand er als SS-Mann vor mir. Der Totenkopf auf seiner Mütze grinste mich an, als wolle er sagen: Siehst du, wir kriegen euch alle. Mich hatte er schon. Das hörte ich im Ton der ersten Silbe, die Scharführer Katsch auf mich losließ, ein langgezogenes ›Naa‹, dem ein genüßliches ›Wen haben wir denn da?‹ folgte. Dümmer kann ich kaum jemals wieder ausgesehen haben. Ich grinste hilflos, noch saß mir der Schock vom Anblick unseres toten Feldwebels in den Gliedern, als Katsch donnerte: Nehmen Sie Haltung an, Mann! Die Sache war klar: Katsch würde mir das Leben, solange ich noch eines hatte, zur Hölle machen. Zu vieles war heimzuzahlen; zu viele Blamagen, Stümpereien und Begriffsstutzigkeiten, deren Zeuge ich geworden war; zu oft hatte er mir widerwillig dankbar sein müssen; zu häufig hatte ihm sein Vater wahrscheinlich ›den Musbach‹ als Beispiel zitiert. Jetzt hatte er mich in der Hand, und er genoß das. Er hielt mich für stolz. Jetzt konnte er diesen Stolz brechen.

Es war nicht das erste Mal, daß die SS unsere Wege kreuzte. Doch nie waren sie am selben Ort mit uns stationiert. Der alte Zugführer hatte sich mit einer Mischung aus Vorsicht und Verachtung von ihnen ferngehalten. Der Neue suchte ihre Nähe. Glaubte wohl, daß etwas von der Aura der Macht auf ihn abfärben könnte.

Unser Feldwebel, von Partisanen erschossen, ich hab's dir erzählt, mußte gerächt werden. Für ein ›deutsches Soldatenleben‹ forderte man den Tod von fünfzig bis hundert Kommunisten. Und Kommunist war jeder. Nur gab es hier im Dorf schon lange keine Männer mehr. Also trieb die SS Frauen und Kinder zusammen und pferchte sie hinter dem Wirtshaus in eine Scheune. Schon seit Mai einundvierzig waren für die Zivilbevölkerung nicht mehr die Kriegsgerichte zuständig. Sie unterstand direkt der Truppe. Freischärler und Kommunisten waren ›feindliche Zivilpersonen‹ und konnten sofort ›erledigt‹ werden, wie das hieß. Juden sowieso. Sie galten einfach immer als Saboteure. Juden, so ein Sonderbefehl Himmlers, waren als ›Plünderer‹ zu behandeln, also gleich zu erschießen. Wer Freischärler war, bestimmte man an Ort und Stelle. Immer schärfer wurden die Befehle. ›Verdächtiges Element‹ konnte schließlich jeder sein. Eine mißliebige Gesinnung zu unterstellen genügte für den Strang. Jedes ›verdächtige Element‹ an die Einsatztruppe beziehungsweise an ein Kommando des Sicherheitsdienstes abzugeben: das war Befehl. Und als Stalin Anfang Juli sein Volk zum Kampf hinter den deutschen Linien aufrief, der Partisanenkampf also sozusagen offiziell wurde, löste das bei den harten Nazis fast Beifall aus. Endlich hatte man den Beweis für die Heimtücke des Gegners und eine Begründung für die brutalen Gegenmaßnahmen.«

Unversehens war der Vater wieder in seinen Lehrerton gefallen. Unter dem Schutz von Verlautbarungen und Verallgemeinerungen rückte er sich in seinem Sessel gerade und wäre wohl noch ein Stück weiter ins »Objektive« geflüchtet, hätte die Tochter ihn nicht mit einem heftigen Räuspern unterbrochen.

»Ich wurde mit zwei anderen zur Bewachung der Scheune abkommandiert, während die übrigen zur Jagd auf Partisanen ausschwärmten. Katsch und seine Truppe hetzten mit.

Gegen Mittag kamen sie zurück, ein Häuflein kahlgeschorener, bärtiger junger Männer, die Hände über den Köpfen, vor sich hertreibend. Die SS vorneweg. Katsch voran. Sein Blick so arrogant, so kalt entschlossen, daß ich den meinen senken mußte. Sie zogen weiter bis zum nah gelegenen Busch, wo Frauen noch am Tag vorher Holz gelesen hatten. Ein paar Kameraden kamen zurückgelaufen; wegen der Schaufeln. Dann sah ich nur von weitem und ungenau gegen die Sonne, wie die Gefangenen zu graben anfingen. Unter vorgehaltenen Gewehrläufen. In der Scheune begannen Kinder zu weinen. Ein paar Frauen sangen, verhalten, leise, die Kinder zu besänftigen.

Ich dachte an den toten Zugführer; an Hugo, Barbara, an Karl, Freßfriese, Pater Franz.

In der Ferne stachen die grabenden Gestalten schwarz ins Nachmittagslicht. Wurden ihre Bewegungen langsamer, trieben ein paar Kolbenstöße sie wieder an. Aus der Scheune vernahmen wir zaghaftes Klopfen gegen die Bretterwände. Ich sah mich nach den Kameraden um. Die zuckten die Achseln, drehten sich noch eine Zigarette. Da tat ich auch, als hörte ich nichts.

Sie hatten noch nicht zu Ende geraucht, als sich eine Gestalt aus der Gruppe am Busch löste und auf die Scheune zukam: ›Musbach zum Zugführer!‹

Die Frauen waren verstummt. Die Kinder weinten immer noch. Ich folgte, wie ich schon so oft gefolgt war. Dachte an Hugo. Dachte an Karl, an Barbara, Freßfriese, an Hugo, meinen Freund. Freund – was für ein Wort, wenn einer abgeordnet wird zum Erschießen.

Lateinisch amicus schoß es mir durch den Kopf, griechisch philos schoß es mir durch den Kopf, ›im Schnee, im Schnee, in Rußlands tiefem Schnee, im Schnee, im Schnee im Schnee‹ bewegte ich meine Stiefelbeine, während der Zugführer ›Beeilung!‹ brüllte und ich in Laufschritt fiel, ›im Schnee, im Schnee, o weh, o weh, o weh‹, bis ich bei den anderen war und Haltung annahm.

Es war fast Abend. Und ein schöner Tag. Septembersonne. Mückenschwärme in den Birken. Spinnweben in den Büschen, Sanddorn schwer von Beeren. Ich klammerte mich mit den Augen fest an jedem Ast, an jedem Blatt und mußte doch hinsehen, wo alle hinsahen. Die Gefangenen hatten die Schaufeln sauber zusammengelegt und standen in einer Reihe vor der Grube.

›Freiwillige vor!‹ befahl der Zugführer. Metz hieß er, glaub ich.

Drei traten festen Schrittes aus dem Block.

›Mehr Mut!‹ brüllte Metz.

Fünf weitere folgten. Fehlten noch zwei.

›Schneider und Maus. Vortreten!‹

Katsch stand nah bei Metz, und ich sah, wie er etwas sagte, so nebenhin. Metz schüttelte den Kopf, Katsch sprach lauter. Verstehen konnte ich ihn nicht. Metz brüllte meinen Namen. Beim zweiten Anruf gab mir mein Nebenmann einen Stoß. Ich stolperte nach vorn. Einer von zwölfen. Maus dafür zurück ins Glied. Einer von zwölfen. Ich würde danebenschießen. Als hätte er meine Gedanken erraten, bückte Katsch sich noch einmal zum Ohr des Zugführers. Der nickte, stieß einen der Gefangenen vor die Brust und scheuchte die anderen zur Seite.

Dann winkte er mich heran: ›Das ist deiner! Für Führer, Volk und Vaterland!‹

Katsch glühte: ›Jetzt zeig mal, was du kannst. Hic Rhodos hic salta. Oder so ähnlich, wie?‹

Ich hörte, wie er seine Pistole entsicherte, hinter mich trat und zischte: ›Auf der Flucht erschossen!‹, bevor er Abstand nahm. So viel von mir wie ich von meinem Opfer. Ich tat wie mir befohlen. Hielt in die Richtung, wo der Mann stand. Zog ab. Der Schuß ging los. Da stand Hugo! Vor mir stand seine schmächtige Gestalt, bleigrau gefroren mit verrutschten Unterhosen, und eine warme rote Rose wuchs ihm aus der Brust. Ich sackte zusammen. ›Verdammter Idiot‹, hörte ich noch. Dann verlor ich das Bewußtsein. Eine gnädige Ohnmacht.«

Der alte Mann im Sessel konnte nicht mehr. Speichel hatte sich in seinen Mundwinkeln gesammelt, zitternd klopfte er seine Hosentaschen ab. Kein Taschentuch. Katja fühlte einen Krampf in der Brust, wagte nicht, sich zu bewegen. Musbach tastete in der Schreibtischschublade herum, schob sie wieder zu und wischte sich mit dem Rockärmel die Lippen trocken. Die Tochter ließ ihn noch immer allein. Erstarrt. »Genug, genug«, sagte sie mit erstickter Stimme. »Ich komme morgen wieder.« Aber sie rührte sich nicht.

Musbach fuhr auf, fiel zusammen, setzte sich in seinem Sessel gerade: »Nein, warte, Kind, so lass' ich dich nicht gehen. Hör weiter!«

Bestimmt, beinahe streng, hatte er dieses »Hör weiter!« hervorgestoßen.

»Grölender Gesang, Stampfen, Geschrei brachten mich wieder zu mir. Sie hatten mich in das Wirtshaus geschafft, wo man feierte, als wäre der Krieg schon gewonnen. Feiern, sich sinnlos besaufen. Ich stand auf, griff eine der Flaschen vom Tisch und torkelte ins Freie, der Scheune entgegen. Die Tore standen weit offen. Im Dorf war es totenstill.

Ich setzte die Flasche an, trank in vollen Zügen. Aber der Knall meines Gewehrs in meinen Ohren, meines einzelnen, einsamen Gewehrs war nicht zu ersticken, und mein Blick, der nichts sah als einen Mann vor einem Birkenwald, mein einsamer Mann vor Spätsommerbirken, Hugo mit der sprudelnd roten Rose auf der Brust vor Spätsommerbirken, dieser Blick war durch nichts zu trüben. Hören und

Sehen wollten mir nicht noch einmal vergehen. Ich stürzte in die Scheune, wollte mich im Heu vergraben, verscharren, bewußtloses, schmerzloses Zeichen sein. Da hörte ich aus der Ecke beim Stroh das Wimmern einer Frau. Das Keuchen eines Mannes. Ein nackter Hintern, runtergelassene Hosen, Stiefel, die schwarze Uniformjacke fest geknöpft.

Er hörte mich. Sah flüchtig auf. Ohne zu unterbrechen keuchte Katsch: ›Na? Wieder bei sich? Warte, ich bin gleich fertig; dann kannst du weitermachen.‹

Mein Hieb mit dem Kolben traf ihn flach im Nacken. Mit aller Kraft. Er sackte zusammen, zuckte, blieb auf der Frau liegen. Ich zerrte den Körper des Scharführers von der Frau herunter und schleppte sie, mehr als sie ging, nach hinten, tief ins Stroh. Garben, die sich gelockert hatten, auseinandergefallen waren, türmte ich zu einer Halbkugel, bettete die Frau hinein, kroch neben sie und versperrte die Öffnung mit einem Gebinde wie mit dem letzten Stein zu einer geheimen Kammer.«

Der Vater unterbrach sich, als hätte ihn jemand angerufen.

»Mut? Mut war das nicht. Schon gar nicht Widerstand. Nur Wut. Glaub mir. Mordswut ...«

Musbach schüttelte den Kopf.

»Da kauerte ich nun. Im Stroh. Im Finstern. Wie lange? Wirr vor Angst. Die Frau fast bewußtlos. Rasende Angst. Was tun? Wohin? In meinem Kopf die Gedanken wie Splitter in einem Kaleidoskop, Wörter, Silben fielen zu immer neuen Mustern ineinander, auseinander, sinnlos sie alle, undurchschaubar, kein Ausweg. Nirgendwohin. Aus sehr weiter Ferne Grölen. Ihr Grölen. Schon dachte ich nicht mehr ›wir‹. Ich und die anderen. Die anderen: da, wo mein Tod war. Und mein Leben? Wo? Ich mußte weg.

Wohin? Ich rüttle die Frau auf. Sie erschrickt. Meine Uniform! Ich beruhige sie. Ziehe das Stroh vom Versteck. Zeige ihr den toten Katsch. Da macht sie aufgeregte Bewegungen, winkt, ergreift meine Hand, ich soll ihr folgen. Zeigt auf den SS-Mann, auf mich, auf meinen Kopf, setzt Daumen und Zeigefinger an die Schläfe, fährt sich mit dem Handrücken über die Kehle. Zieht mich zur Tür. In der Schänke grölen sie noch immer. Es ist finster, der Mond beinah untergegangen. Ei sluschai, sagt sie, Mann komm, sagt sie. Und da laufe ich hinter ihr her, im Nacken die betrunkenen Stimmen der Kameraden, im Nacken mein einsames einzelnes Gewehr, Hugos rote Rose, das Krachen des Kolbens auf Katschs Kopf. Panische Angst. Was hatte ich getan?«

Atemlos, als liefe er immer noch, hatte der Vater die letzten Worte hervorgestoßen.

»Laß gut sein«, sagte die Tochter besorgt.

Der Vater fuhr fort, als hätte er nichts gehört.

»›Mein Bruder.‹ Drei Silben in schwerem Deutsch mit erstickter Stimme hervorgepreßt. Zuerst verstand ich nicht, was sie meinte: Dann begriff ich, daß sie von den Männern sprach, den Männern bei den Birken, da, wo ich draufgehalten hatte, auf einen Mann, auf den einen Mann, auf Hugo, auf meinen Bruder.

›Mein Bruder‹, wiederholte die Stimme, brüchig wie die eines Halbwüchsigen. ›Du mein Leben gerettet.‹ Die Frau fuhr sich mit der Hand durch ihr kurzes Haar, wie es Männer tun, wenn sie zeigen wollen, daß sie sich großartig fühlen. Sie hatte aber nur die Geste abgeguckt; ihre Augen blinzelten, als wollten sie Tränen zurückhalten.«

»Sag mal«, unterbrach ihn die Tochter. »Das war doch Wera! Oder? Hast du den Bruder? Ihren Bruder ...?«

»Ja, vielleicht, ihren Bruder. Ich weiß es nicht. Und was

für eine Rolle spielt das? Ich weiß es nicht. Ich weiß ja nicht einmal, ob m e i n Schuß traf. Aber geschossen, geschossen habe ich!«

»Aber du sagtest doch, daß dieser Katsch hinter dir stand. Mit gezückter Pistole«, preßte Katja tonlos hervor. »Was blieb dir denn übrig?«

Der Vater hob die rechte Hand: »Die hat geschossen.«

Die Tochter senkte den Kopf. Und mich gehalten, dachte sie. Es war verlockend zu sagen: Vergeben und vergessen. Das Foto mit dem eigenen Bild vom Vater zu übermalen. Nicht mehr hinsehen. Nicht mehr darüber reden. Vergessen, verbündet im Schweigen.

»Du bist doch heute nicht mehr der junge Mann von damals.«

Der Vater streckte seinen Arm aus und studierte seine Hand, diese altersfleckige, durchscheinende Greisenhand, als könne er sie noch entdecken, die Hand, die durchgeladen hatte, abgedrückt, viele Male und ein Mal. Gab es sie noch?

»Sonst wärest du tot. Du hast doch selbst gesagt: Er oder ich. Der Krieg und sein Gesetz. Das ist das Foto doch auch.«

»Nein, Katja, nein!«

Der Vater streckte die Hand zu ihr hin, als könne sie ihn herausziehen aus diesen Stromschnellen der Erinnerung, nun, da nach Jahrzehnten die Dämme brachen, alle Dämme aus lebensklugen Sprüchen, guten Büchern und guten Werken. Ja, die hatte es zur Genüge gegeben in diesem Lehrerleben, das so nachdenklich der Wiedergutmachung geweiht gewesen war. Alle Dämme gegen das Erinnern weggespült. All die Jahre nach dem Krieg, die großen Worte, großen Gesten fortgerissen.

Katja mußte jetzt allein sein. Trösten konnte sie den Vater nicht. Und sich auch nicht.

Sie lief aus dem Haus, Emil rief etwas, sie hörte es nicht. An die Elbe, den Strom, Wind auf der Haut, Möwen, Sand, das Gleichmaß der Wellen, das Floß der Medusa.

Es tat gut, draußen zu sein. Frische Luft, Nordwestwind vom Meer. Eine Uhr schlug. Töne, die sich wie aus weiter Ferne lösten und suchend zwischen den Häusern schwangen. Katja paßte ihre Schritte den schweren Schlägen an und erschrak, als dem letzten Ton keiner mehr folgte.

Zu Hause streckte sie den Arm aus, studierte ihre Handfläche.

Zog den Gürtel aus den Schlaufen ihrer Jeans und klatschte ihn außer sich auf den Tisch, viele Male und ein Mal. Wie wenn man einen Ledergürtel auf den Tisch haut, hatte der Vater gesagt, klingen Schüsse aus der Entfernung. Schnelles, hartes, helles Knallen. Viele Male und ein Mal.

XX.

Anderntags entschuldigte sich Katja beim Vater und besuchte noch einmal die Ausstellung. Wollte noch einmal einen Blick tun auf den Mann mit dem Gewehr, den Vater mit Gewehr.

Sah ihn noch einmal, den jungen Mann im dunklen Halbprofil, die untere Gesichtshälfte schwarz verschattet, die obere unterm Mützenschirm. Einer wie viele. Viele wie einer. Keiner stand hinter ihm. Der Mann war von anderen Männern umringt und hatte das Gewehr gesenkt. Hatte er geschossen? Wahrscheinlich. Aber nicht sicher. Auch die andern hielten Gewehre. Katja trat näher an das Bild heran.

Der Vater hatte sie nicht erwartet. War, seine Gewohnheit wieder aufnehmend, zum Mittagsschlaf zurückgekehrt. Verwirrt fuhr er hoch, als Katja ihn anstieß.

»Hör mal! Was hast du mir da erzählt! Wir müssen noch mal reden!«

»Wie kommst du hier herein? Warte einen Augenblick. Draußen. Ich zieh mir etwas über.«

Katja schloß die Tür hinter sich. Auf dem Schreibtisch des Vaters lag aufgeschlagen ein Buch. Katja las, was er mit dünnem Blei markiert hatte: »›Das habe ich getan‹, sagt mein Gedächtnis. ›Das kann ich nicht getan haben‹ – sagt mein Stolz und bleibt unerbittlich. Endlich – gibt das Gedächtnis nach.«

Katja verzog den Mund. War das die Weisheit, die der Vater jetzt anrief? Menschlich, allzu menschlich?

Korrekt gekleidet, in grauem Flanell mit Weste, weißem Hemd, einer Fliege in Paisley-Muster trat der Vater aus der Tür wie auf eine Bühne, seiner Rolle, seiner Worte gewiß. Gefaßt nahm er hinter dem Schreibtisch Platz.

»Ah, du hast gelesen«, sagte er zu Katja, die das Buch noch in der Hand hielt. »Ja, wir müssen noch einmal reden. Ich habe dir noch nicht alles erzählt.«

»Vater ...«

»Bitte laß mich ausreden. Ich habe dir nicht alles erzählt. Jetzt weiß ich alles – jetzt kann ich alles sagen. Es stand gar keiner hinter mir. Hätte ich nein sagen können? Ja. Ich hätte nein sagen können. Das weiß ich heute. Trotz allem, was ich nach fünfundvierzig versucht habe, gutzumachen, ein Mörder war ich auch.«

»Aber«, stammelte Katja, »du bist nicht der Mann auf dem Foto! Du kannst es gar nicht sein. Du bist es nicht gewesen! Das Foto ist von dreiundvierzig. Winter. Da warst du doch schon bei den Partisanen! Du warst es nicht. Du hast nicht geschossen!«

»Doch! Ich hätte nein sagen können, hörst du: nein! Ich habe geschossen. Das Foto ist von dreiundvierzig im Winter? Was tut das zur Sache? Ich bin es nicht auf diesem Foto? Spielt das denn eine Rolle? Ich weiß doch, was war. Dieses Foto oder nicht. Ein Foto oder keines. Verzeih mir – wenn du kannst. «

Lange saßen sie stumm. Das Ticken der Uhr beherrschte den Raum. Der Knochenmann ließ seine Sense klingen. Der Gong zum Abendessen verhallte. Vater und Tochter rührten sich nicht von ihren Stühlen und schienen doch einander nähergerückt. Geduldig würden sie warten, bis sich die Worte einstellten.

Die Tochter stand auf, zog den Vater an sich. In die Arme

nahm sie ihn nicht. Als ihre Blicke sich trafen, so nah, schlugen sie die Augen nieder.

Den Brief an Albert warf sie noch am Abend in den Kasten. Miteinander reden, die rechten Worte finden. Beide Seiten. Der Wahrheit so nah wie möglich. Das Reden würde nicht enden.

Das Motto von Ludwig Wittgenstein stammt aus den »Philosophischen Untersuchungen«, 71

Der englische Brief auf den Seiten 191 f.:
»Liebe Katja,
es war so schön, von Dir zu hören in dieser scheußlichen Zeit, in der die Führung meines Landes mich so verzweifelt, ärgerlich und traurig und besorgt gemacht hat, daß ich kaum wage, über das Elend nachzudenken, das sie nun über die Erde verbreitet. Trotzdem, wie Du Dir vorstellen kannst, sind Judith und ich und alle unsere Freunde hier bei jedem Protestmarsch dabei. New York ist im Kern ganz und gar gegen dieses krankhafte Abenteuer. Mary ist an der Universität von Michigan aus einem kauflustigen Teenager zu einer Organisatorin und Aktivistin gegen den Krieg geworden. Sie wurde sogar für eine kurze Zeit inhaftiert, während eines Protestes in N.Y. Wir sind natürlich sehr stolz auf sie, genauso wie wir entsetzt sind über diesen Präsidenten und seine korrupten, kriegstreiberischen Kumpane. Und dabei ist es überhaupt kein Trost, zu sehen, wie jede unserer Warnungen über die Gefahren dieses Konflikts sich nun bewahrheitet. Nein, das macht dieses bedrohliche Durcheinander sogar noch unappetitlicher und abstoßender.
Meine eigene Antwort ist, mich auf meine Arbeit zu konzentrieren, soweit ich eben kann. Ich schreibe an einem unbeschwerten Stück über Offenbach, so weit weg von Morden oder Hassen, wie man sich das nur vorstellen kann. Mir scheint, das beginnt mich ein wenig zu trösten. Wer weiß? Es mag sich vielleicht sogar als ziemlich witzig herausstellen. Judith macht wie immer ihre Zauberstücke in der Bäckerei.
Wir beide sind begeistert über Joan, die ein Fulbright-Stipendium für ein Studium in Berlin gewonnen hat. Sie wird dort Geigenunterricht an der Musikhochschule nehmen, dort, wo mein Vater vor fast achtzig Jahren studierte, und sie wird an der Akademie der Künste seine Kompositionen erforschen und die seiner Zeitgenossen, die wie er von Hitler ins Exil getrieben oder zum Verstummen gebracht worden sind.

Es gibt also mehr im Leben als den Wahnsinn dieses Krieges, Gottseidank. Daran müssen wir uns halten. Und Widerstand leisten, natürlich, immer Widerstand leisten …
Ganz herzliche Grüße
an Dich und Deinen Vater
Jan«

Das englische Zitat auf Seite 216:
»›Aber mit einem Kranz von Myrthe wurden diejenigen ausgezeichnet, die lediglich eine Anerkennung verdienten, nämlich wenn ein Krieg nicht ordnungsgemäß erklärt oder gegen eine weit unterlegene Macht geführt worden war … oder wenn der Sieg ohne Gefahr oder Schwierigkeiten … errungen wurde.‹ Und Musbach hatte hinzugefügt: ›Dem heutigen Capitol fehlt sogar dieses Stilgefühl.‹«

Das lateinische Zitat auf Seite 229:
»Wer erfindet, versündigt sich an der Geschichte; wer nicht erfindet, versündigt sich an der Poesie.« (Alsted. 17. Jh.)

Den Roman »Unscharfe Bilder« hätte ich nicht schreiben können ohne die freundliche Unterstützung des Deutsch-Russischen Museums Berlin-Karlshorst und der dort erschienenen ausgezeichneten Dokumentationen.
Von den vielen anderen Quellen, die ich verwendet habe, möchte ich hervorheben:

»Vernichtungskrieg. Verbrechen der Wehrmacht. 1941–1944«, hg. von Hannes Heer und Klaus Naumann, Hamburger Edition, Hamburg 1995

»Die Wehrmacht. Mythos und Realität«, hg. von Rolf-Dieter Müller und Hans-Erich Volkmann, Oldenbourg Verlag, München 1999

»Kriegsbriefe gefallener Studenten. 1939–1945«, hg. von Walter Bähr und Dr. Hans W. Bähr in Gemeinschaft mit Dr. Hermann J. Meyer und Dr. Eberhard Orthbandt, Rainer Wunderlich Verlag, Tübingen und Stuttgart 1952

Hans Joachim Schröder, »Die gestohlenen Jahre. Erzählgeschichten und Geschichtserzählung im Interview: Der Zweite Weltkrieg aus der Sicht ehemaliger Mannschaftssoldaten«, Niemeyer Verlag, Tübingen 1992

Uwe Timm im dtv

»Als Stilist und Erzähler sucht Uwe Timm
in Deutschland seinesgleichen.«
Christian Kracht in ›Tempo‹

Heißer Sommer
Roman
ISBN 3-423-**12547**-0

Johannisnacht
Roman
ISBN 3-423-**12592**-6
»Ein witzig-liebevoller Roman über das Chaos nach dem Fall der Mauer.« (Wolfgang Seibel)

Der Schlangenbaum
Roman
ISBN 3-423-**12643**-4

Morenga
Roman
ISBN 3-423-**12725**-2

Kerbels Flucht
Roman
ISBN 3-423-**12765**-1

Römische Aufzeichnungen
ISBN 3-423-**12766**-X

Die Entdeckung der Currywurst · Novelle
ISBN 3-423-**12839**-9
und dtv großdruck
ISBN 3-423-**25227**-8
»Eine ebenso groteske wie rührende Liebesgeschichte ...« (Detlef Grumbach)

Nicht morgen, nicht gestern
Erzählungen
ISBN 3-423-**12891**-7

Kopfjäger
Roman
ISBN 3-423-**12937**-9

Der Mann auf dem Hochrad
Roman
ISBN 3-423-**12965**-4

Rot
Roman
ISBN 3-423-**13125**-X
»Einer der schönsten, spannendsten und ernsthaftesten Romane der vergangenen Jahre.« (Matthias Altenburg)

Am Beispiel meines Bruders
ISBN 3-423-**13316**-3
Eine typische deutsche Familiengeschichte. »Die Jungen sollten es lesen, um zu lernen, die Alten, um sich zu erinnern, und alle, weil es gute Literatur ist.« (Elke Heidenreich)

Uwe Timm Lesebuch
Die Stimme beim Schreiben
Hg. v. Martin Hielscher
ISBN 3-423-**13317**-1

Bitte besuchen Sie uns im Internet: www.dtv.de

Ruth Klüger im dtv

»Jeder Tag ist wie ein Tor, das sich hinter mir schließt und mich ausstößt.«
Ruth Klüger

weiter leben
Eine Jugend
ISBN 3-423-11950-0

»Mir ist keine vergleichbare Biographie bekannt, in der mit solcher kritischen Offenheit und mit einer dichterisch zu nennenden Subtilität auch die Nuancen extremer Gefühle vergegenwärtigt werden.« (Paul Michael Lützeler in der ›Neuen Zürcher Zeitung‹)

Frauen lesen anders
Essays
ISBN 3-423-12276-5

Frauen lesen anders als Männer, weil sie anders leben. Daher kann der weibliche Blick, in der Literatur wie im Leben, manches entdecken, woran der männliche vorübersieht. Ruth Klüger beweist dies in elf ebenso ungewöhnlichen wie klugen Essays. Deutsche Literatur in anderer Beleuchtung.

Katastrophen
Essays
ISBN 3-423-12364-8

»Ein sehr empfehlenswertes Buch, es sollte, muß aber nicht, im Anschluß an ›weiter leben‹ gelesen werden, und es spricht nicht nur zu den Fachwissenschaftlern, sondern zu allen, die, und vollkommen zu Recht, von der Literatur Aufschluß über die Katastrophen der Gegenwart erhoffen.« (Burkhard Spinnen in der ›Frankfurter Allgemeinen Zeitung‹)

John von Düffel im dtv

»John von Düffels Art zu schreiben ist von meisterhafter Eleganz und berückender Aufrichtigkeit. Er führt keine Geschichten vor, sondern er begibt sich hinein, mit sowohl sprachlicher als auch psychologischer Genauigkeit.«
Undine Materni in der ›Sächsischen Zeitung‹

Vom Wasser
Roman
ISBN 3-423-12799-6
Die Geschichte einer Papierfabrikantendynastie, erzählt von einem, der wie magisch angezogen immer wieder zum Wasser zurückkehrt. »Von Düffel ist mit diesem Roman ein großer Wurf gelungen.« (Hubert Spiegel in der ›FAZ‹)

Zeit des Verschwindens
Roman
ISBN 3-423-12939-5
Es gibt über jeden Menschen einen Satz, der ihn zerstört. Niemand darf ihn aussprechen … »Ein atmosphärisch dichter Roman, ein spannendes Buch, das es schafft, ohne Wertung in die Abgründe einer Seele zu sehen.« (Lydia Hebbelmann im ›Hamburger Abendblatt‹)

Ego
Roman
ISBN 3-423-13111-X
Ein Turbo-Egoist im Fitness- und Karrierewahn: eine irrwitzige Psychostudie. Rasant, komisch, scharfsinnig. »›Ego‹ gehört zum seltenen Genre einer rundum gelungenen Gesellschafts-Komödie. Der Roman dürfte Ähnliches zu sagen haben wie Michel Houellebecq; nur sagt er es amüsanter.« (Stephan Maus in der ›Frankfurter Rundschau‹)

Schwimmen
ISBN 3-423-13205-1
Das Schwimmen: eine Passion. Immer wieder verbinden sich im Wasser Sehnsucht und Angst, Schönheit, Gefahr und Triumph.

Julia Franck im dtv

»Julia Francks Erzählen besitzt eine sinnliche Wahrnehmungskraft mit zuweilen apokalyptischen Ausmaßen.«
Sophia Willems in der ›Westdeutschen Zeitung‹

Liebediener
Roman
ISBN 3-423-12904-2

Von ihrer Kellerwohnung aus kann Beyla gerade noch das rote ausparkende Auto sehen. Aber warum sieht der Fahrer die Frau nicht, die dahinter erschrocken ausweicht und so unter die Räder der Straßenbahn gerät? Die Tote entpuppt sich als ihre Nachbarin Charlotte. Als Charlottes Tante ihr deren Wohnung überlässt, findet Beyla sich mitten im Leben ihrer toten Vorgängerin wieder: Aus dem Küchenfenster kann sie nun Albert beobachten, der unter ihr wohnt... »Womöglich *die* Liebesgeschichte der neunziger Jahre!« (Süddeutsche Zeitung)

Bauchlandung
Geschichten zum Anfassen
ISBN 3-423-12972-7

Es klingelt. »Das wird Paul sein. Vielleicht ist ihm eingefallen, dass er meine Lippen vermisst und meine Hände.« Doch vor der Tür steht Emily, die beste Freundin und... die Freundin von Paul. – Wunderbare Geschichten voll Sinnlichkeit und Erotik, weiblicher Gefühle und Lust, geschrieben mit einem ungeniert voyeuristischen Blick, der eiskalt wirkt und gleichzeitig erhitzt.

Lagerfeuer
Roman
ISBN 3-423-13303-1

»Du hast vielleicht den Osten verlassen, aber wo bist du gelandet? Du meinst, hier drinnen, im Innern der Mauer, ist der goldene Westen, die große Freiheit?« Notaufnahmelager Marienfelde, Nadelöhr zwischen den beiden deutschen Staaten und zwischen den Blöcken des Kalten Krieges: Vier Menschen an einem Ort der Ungewissheit und des Übergangs, dort, wo sich Lebensgeschichten entscheiden. »›Lagerfeuer‹ ist spannend wie ein Thriller, vor allem aber: ein Sprachkunstwerk.« (Neue Zürcher Zeitung)